विश्वास पाटील

विश्वास पाटील मराठी भाषा में लिखने वाले अत्यन्त महत्वपूर्ण और प्रतिष्ठा प्राप्त उपन्यासकार हैं। उनके अनेक उपन्यास मराठी से हिन्दी सहित तमाम भारतीय भाषाओं में अनूदित होकर लोकप्रिय हुए हैं। उनके 'पानीपत', 'महानायक' और 'सम्भाजी' उपन्यासों को अंग्रेजी में वेस्टलैंड और 'झाड़ाझड़ती' को हैचेट ने प्रकाशित किया है।

'झाड़ाझड़ती' और उसके बाद प्रकाशित उपन्यास 'नागकेशर' के विशिष्ट सन्दर्भ में उनके सम्पूर्ण साहित्यिक योगदान को ध्यान में रखते हुए विश्वास पाटील को अत्यन्त प्रतिष्ठित 'इन्दिरा गोस्वामी राष्ट्रीय साहित्य पुरस्कार' से सम्मानित किया गया है। इससे पूर्व उन्हें 'साहित्य अकादेमी पुरस्कार', 'प्रियदर्शनी नेशनल अवार्ड', गोवा के 'नाथमाधव पुरस्कार' और कोलकाता के भारतीय भाषा परिषद् के 'साहित्य पुरस्कार' समेत बीते बत्तीस वर्षों में साठ से अधिक साहित्य पुरस्कार प्राप्त हो चुके हैं। पाटील के साहित्यिक वैभव का गौरव गान राष्ट्रीय और अन्तरराष्ट्रीय स्तर पर प्रतिष्ठित सुनील गंगोपाध्याय, अमिताव घोष और इन्दिरा गोस्वामी जैसे साहित्यकारों ने किया है।

महाराष्ट्र राज्य शासन की सेवा में आईएएस अधिकारी होने के नाते विश्वास पाटील ने शिरडी में अन्तरराष्ट्रीय विमानतल के वर्षों से रुके पड़े काम को तीव्र गति से मात्र 14 महीने में पूरा करा दिया था।

हाल में श्री पाटिल के लिखे 'अण्णा भाऊंची दर्दभरी दास्तान' नाम के चरित्रग्रंथ ने मराठी साहित्य रसिकों का ध्यान आकर्षित किया है। उनका उपन्यास 'दुड़िया' हिन्दी के साथ ओड़िया भाषा में भी प्रकाशित हो चुका है।

ई-मेल : authorvishwaspatil@gmail.com

रवि बुले

तीस वर्षों तक सक्रिय पत्रकारिता के बाद अब स्वतंत्र लेखन और फिल्म निर्देशन। आपकी प्रकाशित पुस्तकें हैं—'आईने सपने और वसंतसेना', 'यूँ ना होता तो क्या होता' (कहानी-संग्रह); 'दलाल की बीवी' (उपन्यास); आखेट (फिल्म)।

ई-मेल : ravibuleiy@gmail.com

दुड़िया

तेरे जलते हुए मुल्क में

विश्वास पाटील

अनुवाद

रवि बुले

राजकमल पेपरबैक्स

मूल मराठी उपन्यास 'दुड़िया' का हिन्दी अनुवाद

राजकमल पेपरबैक्स में
पहला संस्करण : 2022

राजकमल पेपरबैक्स : उत्कृष्ट साहित्य के जनसुलभ संस्करण

राजकमल प्रकाशन प्रा.लि.
1-बी, नेताजी सुभाष मार्ग, दरियागंज
नई दिल्ली-110 002
द्वारा प्रकाशित

शाखाएँ : अशोक राजपथ, साइंस कॉलेज के सामने, पटना-800 006
पहली मंजिल, दरबारी बिल्डिंग, महात्मा गांधी मार्ग, प्रयागराज-211 001
36 ए, शेक्सपियर सरणी, कोलकाता-700 017

वेबसाइट : www.rajkamalprakashan.com
ई-मेल : info@rajkamalprakashan.com

बी.के. ऑफसेट
नवीन शाहदरा, दिल्ली-110 032
द्वारा मुद्रित

मूल्य : ₹250

DUDIYA : Tere Jalte Hue Mulk Mein
Novel by Vishwas Patil
Translated by Ravi Buley

ISBN : 978-93-94902-24-4

कभी-कभी कल्पना और सत्य एक ही सिक्के के दो
पहलू साबित होते हैं
कभी असल जिन्दगी में मिले इनसान और सच्ची घटनाएँ
काल्पनिक होने का आभास देते हैं
मगर कई बार कल्पना में उकेरे चरित्र और घटनाएँ
वास्तविक से अधिक खरे मालूम पड़ते हैं...

और अक्सर ऐसा होता है!

सात साल पहले विमान में सान्ताक्रूज हवाई अड्डे से दिल्ली की उड़ान भरते हुए, मेरे मन में एक सहज विचार कौंधा कि आम चुनावों में अगर कहीं मेरे हिस्से कोई संकटग्रस्त नक्सल जिला आ पड़ा तो?

विमान में अपनी सीट पर बैठे-बैठ मैंने थोड़े पैर पसारे तो यह खयाल जरा और मजबूत हुआ। क्या होगा अगर मुझे छत्तीसगढ़ जैसे इलाके में भेज दिया गया, जिस पर नक्सलवाद की डरावनी काली छाया मँडरा रही है?

मैं इन विचारों में डूबने लगा और मेरी आँखों के आगे 25 मई 2013 को वहाँ की झीरम घाटी का रक्तरंजित प्रसंग तैर गया। वहाँ के घने-गहरे हरे जंगलों से कांग्रेस पार्टी की 'परिवर्तन यात्रा' गुजर रही थी। तभी नक्सलियों ने यूएलआर और एके-47 जैसे आधुनिक हथियारों तथा हैंड ग्रेनेडों के धमाकों से उस अरण्य को दहला दिया। सन्ध्या की ढलती लालिमा से नहाए हरे जंगलों में नक्सलियों ने आग भड़का दी। परदे पर चल रही किसी हॉलीवुड फिल्म में रचा वियतनाम युद्ध के जैसा लाल धधकता दृश्य उभर आया। ताँबई हरियाली के बीच काले सांप-सा लहराता रास्ता। जिस पर जहाँ-तहाँ बिखरी हुई जली-अधजली, टूटी-फूटी, किसी बच्चे के खिलौने जैसी गाड़ियाँ। गोलियों की बरसात से उनकी खिड़कियों, स्क्रीन और विंड-स्क्रीन में हुए अनगिन छेद। इन सबके बीच अपनी अध-लुढ़की गाड़ी के खुले दरवाजे से बाहर निकलते अस्सी बरस के पूर्व केन्द्रीय मंत्री विद्याचरण शुक्ल का दर्द में डूबा हुआ चेहरा।

इस घटना के अनेक वीडियो-फुटेज में देखे दृश्यों की शृंखला किसी कोलाज की तरह मेरी आँखों के आगे लहरा रही थी।

झीरम घाटी में हुई इस घटना में बत्तीस लोग मौके पर ही मारे गए थे। इसमें राज्य कांग्रेस के नेताओं का एक पूरा जत्था खत्म हो गया था। सलवा जुडुम के प्रसिद्ध नेता महेन्द्र कर्मा से प्रतिशोध लेने के लिए नक्सलियों ने घात लगाकर यह हमला किया था। उस जलते हुए जंगल में 'महेन्द्र कर्मा...महेन्द्र कर्मा ऽऽऽ' की आवाजें गूँज रही थीं। 63 साल के महेन्द्र कर्मा एक गाड़ी में थे। कम्युनिस्ट पार्टी के टिकट पर विधानसभा के सदस्य बनने से लेकर महेन्द्र कर्मा ने 'बस्तर का बाघ' कहलाने तक की यात्रा की थी। छत्तीसगढ़ की राजनीति में वह एक बुलन्द आदिवासी आवाज थे। सलवा जुडुम के आन्दोलन ने उन्हें देश भर में पहचान और प्रसिद्धि दिलाई थी। राजनीति की दुनिया में कम्युनिस्ट सबक सीखते हुए आगे बढ़े महेन्द्र कर्मा का एक मोड़ पर छत्तीसगढ़ में नक्सली माओवाद से पूरी तरह मोहभंग हो गया। लेकिन इससे भी आगे बढ़कर उन्होंने अपनी छवि राज्य में नक्सलियों के सबसे बड़े दुश्मन की बना ली। इसकी उन्हें बड़ी कीमत चुकानी पड़ी। नक्सलियों ने उनके भाई पोडीराम समेत उनके अनेक सगे-सम्बन्धियों, रिश्तेदारों को मौत के घाट उतार दिया।

घटना के बाद उस भयावह सन्ध्याकाल में झीरम घाटी के हरे वृक्षों के बीच काले धुएँ से सने आसमान और लाल रक्त से सनी मिट्टी में गुँथे सन्नाटे को नक्सलियों की तेज-तीखी आवाजें चीर रही थीं, 'महेन्द्र कर्मा कहाँ हैऽऽऽ...?' उस वक्त एके-47 और एलएमजी जैसी संहारक राइफलों और दूसरे शस्त्रों की परवाह न करते हुए एक गहरा-साँवला, कुछ भारी-भरकम-सा व्यक्ति गाड़ियों के बीच से निकल, कई लाशों को पार करता नक्सलियों के सामने जाकर खड़ा हो गया और उन्हें ललकारते हुए बोला, 'हाँऽऽऽ मैं हूँ महेन्द्र कर्मा।' तड़-तड़-तड़-तड़ तत्क्षण सैकड़ों गोलियाँ कर्मा के शरीर में उतर गईं। छलनी होकर जिस्म वहीं ढह गया और खुन्नस में भरे नक्सली उसे ठोकरें मारते हुए देर तक उसके चारों तरफ नाचते रहे।

दुड़िया

एक समय चारों दिशाओं में हरी-भरी छत्तीसगढ़ की भूमि, बीते कुछ समय से लगातार रक्त-स्नान कर रही थी। छत्तीसगढ़ के लिए मेरे मन में रत्ती भर भी डर नहीं था। सिर्फ उत्सुकता का प्रवाह धमनियों में जोरों से बह रहा था।

कहते हैं कि कोई बात अगर मनुष्य के मस्तिष्क में बैठ जाए तो फिर वह देखते-देखते उसकी सभी इन्द्रियों पर छाने लगती है। मुझे तत्काल ही छत्तीसगढ़ में ड्यूटी पर जाने का आदेश मिला था। इसलिए जल्दबाजी में अपना सामान बाँधना पड़ा। मैंने अपने हैंडबैग में तीन-चार किताबें रखीं ताकि हवाई जहाज में पढ़ सकूँ। बैग में रखने से पहले चलते-चलते उन्हें मैंने एक पुराने अखबार में लपेटा था। जब मैं हवाई जहाज की सीट पर जम गया तो किताब निकालने के लिए वह पार्सल खोला, तभी मेरी नजर एक रिपोर्ट पर पड़ी, जिसमें छत्तीसगढ़ में एक या दो हफ्ते पुरानी वह विचित्र घटना दर्ज थी।

मैंने उस खबर के साथ छपे चित्र को देखा। एक पुलिसवाला अपने हाथों की लम्बी रस्सी से एक बोरे को खींच रहा था। मुझे कुछ अजीब लगा। मैंने वह तस्वीर आँखों के करीब लाकर देखी। तब यह देखकर मैं हैरान रह गया कि वह कोई बोरा नहीं, बल्कि एक लाश थी। जुल्मी राज सत्ताओं के पुराने दौर में भले ही ऐसे दृश्य आम रहे हों लेकिन आज के जमाने में ऐसी तस्वीरें हमारी संवेदना को धक्का पहुँचाती हैं। मैं रिपोर्ट को जल्दी-जल्दी पढ़ने लगा। तब जो बात मेरे सामने खुली वह नई और बेहद आश्चर्यजनक थी। इसमें बताया गया था कि नक्सली जंगलों के रास्तों और पुलियाओं पर ही नहीं बल्कि कई बार लाशों के नीचे भी प्रेशर बम रख देते हैं। ऐसे में जब कोई लाश को उठाता है तो उस दौरान दबाव में जरा-सा फर्क पड़ते ही प्रेशर बम फट जाता है। नक्सली मानते हैं कि इससे 'वर्ग शत्रु' का नुकसान होता है। जिस जिले के लिए मैं निकला था, यह तस्वीर वहीं की थी। नक्सलियों ने एक गाँव के सरपंच के हाथ-पैर कुल्हाड़ी से काट दिए थे। उन्होंने शरीर के इन अंगों को यहाँ-वहाँ फेंककर धड़ को जंगल के रास्ते पर डाल दिया था। उस धड़ के अपनी जगह से हिलते ही कहीं प्रेशर बम न फट जाए, वह पुलिसवाला इसी बात की सावधानी बरत रहा था। डर के कारण ही उसने धड़ से नायलॉन की लम्बी रस्सी बाँधी थी और दूर अन्तर से उसे खींच रहा था।

यह बीभत्स घटना हमारे पुराणों में दर्ज कोई रोचक कथा नहीं थी, बल्कि भारत के एक राज्य के वतर्मान में धधकती हकीकत थी।

दिल्ली के विज्ञानभवन में सुबह 11.30 बजे देश भर के 500 आईएएस अफसर इकट्ठा हुए थे। चुनाव आयोग की ब्रीफिंग में नक्सलग्रस्त इलाकों में सिर उठाए खतरों पर काफी जोर दिया गया था। नक्सलवादियों का गणतांत्रिक जीवनशैली और लोकतांत्रिक व्यवस्था में किसी प्रकार से विश्वास नहीं है। सम्पूर्ण व्यवस्था, पूरी मशीनरी, उत्तर से दक्षिण तक और पूरब से पश्चिम तक देश भर में कराए जानेवाले चुनाव को वे सरकार की ओर से पूँजीपतियों के लिए रचा गया प्रहसन मानते हैं। इसीलिए चुनाव लड़नेवाले सारे दलों, उनके उम्मीदवारों, सरकारी व्यवस्था और मतदान केन्द्रों को माओवादी अपना वर्ग शत्रु मानते हैं। वे चुनाव की प्रक्रिया को हर स्तर पर रोकने के लिए हिंसा का सहारा लेते हैं। लोकतंत्र के सच्चे रक्षक होने के नाते अधिकारियों को अपना कर्तव्य कैसे निभाना चाहिए, कैसे इन मुश्किलों से पार पाना चाहिए, यही बातें हम लोगों को बताई जा रही थीं।

'कई जगहों पर नक्सलियों ने अपनी ताकत दिखाने के लिए चुनाव के बहिष्कार की घोषणाएँ की हैं। इसीलिए उन्होंने लोगों पर दबाव बनाना और तमाम इलाकों में नाकेबन्दी भी शुरू कर दी है।' आयोग के एक वरिष्ठ अधिकारी अपनी शुष्क आवाज में यह बात कह रहे थे। 'चुनाव वाले दिन वह ग्रामीणों को मतदान केन्द्र तक पहुँचने से रोकने की हर सम्भव कोशिश भी करेंगे।' इसलिए कश्मीर या फिर झारखंड, छत्तीसगढ़, आन्ध्र और बिहार जैसे नक्सल प्रभावित राज्यों में निर्वाचन अधिकारियों को कैसे रात-दिन सतर्क रहकर चुनाव प्रक्रिया को अपनी आँखों के सामने सम्पन्न कराना चाहिए, अधिकारी तेज आवाज में हर किसी को समझाने का प्रयास कर रहे थे।

हस्ताक्षर करने के बाद नियुक्ति का आदेश पत्र लेते हुए मेरी आँखों में चमक थी। 'दिलीप पवार, छत्तीसगढ़' आदेश पत्र पर यह नाम बोल्ड अक्षरों में दर्ज था। मेरा मन उड़ान भरने लगा। छत्तीसगढ़ में कहाँ? सुकमा, बीजापुर,

दन्तेवाड़ा, राजनन्दगाँव, बस्तर, नारायणपुर या फिर कोई और जगह? इन्हीं में से कोई नक्सलग्रस्त जिला मेरे हिस्से में आया होगा। मुझे तत्काल उस जिले में पहुँचकर चुनाव होने तक 'इलेक्शन ऑब्जर्वर' के रूप में 76 दिन बिताने थे। मैंने तुरन्त घर में पत्नी के मोबाइल फोन का नम्बर लगाया। उधर से आवाज आई, "हाँ, बोलो...कहाँ जा रहे हो?"

"छत्तीसगढ़...।"

कुछ पल के लिए उस तरफ खामोशी छा गई। छत्तीसगढ़ में होनेवाली घटनाओं और हादसों की खबर घर के लोगों को भी थी। इसलिए पत्नी ने कुछ अविश्वास से कहा, "सच बोल रहे हो या फिर..."

"व्हॉट्सअप करूँ क्या?"

"कोई जरूरत नहीं," थकी हुई आवाज में जवाब आया, "मुझे लग रहा था कि ऐसा ही कुछ होगा...।"

"अरे, मगर यह तो ऑर्डर ही है...।"

"वो ये ऑर्डर नहीं भी देते तो तुम खुद कमीशन से वह एरिया माँग लेते। मैं क्या तुमको जानती नहीं। तुम्हारा नई-नई जगहों पर घूमना, नए-नए किले और पहाड़ देखना...फिर जंगल और जानवर दिख जाएँ तो तुम कितना खुश हो जाते हो, क्या मुझे पता नहीं? घर और बाल-बच्चों की परवाह तुम्हें कभी होती भी है या नहीं...?"

मैं चुपचाप यह बातें सुनता रहा। कोई और विकल्प भी नहीं था।

खैर, किसी नक्सल प्रभावित राज्य में जाना कौन-सी बड़ी या बहादुरी की बात थी? नौकरी करनी है, तो रिस्क लेना होगा। कोई अधिकारी अपनी जिम्मेदारी से बच नहीं सकता। फिर 'चुनाव निरीक्षक' के हाथों में कितने अधिकार होते हैं। मौके पर दंगा-फसाद हो जाए तो वह मतदान केन्द्र पर फिर से मतदान की सिफारिश कर सकता है। कोई ठोस कारण हो तो वह चलती हुई मतगणना रुकवा सकता है। किसी भी कारण से नए सिरे से मतदान का फैसला हो जाए तो उसकी सलाह सबसे महत्त्वपूर्ण होती है। सरकारी भाषा में समझें तो ई.ओ. का मतलब होता है निर्वाचन आयोग के आँख और कान। यही वजह है कि जहाँ भी नियुक्ति मिलती है, उस जिले

का प्रशासन और पुलिस रात-दिन उसके सामने अटेंशन की मुद्रा में खड़े रहते हैं। सुरक्षा का सर्वोच्च कवच श्रीकृष्ण के सुदर्शन चक्र की तरह सतत चारों तरफ घूमता रहता है। इन्हीं सब बातों की वजह से, भले ही थोड़ी मुश्किल और सचमुच चिन्ताजनक नक्सली क्षेत्र में मेरी नियुक्ति हुई थी, मैं बिलकुल निराश नहीं था।

यह नियुक्ति पति के भाग्य में ही लिखी है, दिल से इसे स्वीकार करने के बाद पत्नी के पास साह दिखाने के अतिरिक्त कोई रास्ता नहीं बचा था। मगर वह भीतर से डरी हुई थी। अभी बच्चों के शादी-ब्याह बाकी हैं। ऐसे में घर का मुखिया भले ही दो-ढाई महीने के लिए ही सही, बम-गोलियों वाली जगह पर रहेगा, यह चिन्ता की बात तो है ही। इस पर बच्चों ने नई-नई बातें ढूँढ़नी शुरू कर दी थी। छोटी बेटी शरयु, जिसे हम घर में चिंगी बुलाते हैं, ने खाना खाते वक्त कमाल दिखा दिया। वह बोली, "मम्मीऽ जब नक्सल एरिया में किसी अफसर को किडनैप कर लिया जाता है ना, तो उसे खूब पब्लिसिटी मिलती है।" यह सुनते ही पत्नी परेशान हो गई। उसने आँखें तरेरी और चिंगी को चिमटी ली। फिर डाँटकर चुप कर दिया।

भोजन खत्म होने के बाद भी उसका गुस्सा शान्त नहीं हुआ, कमरे में जाकर उसने चिंगी का कान पकड़ा। "छोरी, अपने बाबा के सामने तू क्या उल्टा-सीधा बोल रही थी?" तब यहाँ-वहाँ से खबरें जुटानेवाली चिंगी ने अखबारों की दो कतरनें और यूट्यूब पर कुछ वीडियो अपनी आई को दिखाए।

अप्रैल 2012 में सुकमा जिले के कलेक्टर एलेक्स पॉल मेनन माँझीपारा नाम के गाँव में, किसानों के एक मेले में हिस्सा लेने गए थे। नौकरी के शुरुआती दिनों में युवा अधिकारी उत्साह से लबरेज होते हैं। वे बेधड़क फैसले लेते हैं। उनके मन में समाज सुधार की तीव्र इच्छा होती है। सम्भवत: यही वजह थी कि युवा जिलाधिकारी मेनन ने जब देखा कि माँझीपाड़ा जानेवाला रास्ता खस्ताहाल है तो वह अपनी टाटा सफारी बीच में छोड़कर पैदल ही आगे बढ़े। किसानों के 'स्वराज्य अभियान' में हिस्सा लेने के लिए वह एक कर्मचारी की दोपहिया गाड़ी के पीछे बैठ गए। वह फटाफट माँझीपारा जा पहुँचे। वह किसानों के मेले में उनकी समस्याओं पर बातचीत

कर रहे थे और शाम धीरे-धीरे ढल रही थी। तभी नक्सलियों ने उन्हें घेर लिया। उनके दो सुरक्षाकर्मियों की वहीं बेरहमी से हत्या कर दी और कलेक्टर को 'अगवा' कर लिया। यह उनके लिए बड़ा शिकार था और इस बात से वे बेहद उत्साहित थे।

श्री मेनन को माँझीपारा से लेकर नक्सली बिजली की रफ्तार से निकले। एक दिन में उन्होंने 80 किलोमीटर का सफर तय किया। जंगल के रास्ते और चोर मार्ग नक्सलियों के लिए जाने-पहचाने थे। रास्ते में पुलिस के पाँच बेसकैम्प भी थे, लेकिन नक्सलियों ने उन्हें हवा तक नहीं लगने दी। वे तेजी से बेरोक-टोक निकल गए। उन्होंने मेनन को ताडमेटला के जंगलों के पास ले जाकर बन्दी बनाकर रखा। दो साल पहले ताडमेटला के जंगल एक भीषण कुख्यात घटना के साक्षी बने थे। इसी जगह पर नक्सलियों ने सीआरपीएफ की एक कम्पनी के सभी 78 जवानों को मार दिया था। देश के इतिहास में यह 'न भूतो न भविष्यति' जैसी भयंकर घटना थी।

नक्सलियों ने 12 दिनों तक सुकमा के जिलाधिकारी मेनन को बन्दी बनाकर रखा। नेशनल न्यूज में यह घटना बादलों की तरह खूब गरजी कि मेनन की जान खतरे में है। साथ ही मेनन के परिवार की दयनीय स्थिति पर भी काफी खलबली मची। उस तनाव भरे घटनाक्रम की खबरों की कतरनें चिंगी ने सँभालकर रखी थीं, जो अब मेरी पत्नी बार-बार उलट-पुलट कर देख रही थी।

घर के काम-काज करती पत्नी बीच-बीच में चोर नजरों से मेरी तरफ देखती और कहती, "तुमको क्यों उस खाई में कूदने की जरूरत है? देखो, अब भी एरिया बदल लो...क्यों यह बला अपने सिर ले रहे हो?' उसकी आँखों में पसरा तनाव मुझसे काफी कुछ कहता था। मगर मुझे तो यहाँ-वहाँ भटकने की आदत थी। जीवन भर मैं सहयाद्री की पहाड़ियों में, उस पर बने शिवाजी महाराज के गढ़ों और किलों से लेकर कालवा की खाइयों से मरणाई के घाटों तक जंगल सफारी करता रहा। इसका मुझे बरसों का अनुभव था। इसलिए आनेवाले दिनों को लेकर मेरे भीतर एक खुशी थी। रोमांच की तरंगें लहरा रही थीं।

किसी भी हाल में कदम पीछे खींचना मेरे जिद्दी स्वभाव में नहीं था। मेरी पत्नी इस बात को खूब जानती थी। इसलिए वह कुछ भी खुलकर नहीं कह रही थी। वह सीधे-सीधे मुझे रोक भी नहीं सकती थी। अत: मैं भी सचमुच गम्भीर होने का दिखावा कर रहा था।

चार दिनों बाद मैं रायपुर के हवाई अड्डे पर उतरा। वहाँ मेरी नियुक्ति वाले जिले का वरिष्ठ अधिकारी मेरा स्वागत करके, मुझे रिसीव करने आया था। हम अम्बेसडर में बैठे। हमारी कार के आगे सुरक्षा के लिए लोहे की जाली वाली एक पायलट जीप चल रही थी, जिसमें कई सशस्त्र कमांडो मौजूद थे।

रायपुर से बाहर निकलते हुए मैंने अपने मन को टटोला। आखिरकार एक सरकारी अफसर के जीवन में फाइलों, सर्कुलरों और डाटा बेस के शुष्क आँकड़ों के अलावा क्या होता है? ईश्वर ने मुझे कुछ अलग मौका दिया है, जिसमें एक भयग्रस्त जंगल का जीवन सामने है। मुझे यहाँ अगले कुछ दिनों तक काम करना है ऑब्जर्वर के रूप में और इसलिए मुझे किसी भी तरह से सुरक्षा की चिन्ता तो है ही नहीं। यह सुरक्षा घेरा तो हमेशा ही मेरे साथ रहेगा। ऐसे में मुझे किसी भी संकट से घबराने की क्या जरूरत? इसलिए मैंने मन में एक पक्का निश्चय किया। इस मौके को अब मैं गँवाना नहीं चाहता था। अपनी आँखों और कानों का अधिक-से-अधिक इस्तेमाल करके इस इलाके में कुछ नया ढूँढूँगा, जो कुछ भी सामने आएगा उसे ग्रहण करूँगा और कितनी ही मुश्किलें आएँ, यहाँ के लोगों के बीच जाऊँगा और उनसे मिलूँगा। उनका जीवन देखूँगा।

इसके बाद कई शब्द मेरे दिमाग में घूमने लगे। वर्ग शत्रु, पूँजीपति, एम्बुश, सलवा जुडुम, आरओपी, अबूझमाड़, ताड़मेटला। आनेवाले दिनों के लिए मैंने इन सबको धीरे-धीरे समझना और सुलझाना शुरू किया। अगर मुझे अपने जीवन में इस जगह आने का मौका ही नहीं मिला होता तो क्या मैं एक बड़े और अद्वितीय अनुभव से वंचित रह जाता? अगर ऐसा होता, तो मैं उस अविस्मरणीय आदिवासी तरुणी दुड़िया से कभी मिल ही नहीं पाता

और फिर क्या मुझे कभी उसके इस उजड़े मगर अभूतपूर्व आकर्षक संसार का कभी साक्षात्कार ही हो पाता?

इस जिला मुख्यालय में एक तरफ ऊँची पहाड़ी थी, जिसका शिखर सपाट था। यहीं सरकारी डाक-बँगला बना था। विशाल, नया और तीन-मंजिला। उस दोपहर जिलाधिकारी अवधेश बाबू, जिला पुलिस प्रमुख प्रभाकर शर्मा और उनके साथ चुनाव ड्यूटी पर लगाए गए अधिकारी मेरे स्वागत की राह देख रहे थे।

मेरे कार से उतरते ही पुलिस के जवानों ने कड़क सलामी दी। वहाँ कई कमांडो हाथों में एसएलआर और अन्य बड़ी-बड़ी राइफलें लिए पहरा दे रहे थे। मुझे ऐसा अनुभव हुआ जैसे किसी आर्मी कैम्प में आ गया हूँ। उस डाक-बँगले में वीआईपी ही आया करते थे। ऊपर की मंजिल पर कमरों के दो बड़े सैट थे। एक में मेरे रहने की व्यवस्था की गई थी। वहीं बाजू के दालान में अत्याधुनिक कम्प्यूटर, प्रिंटर समेत संचार साधनों के तमाम उपकरण रखे थे। जिला प्रशासन ने चाक-चौबन्द व्यवस्था की थी।

सामने जिले की भरी-पूरी बसाहट खिड़की से नजर आती थी। शहर पुराना ही था, जैसा कि मध्य प्रदेश का कोई जिला मुख्यालय हो सकता है। जो धीरे-धीरे अब आधुनिकता की तरफ कदम बढ़ा रहा हो। बाईं तरफ करीब आधे किलोमीटर की दूरी पर एक से डेढ़ किलोमीटर लम्बा जलाशय मौजूद था। उससे लगा एक छोटा-सा बगीचा। वहीं नजदीक एक प्रसिद्ध कवि की प्रतिमा लगी थी। इसी परिसर में मुझे अगले दो महीने गुजारते हुए, चुनाव सम्पन्न कराने के बाद नतीजों की विधिवत रिपोर्ट दिल्ली भेजनी थी। उसके बाद ही मैं यहाँ से आजाद हो सकता था।

मेरी सुरक्षा के लिए डाक-बँगले के चारों तरफ सुरक्षा के काफी कड़े इन्तजाम थे। हर तरफ पुलिस के हाथों में जैसे लाठियाँ होती हैं, वैसे यहाँ अनेक के हाथों में एसएलआर और एके-47 जैसी बेहतरीन राइफलें थीं।

नियम-कानून के मुताबिक चुनाव कराने की मुख्य जिम्मेदारी जिला कलेक्टर और एसपी के कन्धों पर थी। यहाँ दोनों अधिकारी चालीस की उम्र पार कर चुके और बाहर से छत्तीसगढ़ आए थे। दोनों में से प्रभाकर शर्मा

ने काफी नाम कमाया हुआ था। वह मूलतः मध्य प्रदेश काडर से थे और लोकसेवा आयोग की तरफ से उन्हें डिप्टी एसपी के रूप में नियुक्ति मिली थी। छत्तीसगढ़ साल 2000 में मध्य प्रदेश से अलग हुआ था। तब से शर्मा यहीं थे। उनकी ख्याति नक्सलियों के काल के रूप में थी। दो बार उन्हें राष्ट्रपति पुरस्कार और कई बार राज्य स्तर के अवार्ड मिल चुके थे। नक्सलियों की हिट लिस्ट में भी उनका नाम का शीर्ष पर था।

प्रभा शर्मा और नक्सलियों के बीच शत्रुता का ऐसा परस्पर रिश्ता बन चुका था कि पता नहीं कब कौन किसको खत्म करेगा। दोनों एक-दूसरे को खत्म करने की कसमें खाए बैठे थे। दो या तीन वर्ष पहले नक्सलियों ने वी.के. चौबे जैसे एसपी को बम विस्फोट में मारकर अपना प्रभाव और ताकत दिखाई थी। इसके बाद प्रभा शर्मा ने नक्सलियों को जड़ से उखाड़ फेंकने का संकल्प लिया था। जबकि नक्सली कह रहे थे कि वह प्रभा शर्मा को भी 'चौबे के रास्ते' पर भेजकर दम देंगे। इसी पृष्ठभूमि में सामने ये चुनाव आ खड़े हुए। अब मशीनगनों की छाया में मतदान केन्द्रों की मत पेटियों में पहाड़ों और घाटियों के आदिवासी वोटरों को अपने मताधिकार का इस्तेमाल करना था। चुनाव, गणतंत्र, मत पेटियाँ और इनके पीछे का पवित्र लक्ष्य नक्सलवादियों के लिए किसी गाली से ज्यादा घृणास्पद था। वहाँ जल-थल से लेकर यत्र-तत्र-सर्वत्र 'नक्सलवाद' की एकमात्र मुद्दा था, जिससे बचा नहीं जा सकता था और जिसकी चर्चा कभी खत्म नहीं होती थी।

शर्मा जी ने शुरू किया, "अपने देश के पूर्वी किनारे की पूरी पट्टी—उत्तर में पशुपति से लेकर दक्षिण में तिरुपति तक—नक्सलग्रस्त है। यानी नेपाल से लेकर नीचे चेन्नई तक कम से कम 180 जिले नक्सलग्रस्त हैं।"

"बाप रे, ये तो बहुत बड़ी संख्या है।"

"नक्सली बड़े अभिमान से इसे रेड कॉरिडोर यानी 'लाल गलियारा' कहकर पुकारते हैं।"

चालीस पार के शर्मा की देहयष्टि किसी दुबले-पतले लड़के सरीखी थी। उनके विपरीत अवधेश कुमार गोल-मटोल चेहरे वाले, थोड़े स्थूलकाय। हरियाणा में जन्मे आईएएस अधिकारी। उनकी छवि कुछ रहस्यमयी, सनकी

और घुमक्कड़ किस्म की थी। आईएएस परीक्षा पास करके नौकरी में आने पर भी अकारण निलम्बित होनेवाले देश के इक्का-दुक्का अधिकारियों में उनकी गिनती थी।

प्रोबेशन काल में ही अवधेश बाबू की लीलाएँ पूत के पाँव पालने में जैसी दिखने लगी थीं। उनका आग्रह था कि विनोबा की 'गीता' हाथ में लेकर गाँवों का प्रशासन चलाया जाना चाहिए। वह कभी दौरे पर होते और रास्ते में उन्हें किसी नदी किनारे नर्म-गीली मिट्टी दिख गई तो तुरन्त जीप रुकवा देते। फिर साहब वहीं नदी तट पर खड़े रहते। वह कलकल बहती नदी को इतनी करुणा से देखते कि उनकी आँखें भर आतीं। वह भारतीय संस्कृति में नदियों और प्रकृति की महिमा का बखान करते हुए पहाड़ों के सौन्दर्य का स्मरण करते। अपनी आँखें मूँद लेते। इसके बाद ध्यान और मंत्रोच्चार करते हुए खो जाते। वह अपने मोजे उतारते और नदी का जल अपनी अंजुली में लेकर अपवित्र पैरों पर उलीचते। वह मानते कि इस तरह उनकी आत्मा और शरीर पवित्र हो चुके हैं और फिर वह आगे बढ़ते हुए नदी में उतर जाते। स्थिर और निर्दोष मन के साथ। नदी किनारे गीली और चिकनी मिट्टी को हाथों में लेकर अपने मस्तक पर लगाते। वे इसे प्राकृतिक-उपचार बताते। इसके बाद योग मुद्रा में वहीं बैठ जाते। घंटों तक बैठे रहते और तब ड्राइवर और दूसरे जूनियर साहब का इन्तजार करते-करते बुत बन जाते।

ये बातें तो चलिए तब भी ठीक थीं। इससे ज्यादा कुछ हुआ, जब अवधेश बाबू प्रोबेशन काल में ही बीडीओ बना दिए गए और तब असली नाटक की शुरुआत हुई। उनके पास शिकायतें आईं कि गाँवों के प्राथमिक आरोग्य केन्द्रों पर डॉक्टर अपनी ड्यूटी नहीं बजाते और इससे ग्रामीणों को असुविधा होती है। तब अवधेश बाबू सामान्य किसान का भेस बनाकर एक गाँव में जा पहुँचे। रोगी बनकर आरोग्य केन्द्र की चरमराती खाट पर पड़े दो दिन तक करवटें बदलते रहे। तीसरे दिन जब डॉक्टर वहाँ पहुँचा तो सीधे उसका गला पकड़ लिया। उसने प्रतिकार किया तो वहीं लगे हाथ अपने हरियाणवी अन्दाज में जमकर धुलाई कर डाली। दुर्भाग्य से वह डॉक्टर राज्य के कैबिनेट मंत्री के भाई का दामाद निकला। सारे डॉक्टर गुस्साते हुए हड़ताल पर बैठ

गए। नतीजा यह निकला कि अवधेश बाबू को तीन साल के लिए निलम्बित कर दिया गया।

इसके बाद वह दो साल यहाँ-वहाँ भटकते रहे। फिर वृद्ध माता-पिता की बातों-समझाइशों के दबाव में आखिरकार उन्होंने किसी तरह वापस नौकरी कर ली। वह अब जिला कलेक्टर की कुर्सी सँभाल रहे हैं। लेकिन बीच-बीच में हँसते-मुस्कराते बातों-बातों में सहकर्मी अधिकारियों को दबी-दबी आवाज में 'ये साले प्रशासनिक गुंडे, लुटेरे' कहने-सुनाने से नहीं चूकते।

बहुत से लोग आईएएस और आईपीएस कैडर के अधिकारियों को देश की रीढ़ मानते हैं। लेकिन पहले ही प्रयास में यह प्रशासनिक परीक्षा पास करने के बाद भी अवधेश बाबू कभी इस बात से सहमत नहीं रहे। वह इसकी मुखालिफत करते, "प्रतियोगी परीक्षा में बैठकर उत्तीर्ण होनेवाले सारे ही लोग बुद्धिमान नहीं होते। दुर्भाग्य से जिनकी बस चूक जाती है, जो थोड़े से अंकों से फेल हो जाते हैं, वे कोई बेअक्ल नहीं होते। भाई, यह परीक्षा पास करना बस एक खास चतुराई और तकदीर की बात है।" फिर वह एकाएक उग्र होकर कठोर स्वर में अपने काडर को झिड़कते हुए कहते, "अक्सर लोग मुझसे कहते हैं कि अरे, तुम्हारे एक एक्जाम को पास करने की सजा हम कितनी और कब तक भुगतते रहेंगे?" अन्त में वह बनावटी मुस्कान के साथ यह कहते हुए बात खत्म करते कि सरकारी नौकरी और कुछ नहीं, बल्कि सरासर एक बेवकूफी और पागलपन है।

डाक-बँगले पर भोजन करते-करते जिला प्रशासन की तरफ से मुझे ब्रीफिंग शुरू हो गई थी। प्रभा शर्मा मेरे आगे आस-पास के सात-आठ जिलों में नक्सली दहशत की तस्वीरें पेश कर रहे थे, "यहाँ पास ही बीजापुर नाम का जिला है। आज भी वहाँ अगर कलेक्टर साहब को अपना हेडक्वार्टर छोड़कर किसी भी दिशा में गाड़ी से पन्द्रह किलोमीटर दूर तक भी जाना हो तो वह हिम्मत नहीं दिखा सकते।"

"लेकिन अगर किसी सूरत उन्हें जाना ही पड़ जाए तो?"

"इट इज टू डिफिकल्ट। वह सिर्फ हेलीकॉप्टर से निकल सकते हैं। कोई और रास्ता नहीं। जहाँ-तहाँ सड़क पर आपको रोड ओपनिंग यूनिट की जरूरत पड़ती है। उसके बगैर रास्तों पर जा नहीं सकते क्योंकि जब तक आप कुछ सोचें रास्तों पर प्रेशर बम और आईईडी फट जाते हैं। रोड ओपनिंग यूनिट उन्हें क्लियर करती है। इन नक्सल प्रभावित इलाकों में नौकरी करना मौत से खेलने से कम नहीं है।"

"मिस्टर शर्मा, तुम्हारी कभी नक्सलियों से मुठभेड़ हुई है?"

"हंऽऽ जाने कितनी बार..." अवधेश बाबू ने हँसते हुए हस्तक्षेप किया और बोले, "सर जी, इनके नाम पर आज की तारीख में बाईस नक्सलियों के एनकाउंटर का रिकॉर्ड है।"

यहाँ का मामला मेरी कल्पना से ज्यादा बड़ा और जटिल था। मैंने शर्मा से सवाल किया, "इन नक्सलियों का प्रभाव इतना कैसे बढ़ गया?"

"ये अच्छा सवाल है सर," प्रभा शर्मा ने गहरी साँस लेते हुए कहा, "नक्सल तो हमारा अपना बनाया हुआ जख्म है। यह किसी और ने नहीं दिया। दो पीढ़ियों पहले हमारे राज्य के अलग-अलग विभागों में काम करनेवाले सरकारी बाबुओं ने आदिवासियों के शोषण का जो नंगा नाच किया और उनके साथ जिस तरह का अमानवीय बर्ताव किया, उसके ही नतीजे आज हम भोग रहे हैं।"

"अपने अधिकारी और कर्मचारी? ये कैसे हुआ?"

"उन दिनों इन हरे घने पहाड़ों में रहनेवाले गरीब आदिवासी बिलकुल खरगोश जैसे नर्म-नाजुक-मासूम हुआ करते थे। शहरी बाबुओं को देखकर ही डर के मारे पेड़ के पीछे छुप जाते थे। इनका मन बहते पानी जैसा निर्मल था। लेकिन गाँव-गाँव में हमारे फॉरेस्टर, पटवारी, दरोगा, तहसीलदार और तमाम सरकारी बाबू तब उनसे खूब मौज-मस्ती करते थे। उनकी अश्लील हरकतें और कुटिल चालाकियाँ..."

"कैसी चालाकियाँ?"

"सरकारी तंत्र के हाथों होनेवाली आए दिन की लूट! आदिवासियों के लिए सरकार की तरफ से जो भी राशन आता था वह सरपंच और दुकानदार

मिलकर हथिया लेते थे। कोई सुविधा उन तक पहुँचने नहीं देते थे और आदिवासी कल्याण के लिए जारी धन की चोरी और भ्रष्टाचार करते थे। फॉरेस्ट अफसरों के आशीर्वाद से जंगलों को बेरहमी से काटा गया और कोयले का खूब अवैध खनन हुआ। बहुत सारे सरकारी बाबू तो गाँवों में सेक्सुअल हरासमेंट करते रहे।"

"सरकारी अधिकारी?"

"बिलकुल! सरकारी अधिकारियों की उस पीढ़ी ने इतने घृणित काम किए कि उसकी दूसरी मिसाल नहीं मिलती। आदिवासियों की जिन्दगी सीधी-सरल और बेपर्दा थी। उनके यहाँ लैंगिक भेदभाव नहीं थे। गाँवों में घोटुल का आयोजन होता था। उनके रिवाजों के मुताबिक गाँवों के युवा लड़के-लड़कियाँ एक जगह इकट्ठा होते और आनन्द मनाते। उन्मुक्त वातावरण था। उनके इन मेलों में ये सरकारी अधिकारी बेहिसाब शराब पीकर घुस जाया करते थे और उनकी तरुण बालिकाओं, युवतियों के वस्त्र अपने हाथों से उतारकर ढोल की ताल पर नाच नचाया करते। पूरी-पूरी रात वे हंगामे करते और बलात्कार तो आए दिन की बात हो गई थी।"

"ओह गॉड! वेरी शेमफुल।"

"और जब ये साला पटवारी बाबू गाँव में घूमता था, तब पीछे-पीछे उसका एक नौकर सिर पर खाट लिए चलता था। तब पटवारी बाबू की खाट गाँव के मुखिया के घर के सामने लगती और वहाँ इसके खाने-पीने का इन्तजाम होता। हमारे ये लोग इतने रंगीले थे कि मुखिया से अपने गाँव की कच्ची, कुँवारी और सुन्दर लड़कियों को बुलवाते। उनकी परेड कराते। फिर उन लड़कियों से इनका मसाज वगैरह कराया जाता। ये उनके मजे लेते। ये साले खुद को राजा का बाप समझते थे...," अवधेश बाबू ने व्यंग्यपूर्वक हँसी बिखेरते हुए कहा। उस समय उनके सामने के दाँतों की पीली पंक्ति चमकने लगी।

"ऐसे अनेक भ्रष्ट-बदनाम फॉरेस्ट अफसर सरकारी तंत्र पर धब्बा थे। ये रात को 'फॉरेस्ट कैम्प' के नाम पर अपनी रातें रंगीन करते थे। डाक-बँगलों में मालिश कराने के नाम पर गाँवों की लड़कियों को बुलाकर एक कतार

में खड़ा कर लेते थे। उनकी तरुण देह पर फ्लैश-लाइट डालते और जिन लड़कियों के नितम्ब और उरोज उन्नत-उभरे नजर आते, उन्हें रात में बड़े बाबुओं की सेवा के लिए रोक लेते।"

"यह तो पूरी अराजकता थी?" मैंने सवाल किया।

"बिलकुल बेलगाम।" प्रभा शर्मा ने कहा। "ये पहाड़ी-आदिवासी सरकारी तंत्र से बेहद नाराज थे। सरकारी लोगों से वे इतनी नफरत करने लगे थे कि सुबह फॉरेस्ट ऑफिसर या बाबू का मुँह दिखने को अपशकुन मानने लगे थे।"

प्रभा शर्मा अचानक खिलखिलाकर हँसने लगे। फिर उनके चेहरे पर गम्भीरता छा गई। जैसे कोई शपथ ले रहे हों। इस अन्दाज में मुझसे कहने लगे, "साठ, सत्तर और अस्सी के दशक के सरकारी अधिकारियों और कर्मचारियों के यहाँ के मासूम आदिवासियों पर किए जुल्मों के जितने किस्से आप सुनेंगे, विश्वास कीजिए कि वे सारे के सारे खरे और सच्चे हैं।" बोलते हुए वह एक पल रुके और फिर कहने लगे, "मेरी जान-पहचान का एक फॉरेस्ट ऑफिसर है। एक रात उसने पीने के बाद मेरे सामने अपनी एक सच्चाई कबूल की। उसने बताया कि एक आदिवासी परिवार से ऐसा काम कराया, जिसे अगर शहरी मजदूरों से करवाता तो लाख रुपये खर्च हो जाते। लेकिन इन पागल लोगों को वह पैसे क्यों कर देता? उसने इस काम के बदले में उन्हें सिर्फ चार बोरी चावल और दो ड्रम भरकर महुए की शराब दी। इसमें उनका हिसाब हो गया और सच तो ये है कि वे भोले-भाले इसमें खुश भी हो गए।

"यहाँ रहे हमारी पुरानी पीढ़ी के अधिकारियों की चमड़ी इतनी मोटी थी और वे इतने बेशर्म थे कि जिसकी कोई सीमा नहीं। रात को जिन गरीबों की मुर्गियाँ चुराकर दावतें उड़ाते थे, सुबह उन्हीं वनवासियों से अंडे छीन लेते और उनकी टोकरियों में रखी शहद से भरी बोतलें लूटने में भी कसर बाकी नहीं रखते।"

प्रभा शर्मा ने पल भर ठहरकर गहरी साँस ली और कहा, "दुर्भाग्य से आज जनता तो यहीं की है लेकिन इस 'जनता की सरकार' बनानेवाले उनके

माओवादी लीडर, सारे के सारे आउटसाइडर हैं। उनमें से ज्यादातर आन्ध्र और तेलंगाना से आए हैं।"

"मगर ये लाल सलाम...इस आन्दोलन की जड़ें यहाँ हर तरफ इतनी मजबूत कैसे हो गईं?" मैंने पूछा।

कुछ पुराने अनुभवी अधिकारियों ने मुझे यह बताना शुरू किया कि कैसे छत्तीसगढ़ में नक्सलियों ने धीरे-धीरे पैर पसारे। खास तौर पर 1970 के बाद हमारे वनविभाग ने जंगलों में रहनेवाले इन आदिवासियों के रहन-सहन, इनकी दरिद्रता और दिलों में पैदा हुई कड़वाहट के प्रति जरा भी संवेदना नहीं दिखाई। इनका जरा भी विचार नहीं किया।

शाश्वत सत्य यह था कि आदिवासी जंगल की सन्तान हैं। मगर वस्तुस्थिति यह थी कि उनमें से किसी के पास भी जंगल की जमीन का कोई पट्टा नहीं लिखा था। न ही उनमें इतनी समझ थी कि उस जमीन को अपने नाम लिखाकर रखें। अपने पूर्वजों की तरह वह उस जमीन पर खेती करते थे। जंगल से जीवन यापन करते थे। लेकिन साठ के दशक में अचानक वन अधिकारी नए नियम-कायदों की लाठी से लैस होकर वहाँ घुस गए। आदिवासियों को चूल्हे में जलाने के लिए, जंगलों की सूखी लकड़ियाँ बीनने तक से रोका जाने लगा। उनके भेड़-बकरियों को जंगल में चराने पर रोक लगा दी गई। आदिवासी स्तब्ध रह गए कि यह क्या! जहाँ वे अपना हक समझते थे, पीढ़ी-दर-पीढ़ी जिन जंगलों में रहते थे, वहाँ किसका राज आ गया, कैसे कानून लागू हो गए, यह सब उनकी समझ से बाहर था। नए कानूनों ने उनके हाथ बाँध दिए। पैर बाँध दिए। वे न अपने खेतों में जा सकते थे और न ही अपने जंगलों में। बहुतों के भूखे मरने की नौबत आ गई।

इसी दौरान बीजापुर जिले में नया नेशनल पार्क बनाने की घोषणा हुई। इसके लिए इन पहाड़ियों और जंगलों में बसे साठ गाँवों को अपनी जगह से हटाकर दूसरी जगह स्थानान्तरित करने का फैसला किया गया। व्यवस्था ने इसके लिए उन अभागों की पीठ पर कोड़े बरसाने शुरू कर दिए। नेशनल पार्क के लिए इमारतों का संकुल बनाने का काम धड़ल्ले से शुरू हो गया। तभी आन्ध्र और कुछ बंगाल से भी आए नक्सल दादाओं ने गोंड वनों के

इस इलाके में प्रवेश किया। वे धीरे-धीरे आगे बढ़े। तब तक सरकारी इमारतें आदिवासियों की आँखों के सामने देखते-देखते अत्याचार और अन्याय के प्रतीक के रूप में खड़ी हो गई थीं। इन युवा नक्सलियों ने इमारतों में तोड़-फोड़ की और आग लगा दी। इसके साथ ही बड़े पैमाने पर विनाश लीला शुरू हो गई।

नक्सली जब हाथों में बन्दूकें लेकर बेधड़क जंगल में घुसे तो फॉरेस्ट ऑफिसर दुबक गए। मगर प्रकृति के बीच रहनेवाले आदिवासी भोले-भाले थे। नादान आदिवासी दो तरह के सैन्य-बलों के बीच उलझ गए थे। उन्हें सामने से वर्दी में आता कोई भी व्यक्ति दिख जाता तो उसे दूर से देखकर वे भाग खड़े होते थे। झाड़ियों में छुप जाते थे। वहीं जब माओवादी बस्तर के जंगलों में अपनी 303 बन्दूक या फिर डंडा लिए भी दिख जाते तो भोले आदिवासी उन्हें 'जंगल पुलिस' समझकर आवाज लगाते। अपना हितैषी समझते।

दिन में अधिकारियों से बात करने के बाद मैं रात में डाक-बँगले के नौकरों और बावर्ची के साथ नक्सलियों पर चर्चा करता। बावर्ची, जिसे वहाँ खानसामा कहा जाता था, मुझे बता रहा था कि शुरुआती दिनों में नक्सली कैसे बस्तर के जंगल में रहनेवाले सामान्य आदिवासियों के साथ नजदीकी बना रहे थे। उसने कहा, "बस्तर के इन सामान्य पहाड़ी लोगों के जीवन निर्वाह का साधन है, हरा सोना।"

"हरा सोना?"

"तेंदूपत्ता! जिसे आप लोग टेम्बर के पत्ते कहते हैं। इन पत्तियों में तम्बाकू लपेटकर बीड़ी बनाई जाती है। दिन भर खड़े-खड़े इन हरे पत्तों को तोड़ते हुए हमारे आदिवासी परिवारों का दम निकल जाता, लेकिन मुनाफा सारा ठेकेदारों की जेब के हवाले हो जाता। तेंदूपत्ते के इन अत्याचारी ठेकेदारों को नक्सलियों ने धर दबोचा। ग्राम सभाओं में जमीन पर बैठाया, हमारे पैर पकड़कर माफी माँगने की बात कही। उनकी वजह से हमारी आँखें खुली। उन्हीं नक्सलियों को हमने अपना रक्षक, मार्गदर्शक और तारणहार माना।"

दूसरी तरफ वन अधिकारी जंगल के अन्दर रहनेवाले इन पहाड़ी-आदिवासियों को अतिक्रमणकारी मान रहे थे। वे उनकी झोंपड़ियों और घरों में आग लगा रहे थे। इसी समय नक्सलदादाओं ने इन भूखे-गरीब आदिवासियों को साहस दिया। उनसे कहा कि अपने खेतों में लौटें। जमीन जोतें। नक्सलियों ने उन्हें संरक्षण दिया। ऐसे में कोई कारण नहीं था कि आदिवासियों को ये नक्सली देवदूतों के समान नजर न आते।

नौकरों-बावर्ची से बातचीत के बाद मेरी फिर एसपी शर्मा, अवधेश बाबू और अन्य अधिकारियों से चर्चा होती।

"वह 1985-86 का साल रहा होगा। श्यामाचरण शुक्ल हमारे मध्य प्रदेश के मुख्यमंत्री थे। उन्होंने यहाँ इन्द्रावती नदी पर एक विशाल बाँध, बोधघाट डैम परियोजना की घोषणा की। उस बाँध के कारण सैकड़ों आदिवासियों के गाँव और छोटे-छोटे घर उजड़नेवाले थे। उनके जिन्दा रहने का एकमात्र साधन, उपजाऊ जमीन के छोटे-छोटे टुकड़े, ये सब पानी में डूबने का डर था।"

"फिर...?"

"यूँ तो वह योजना जमीन पर नहीं उतर सकी लेकिन इस बाँध परियोजना का डर दिखाकर नक्सली बस्तर के गाँव-गाँव में घुस गए। उन्होंने इसका पूरा फायदा उठाया। उन्होंने पूँजीपतियों और पूँजी निवेशकों को निशाने पर लिया। उन्होंने ऐसे नारे बनाए जो अनपढ़ आदिवासियों की जुबान पर भी आसानी से चढ़ गए।"

'रास्ता रोको, नहर बनाओ'
'पूँजीपती भगाओ, जंगल बचाओ'

उस वक्त आदिवासियों ने नक्सलियों की पूजा करना शुरू कर दिया। उन्हें अपना 'मसीहा' मान लिया क्योंकि उन्होंने ही उनके घरों और जमीन को बाँध के पानी में डूबने से बचाया था। उन्होंने अपने घरों में ढोल और नृत्य के साथ इन नक्सलियों का स्वागत किया।

बोधघाट बाँध परियोजना की घोषणा का असली फायदा नक्सलियों ने उठाया। "सरकार तुम्हें पानी में डुबाने की तैयारी कर रही है। तुम्हारे घर, तुम्हारी जमीन, तुम्हारे गाँव, तुम्हारा सब कुछ," उन्होंने कहा, "हम दूर से तुम्हें बचाने के लिए आए हैं। तुम्हारे प्राणों को, तुम्हारे लोगों को, तुम्हारे जानवरों को हम ही पानी में डूबकर मरने से बचाएँगे।" नक्सलियों ने अपनी यही छवि आदिवासियों के मन में बैठाई। जमकर उनका हितैषी होने का प्रचार किया और आगे चलकर इसका खूब फायदा भी उठाया।

"इसका मतलब कि माओवादियों ने पहले आदिवासियों के मन-मस्तिष्क में अपनी जगह से उजड़ने का डर बसा दिया और उसके बाद यहाँ पूरी पकड़ बनाकर उन्हें लूटना-खसोटना शुरू किया।"

"ऑफ कोर्स! बोधघाट बाँध के कारण सारे गाँव, घर, झोंपड़ियाँ, जमीन, जानवर डूब जाएँगे, इस बात का डर उस समय यहाँ कोने-कोने में पसरा हुआ था। गरीब आदिवासियों या बाकी गरीबों के पास जमीन का जो एकाध टुकड़ा और थोड़े से जानवर हैं, वे भी छीन लिये जाएँ तो फिर उनके पास बचेगा ही क्या?"

"क्या कहते हो अवधेश बाबू?" मैंने जिलाध्यक्ष महोदय से पूछा।

"प्रभा इज एब्सल्यूटली राइट। उस समय मैं कॉलेज में पढ़ता था। करनाल में। लेकिन अखबार में रोज पढ़ता था कि नक्सली अबूझमाड़ की पहाड़ियों में सरकार के विरुद्ध लगातार आदिवासियों का ब्रेन वॉश कर रहे हैं। उन्हें कह रहे हैं कि राज्य के बाहर से टाटा, बिरला, एस्सार जैसे बड़े-बड़े बिजनेसमैन और पूँजीपति क्यों हमारे जंगलों में बड़े-बड़े कारखाने और प्लांट लगाने के लिए घुसने की तैयारी में हैं? वे हमारी जमीन के अन्दर का कोयला, मैगनीज और दूसरे खनिजों की खदानें लूटने आ रहे हैं। वे तुम्हें यहाँ बची-खुची जमीन से भी उखाड़ना चाहते हैं और इसलिए पूरी तैयारी से आ रहे हैं। इस पूरे मामले में गोएबल्स के जैसा झूठा प्रचार तंत्र फैलानेवाले ये नए 'देवदूत' इन देहातियों को अपने भाई-बन्धु जैसे लगे।"

पूरे पोलिंग स्टाफ और पुलिस दल के वरिष्ठ अधिकारियों की पहली बैठक एक सुबह मुख्यालय में हुई। डिस्ट्रिक्ट और पुलिस हेडक्वार्टर की वह इमारत करीब चालीस-पचास साल पुरानी थी। कम्पाउंड की दीवार से लगे बरगद और पीपल के पेड़ों की पत्तियों पर धूल की मोटी परतें जमी थीं। उनकी टहनियों में जैसे गांठें पड़ी थीं और वहाँ रात-दिन काँव-काँव करते कौवों ने टहनियों को अपनी सफेद रंग की बीट की परतों से ढक दिया था।

दीवारों के ऊपर हर तरफ कांटेदार तार लगे थे। उनकी देखभाल न होने से समय के साथ तारों में जंग लग चुका था। दीवार से सटे हुए कई वाहन खड़े थे, जिनमें पुलिस और अर्द्ध-सैनिक बलों की गाड़ियाँ शामिल थीं। उनकी विंड स्क्रीनों पर भी तारों की जालियाँ थी। वहीं पर कतार में कुछ अत्याधुनिक सशस्त्र जीप भी खड़ी थीं, जिन्हें आम तौर पर बड़े गर्व से एंटी-लैंडमाइन व्हीकल्स बताया जाता था। वास्तव में वे काफी बड़ी थीं और उनका आकार किसी छोटे हाथी से कम नहीं था। दिखने में वे बहुत आकर्षक थीं।

मैंने गौर किया कि वहीं पास में लोहे के एक विशाल बक्से जैसा मलबा पड़ा था। उसका टीन एकदम मुड़ा-तुड़ा और स्टील जलकर काला पड़ा हुआ था। एक पुलिस अधिकारी ने मुझे कुछ विस्मित करनेवाले अन्दाज में बताया, "सर जी, हमारे एंटी-लैंडमाइन व्हीकल का यह हाल हुआ है।" मेरे कदम तत्क्षण वहीं ठिठक गए। मैं लोहे के उस ढेर को ज्यादा गौर से देखने लगा।

कुछ समय पहले मैंने अखबारों में पढ़ा था कि नक्सली अपने प्रभाव वाले इलाकों में अक्सर लैंडमाइंस या भारी मोर्टार बन्दूकों का इस्तेमाल करके बड़े ट्रकों, सरकारी कारों और पुलिस की गाड़ियों को उड़ा देते हैं। वे निजी वाहनों को भी नहीं बख्शते। उनके इन घातक हमलों को नाकाम करने के लिए पुलिस और सैन्य अधिकारियों ने एक फौलादी गाड़ी बनाई है, जिसे विस्फोटकों के द्वारा भी नुकसान नहीं पहुँचाया जा सकता। यह गाड़ी ऐसी मोटी स्टील प्लेट्स से बनी है, जिन पर बम का कोई असर नहीं होता और मोर्टार-फायर तथा लैंडमाइन धमाके से भी उसे कोई नुकसान नहीं पहुँचेगा।

जिस गाड़ी को लेकर इतनी बड़ी-बड़ी बातें और दावे हुए, उसका यह

हाल देखा नहीं जा रहा था। मैं उस मजबूत गाड़ी के कंकाल को उसके चारों ओर घूमते हुए देख रहा था। मेरी इस उत्सुकता को देखकर, थोड़ी दूर मोबाइल पर बात कर रहे प्रभा शर्मा पास आ गए। वह गाड़ी के नजदीक अपने घुटनों के बल बैठ गए। फिर नीचे झुककर उन्होंने गाड़ी के चेम्बर पर नजर डाली। मैं भी घुटनों पर बैठकर गाड़ी के निचले, तल भाग को देखने लगा। शर्मा ने मेरा ध्यान गाड़ी के चेम्बर में लगे अंग्रेजी के 'वी' आकार की ओर दिलाया। गाड़ी का पूरा निचला भाग उस आकार से डिजाइन किया गया था। जिससे गाड़ी के नीचे प्रचंड विस्फोट भी हो तो उसकी सारी ऊर्जा 'वी' आकार से टकराकर दाएँ-बाएँ छितरा जाए। गाड़ी बची रहे।

"इस गाड़ी की कई समस्याएँ हैं," वहाँ से आगे बढ़ते हुए हमने बातचीत शुरू की तो शर्मा ने बताया, "इसे जिस तरह से डिजाइन किया गया है, उस कारण इसमें सिर्फ आठ लोग हेलमेट पहनकर बैठ सकते हैं। जैसे किसी एयरक्राफ्ट में सिर्फ पायलट और पैसेंजर ही समा पाते हैं। लेकिन सचाई यह है कि फील्ड पर कई बार पन्द्रह-पन्द्रह जवानों की जरूरत पड़ती है। ऐसे में सब को ठसाठस घुसाया जाता है। इससे ऐन ऑपरेशन के वक्त सिपाहियों का मूवमेंट मुश्किल हो जाता है।"

"लेकिन असली समस्या क्या है?" मैंने शर्मा जी की कातर आवाज सुनकर सवाल किया।

"शुरुआत में हमें लगता था कि एंटी-लैंडमाइन व्हीकल अभेद्य कवच है। दावा भी ऐसा ही किया गया था। लेकिन अब यह बात खोखली साबित हो चुकी है। कई जगहों पर नक्सलियों ने इन गाड़ियों का कचूमर निकाल दिया।"

"इसका कोई गम्भीर नुकसान हुआ क्या?"

"ओह यस। वेरी सीरियस। इन व्हीकल्स में ऑपरेशन के लिए गए अपने कई अच्छे युवा साथियों को हमने खो दिया।" बोलते हुए उनकी आवाज में उदासी उतर आई। फिर एक आह के साथ बोले, "बस्तर एरिया में नारायणपुर जिले के एडिनशल एसपी भास्कर दीवानजी जैसे हमारे कलीग ने ऐसी ही एंटी-लैंड माइन व्हीकल में अपने प्राण गँवा दिए।"

पूरे परिसर में सशस्त्र जवान जिस तरह से आ-जा रहे थे, उससे लगता

था मानो यह किसी युद्धभूमि के जैसी हलचल है। किसी आर्मी रेजिमेंट के जनरल हेडक्वार्टर जैसी धूम वहाँ नजर आ रही थी।

उस दोपहर 11 बजे के करीब मत्स्य विभाग के जिलाधिकारी मुझसे मिलने आए। उनका नाम था, हुंका। यहाँ मेरे कवि मित्र रवि तम्बोली ने अपने एक साथी अफसर को फोन किया था। वहाँ से वाया-वाया मत्स्य-जिलाधिकारी मुझ तक पहुँचे। पान खा-खाकर उनके मुँह में लाल रंग की एक मोटी परत चढ़ चुकी थी। दाँतों के बीच दरारें भी लाल परतदार थीं। हमने कुछ गपशप की और फिर उन्होंने जैसे लजाते हुए हौले-से कहा, "साहब, यहाँ से कुछ दूर एक गाँव में मेरे दोस्त का खेत है। उसके यहाँ रोहू मछली की अच्छी पैदावार हुई है।"

"अच्छा...?"

"एक मछली लाया हूँ साहब जी...खास आपके लिए।" यह कहते हुए उन्होंने अपनी थैली में रखी हुई करीब ढाई किलो वजन की रोहू मछली बाहर निकाली। मुझे लगता है कि सारी मछलियाँ बहुत स्वादिष्ट होती हैं, जादू तो बस बनानेवाले के हाथ का होता है। डाक-बँगले पर इस रोहू को कोई कैसे बनाएगा, मेरे मन में हो रही इस हलचल को हुंका की होशियार नजरों ने तुरन्त ताड़ लिया। वह बोले, "चिन्ता मत करो साहब। अपनी दुड़िया है ना, उसे बुलाता हूँ मैं बड़े साहब के बँगले से।"

हुंकाजी तुरन्त काम में लग गए। उस दिन मैं अकेला था और इसलिए आग्रह करके हुंका को अपने साथ भोजन के लिए रोक लिया। हल्दी के पत्ते में उबालने के बाद तली हुई उस मछली का स्वाद बहुत शानदार था। मैंने देखते-देखते चार बड़े हिस्से उदरस्थ कर लिए।

मुझे वह मत्स्याहार पसन्द आया, यह देखकर डाक-बँगले के बावर्ची, नौकर, मेरे सिक्योरिटी गार्ड पुलिस इंस्पेक्टर सभी बहुत खुश नजर आ रहे थे। थोड़ी देर में बावर्चीखाने की तरफ का पर्दा हिला। बड़ी-बड़ी पानीदार आँखों वाली बाईस-तेईस बरस की एक आदिवासी युवती ने झाँककर देखा।

"अरे आइए आइए," हुंका ने कहा। वह युवती जब चार कदम चलकर अन्दर आ गई, तो हुंका ने बड़े अभिमान से मेरा परिचय कराया, "यह है दुड़िया। इसके हाथों में बड़ा गुण है। इसने ही आज मछली पकाई साहब।"

दुड़िया ने हर्ष भरी नजरों से मुझे देखा। मैंने उसे नमस्कार किया। मैंने उसके हाथों के हुनर की तारीफ की तो वह खुश हो गई। हुंका ने कहा, "क्या बोलूँ सरजी। यहाँ कलेक्टर, कमिश्नर जैसे बड़े-बड़े अधिकारी दुड़िया के हाथ का खाना बड़े चाव से खाते हैं। लेकिन एक जमाना था। इस छोकरी ने बड़े टेररिस्ट नक्सलियों को भी खाना बनाकर खिलाया है।"

हुंका की इस तारीफ से दुड़िया और खुश हुई। मैं उसकी आँखों में देख रहा था। उसकी जामुनी आँखों में बड़ी गहराई थी, जैसे किसी गहरे कुएँ का ठहरा हुआ पानी हो। उन्हें देखकर ही लगता था कि उसने अपने जीवन में बहुत दर्द सहा है। हुंका दुड़िया के बारे में कुछ और बातें बताने को उत्सुक लग रहे थे लेकिन तभी मुझसे मिलने के लिए कुछ अफसर आ गए और हमारी बातचीत बीच में रुक गई।

दो दिन बाद एसपी प्रभा शर्मा ने जिलाधिकारी अवधेश बाबू और मुझे दोपहर के खाने पर बुलाया। दिन के एक-डेढ़ बजे होंगे। उस दिन कोई खास काम नहीं था। करीब पैंतीस की लग रहीं श्रीमती शर्मा दो नौकरों को साथ लेकर एक-एक डिश मेज पर सजा रही थीं। पुराने पीतल की चमकती हुई थालियाँ और कटोरियाँ। मेरी आँखें केले के करीने के काटकर सजाए गए पत्तों पर थीं, जिन पर सब्जी और अचार सजाकर से रखे थे। इसके बाद हल्दी के पत्तों वाली फ्राय फिश की डिश नजर आई। मेरे मुँह में पानी आ गया। पहला कौर खाते ही मैं उसके स्वाद में डूबकर खुशी से झूम गया। श्रीमती शर्मा को धन्यवाद देते हुए मैंने कहा, "वाह भाभीजी। क्या बात है! सुन्दर।"

"आपको मछली पसन्द आई?"

"ओह! बिलकुल। ऐसा मस्त स्वाद मुझे दो दिन पहले ही डाक-बँगले पर भी मिला था।"

"दैट इज पॉसिबल भाई साब," शर्माजी ने हँसते हुए कहा।

"मतलब?"

"मतलब कि ये दोनों डिश बनानेवाला एक ही कुशल हाथ है," हँसते हुए मिसेज शर्मा बोलीं। उन्होंने जोर से आवाज लगाई, "दुड़ियाऽऽऽ यहाँ आना जरा।"

परसों वाली ही आदिवासी तरुणी, लजाते हुए सामने खड़ी थी। उसकी गहरी जामुनी आँखें झुकी हुई थीं। आज भी हो रही अपनी तारीफ से दुड़िया प्रसन्न दिख रही थी। अब मैंने उसे कुछ गौर से देखा। दुबली-छरहरी। शरीर तना हुआ। दूसरी आदिवासी लड़कियों के मुकाबले कुछ ऊँचा कद। जंगल में किसी पेड़ पर लगे ताजे ताँबई फल के जैसा चमकता उसका चेहरा। कमाल की आकर्षक बोलती हुई आँखें।

दुड़िया मुझे नमस्कार करके अन्दर चली गई। उसकी लज्जा कुछ कम हुई होगी। उसने खाने के दौरान कुछ डिश बीच-बीच में भोजन की मेज पर लाने और ले जाने का काम किया। मुझे अचानक मत्स्याधिकारी की बात याद आई। मैंने प्रभा शर्मा से पूछा, "एसपी साहब, मैंने सुना है कि ये लड़की नक्सलियों के साथ, उधर अबूझमाड़ के पहाड़ों वगैरह में रहकर आई है?"

"यस। वहाँ थी यह कुछ वर्षों तक। वहाँ उसकी शादी भी हुई थी। अबूझमाड़ की रहस्यों से भरी पहाड़ियों में किसी नाटक जैसे भले-बुरे प्रसंग बेचारी ने अपनी जिन्दगी में झेले। लेकिन उसकी जिन्दगी की वह पनौती खत्म हो गई। पिछले साल उसने पड़ोस के जिले में मेरे सामने ही सरेंडर किया था। अपनी पिस्तौल के साथ।" शर्मा ने जानकारी दी।

"वेरी नाइस। लेकिन यहाँ ऐसे कितने रिफ्यूजी हैं?"

"हैं बीस-पच्चीस लोग। गरीबी और अज्ञानता की वजह से राह भटकनेवाले युवा हैं ज्यादातर। उन्होंने अपनी गलतियों से बने फिसलन भरे और हिंसक रास्ते को छोड़ दिया है। वे जंगलों से निकलकर हमारी सिविल सेवाओं में आ गए हैं। वे सामान्य मनुष्यों की जिन्दगी जी रहे हैं। हम उन्हें सुरक्षा का वचन देते हैं।"

"क्या आप सचमुच अपने वचन का पालन करते हैं?"

"भटककर भी सही राह पर लौट आनेवाले युवक-युवतियों का पुनर्वास करना हमारी सरकारी नीति का हिस्सा है। यह हमारे कर्तव्य का भी एक भाग है।"

"वाहऽऽऽ बहुत बढ़िया।"

"उन्हें सरकारी नौकरी में लेकर उनका मनोबल बढ़ाना हमारा लक्ष्य होता है।"

"तुमने दुड़िया को कौन-सी नौकरी दी...प्यून वगैरह की?"

"नो-नो, शी इज क्वाइट शार्प। वैसे तो यह निरक्षर थी। लेकिन वहाँ अबूझमाड़ के पहाड़ों में जाकर इसने खूब अच्छे से लिखना-पढ़ना सीखा। इसका आईक्यू बहुत शानदार है। इसकी इच्छा पुलिस में भर्ती होने की है। मुझे भी पूरा विश्वास है कि यह ऐसा कर लेगी। एक बार उसने हमारी फोर्स जॉइन की तो वहाँ भी चमकेगी।"

"इसमें कोई अड़चन है?"

"टेक्निकली उसे दसवीं पास होना चाहिए। वह परीक्षा देनेवाली है। हमने उसे प्राइवेट ट्यूशन भी लगवाई है। जल्दी ही सब उसकी मर्जी के हिसाब से हो जाएगा।"

एसपी जो काम कर रहे हैं, मैंने तहे-दिल से उसकी प्रशंसा की। उन्हें भी यह अच्छा लगा और वह उत्साह से आगे बताने लगे, "इन रिफ्यूजियों की जिन्दगी हमेशा संकट में रहती है। एक बार जब वे अपने दल-बल से अलग हो जाते हैं तो माओवादी इन्हें अपना सबसे बड़ा दुश्मन समझने लगते हैं। अपनी भाषा में वो इन्हें 'कोविट' कहते हैं, यानी ऐसे गद्दार जिन्होंने खुद को पुलिस के हाथों बेच दिया। उन्हें लगता है कि अब ये पुलिस के खबरी बन गए हैं और इन्हें हर हाल में खत्म करना है। ऐसा सोचनेवाले नक्सलियों को चेतावनी देना जरूरी है। इसीलिए हम रिफ्यूजियों को सुरक्षा के लिहाज से पुलिस लाइंस में ही रखते हैं। यहाँ ये लोग हमेशा सिक्योरिटी कवर में रहते हैं।"

भोजन के बाद हमने सौंफ मुँह में डाली ही थी कि अचानक प्रभा शर्मा के लिए फोन आ गया। उसने प्यून से पूछा, "अरे, कचरू किधर है? इधर आया है क्या आज?" तत्काल कचरू की तलाश शुरू हुई। थोड़ी देर में चौड़ी

आँखों वाला, गहरा-साँवला और दुबला-पतला व्यक्ति हमारे सामने आकर खड़ा हो गया। उसकी उम्र होगी कोई तीस के आस-पास। ऐसा लगता था कि वह किसी दबाव में है। घबराया हुआ-सा। उसकी तरफ इशारा करते हुए प्रभा शर्मा ने मुझसे कहा, "सरजी, यह कचरू है। हमने इससे दुड़िया की दूसरी शादी करा दी। यह उसका पति है।"

"क्या करता है यह?"

"पास के तालुके में प्राइमरी स्कूल टीचर है।"

हम बँगले से बाहर निकले। दुड़िया की 'रीमैरिज', यह शब्द मेरे कान में खनक रहा था। कल डाक-बँगले में लड़के अबूझमाड़ में दुड़िया की एक सीनियर नक्सली कमेटी मेम्बर के साथ हुई शादी पर कानाफूसी कर रहे थे। उस पर यह उसकी दूसरी शादी की बात। मेरे मन में मची खलबली बढ़ गई। पता नहीं कैसी-कैसी स्थितियाँ इस आदिवासी तरुणी के जीवन में आई होंगी? मुझे उससे ढेर सारी बातें करनी थीं। लेकिन फिलहाल तो हम सभी वहाँ से जाने की जल्दी में थे।

रात को डाक-बँगले पर मैं अपने साथ काम के लिए तैनात क्लर्कों से बातचीत करता रहा। हमारी चर्चा की गाड़ी प्रभा शर्मा जैसे बहादुर अधिकारी के आस-पास ही चक्कर लगाती रही। मध्य प्रदेश पुलिस में डीवाईएसपी के रूप में जॉइन करने से पहले वह रायपुर के किसी कॉलेज में हिन्दी के प्राध्यापक थे। पीएचडी थे। इसी से उनकी खाकी वर्दी में सुसंस्कृत व्यक्तित्व झलकता था और उनकी भाषा की मिठास छुपाए नहीं छुपती थी।

नक्सलियों की उन पर पैनी निगाह थी। वे प्रभा शर्मा को जल्द-से-जल्द एक और 'चौबे' बनाकर अपने 'वर्गशत्रु' को खत्म करने को आतुर थे।

अपनी जिम्मेदारियाँ निभाते हुए मुझे यह भी ध्यान रखना था कि अलग-अलग चुनाव ड्यूटी के लिए लोगों को सही तरीके से प्रशिक्षण मिले। इनमें मतदान

केन्द्रों पर काम करनेवाले और उसके बाद मतगणना का कर्तव्य सही ढंग से निभानेवाले कर्मचारी तक शामिल थे। इसके लिए सबसे अच्छे प्रशिक्षकों की जरूरत होती है। एक दिन जब मैं ऐसे ही प्रशिक्षण केन्द्र में गया, तो वहाँ मैंने गेहुएँ रंग वाले एक सज्जन को देखा, जो उम्र के पाँचवे दशक में थे। वह प्रशिक्षुओं को बहुत उत्साह से सम्बोधित कर रहे थे।

सच कहूँ तो मैं वहाँ कुछ पल ठहरकर निकल आने के इरादे से गया था लेकिन जब मैंने उस व्यक्ति की वाक्-पटुता देखी, उसकी ग्वालियरी शैली वाली हिन्दी का स्पष्ट उच्चारण सुना, शब्द-चयन और बोलने का शानदार अन्दाज देखा तो देर तक वहीं खड़ा रह गया। क्लास खत्म होने के बाद मैंने उन्हें अपने पास बुलवाया। उनका अभिवादन किया। उन्होंने भी आदरपूर्वक नमस्कार करते हुए बताया, 'साहबजी, मैं जयेश दीक्षित हूँ। हम मूलतः महाराष्ट्रियन ब्राह्मण हैं।'

"किस गाँव के?"

"कोंकण में केलशी के।"

"तब फिर यहाँ कैसे?"

"साहबजी, यह हमारी पाँचवीं पीढ़ी है। हमारे पूर्वज ग्वालियर दरबार की सेवा के लिए आए थे और तब से हम यहीं के होकर रह गए। लेकिन घर में, अपने मन में हम मराठी ही रहे। हमारे घर के मन्दिर में बड़े भक्ति भाव से पीढ़ियों से केलशी की महालक्ष्मी की चाँदी की प्रतिमा पूजी जाती है।"

जयेश दीक्षित वहाँ एक हिन्दी माध्यमिक विद्यालय में मुख्य अध्यापक थे और छात्रों के बीच उनकी अच्छी-खासी लोकप्रियता थी। उन्होंने शिवाजी सावन्त का वृहद उपन्यास 'मृत्युंजय' हिन्दी में पढ़ रखा था। इसके नायक कर्ण के साथ-साथ उपन्यासकार का प्रभाव भी उनकी बातचीत में खूब झलकता था। उन्होंने आग्रहपूर्वक मुझे निमंत्रित किया कि मैं एक बार उनके घर अवश्य आऊँ। मैंने उसे स्वीकार किया।

दिन बीत रहे थे और चुनाव की तारीख नजदीक आ रही थी। अप्रैल के महीने में बाहर गर्मी खूब बढ़ चली थी। जंगल में पेड़ों की पत्तियाँ झरनी शुरू हो चुकी थीं। कुछ ही हफ्तों पहले तक घनी हरियाली ओढ़े वृक्ष अब धीरे-धीरे पत्रहीन और आभाहीन हो चले थे। नक्सलियों की गोलीबारी की छाया के बीच चुनावों में क्या रणनीति अपनानी चाहिए, सभी राजनीतिक दल इस सोच-विचार में लगे थे। कुछ चर्चाएँ खुली थीं और कुछ चिन्ताएँ कानाफूसी में चल रही थीं। तनाव बढ़ रहा था। कई अनुभवी बुजुर्ग डरे हुए थे, "इस बार प्रशासन चाहे जितनी सावधानी बरत ले, नक्सली पाँच-पचास हत्याओं के बिना चुनाव प्रक्रिया को पूरा नहीं होने देंगे।"

प्रशासनिक स्तर पर उन सभी लोकसभा सीटों पर बेहद चौकसी बरती जा रही थी, जो नक्सल प्रभाव वाले क्षेत्रों में पड़ती थी। बार-बार इस बात की जाँच की जा रही थी कि स्थानीय पुलिस दल और केन्द्रीय अर्द्धसैनिक बलों की तैयारियाँ कैसी हैं। ऐसी तमाम बैठकों में शामिल होकर मैं तैयारियों का जायजा ले रहा था।

जिस दिन मैं राज्य के शस्त्रागार में पहुँचा, वहाँ मौजूद संहार और बचाव के अत्याधुनिक हथियारों का जखीरा देखकर स्तब्ध रह गया। एक कतार से सब सजा था। 55 एमएम के मोर्टार। छोटे आकार की तोपें, जिनकी क्षमता करीब 850 मीटर तक मार करने की थी। स्नाइपर राइफलें, जिनका इस्तेमाल जमीन पर सीधे लेटकर भी किया जा सकता था। ऑटो एफएएल राइफलें, जो कई पेड़ों के मोटे-मोटे तनों के गट्ठर में भी दर्जनों छेद कर सकती थीं। 30-राउंड मैग्जीन वाली एके-47 राइफलें। इससे कहीं खतरनाक वो एके-47 जिनके साथ अंडर बैरल ग्रेनेड लॉन्चर्स (यूबीजीएल) को अटैच किया जा सकता था। ऐसे कई अनेक घातक हवाई हथियार, जो एक बटन दबाते ही जमीन से हवा में ताकतवर ग्रेनेड उछाल सकते थे। यह प्रचंड तैयारी वाकई प्रभावित करनेवाली थी।

मैं देख रहा था कि इस इलाके में हथियार कितने महत्त्वपूर्ण हैं, फिर चाहे वे पुलिस के पास हों या नक्सलियों के पास। माओ ने बहुत पहले अपने लाल भक्तों को सबक दिया था, "बन्दूक की नली और शत्रु की छाती में

धँसी गोली से ही सत्ता हासिल होती है।"

मेरे पास माओ के ट्रेनिंग मैन्युअल के कुछ पन्नों की जेरॉक्स कॉपी थी। उसमें सिपाहियों के लिए एक निर्देश था, 'अपने हाथों के शस्त्र की रक्षा, अपने प्राणों से बढ़कर करनी चाहिए।' एक दिन मैंने शर्मा के अधीनस्थ डिप्टी एसपी से पूछा, "जंगल में आखिर माओवादियों को इतने सारे हथियार मिलते कैसे हैं?"

"म्यांमार और चीन की सीमा पर स्थित जंगलों में इनका बाजार भरता है। लाइट मशीनगनें और एके-47 से लेकर बड़े-बड़े संहारक शस्त्र वहाँ मिलते हैं।"

"खुले बाजार में?"

"हाँऽऽऽ इसमें क्या है? इन सीमावर्ती जंगलों में रहनेवाले हथियारों के दलाल करोड़ों का कारोबार करते हैं। ये लोग सिर्फ माओवादियों को ही नहीं, बल्कि नगा और मिजो चरमपंथियों के साथ-साथ जम्मू-कश्मीर के आतंकियों को भी हथियार बेचते हैं। उन्हें जो हथियार चाहिए, वे मुहैया कराते हैं।"

अधिकारियों के पास जो जानकारी है, उसके अनुसार आज पूरे भारत में माओवादियों के पास दस हजार सशस्त्र लड़ाके हैं। उनके कन्धों पर या फिर हाथों में अत्यन्त घातक विस्फोटक और मारक हथियार हैं। पुलिस और माओवादियों के बीच की यह लड़ाई आज मरो या मार दो के खतरनाक मोड़ पर आ खड़ी हुई है।

और दोनों पक्षों की तरफ से संहारक शस्त्रों का इस्तेमाल करनेवाला यह भीषण युद्ध किसी देश की सीमा पर नहीं लड़ा जा रहा, बल्कि एक राज्य के अन्दर, वह भी उसके घने जंगलों में लड़ा जा रहा है!

मैं शस्त्रागार से निकलकर बाहर आया। सामने ही दिल्ली की एक प्रसिद्ध अंग्रेजी साप्ताहिक पत्रिका के संवाददाता मिल गए। उन्होंने धीरे-से मेरे कान में कहा, "सरजी, माओवादियों का लक्ष्य होता है कि जिस भी रास्ते से मिलें, एडवांस किस्म के हथियारों पर कब्जा कर लो।"

"वो कैसे?" मैंने पूछा।

"दस साल पहले ओडिशा के कोरापुट जिले में उन्होंने डिस्ट्रिक्ट आर्मरी लूट ली थी। पाँच सौ राइफलें और कारतूसों के सैकड़ों पट्टे लेकर वे फरार हो गए थे।"

"जो भी हो, मेरा एकमात्र लक्ष्य यह सुनिश्चित करना है यहाँ पर चुनाव बिलकुल शान्तिपूर्ण ढंग से सम्पन्न हो जाएँ।" यह कहते हुए मैं आगे बढ़ गया।

डाक-बँगले के ग्राउंड फ्लोर पर मुझे अक्सर दुड़िया का पति कचरू दिखाई दे जाता था। उसके कुछ दोस्त वहाँ बावर्ची थे। बीच-बीच में कभी दुड़िया भी किचन से बाहर निकल आती थी। खाना बनाने के लिए दुड़िया को सुरक्षित लाने-ले जाने का काम कचरू के जिम्मे था। कभी वह सामने पड़ जाता तो मैं उससे पूछ लेता था, "क्यों कचरू मास्टर कैसे हो?" दुड़िया यह सुनते ही खूब ठठाकर हँसती थी। एक बार मेरे मुँह से कचरू के लिए 'मास्टरजी' सुनकर जैसे उसके धीरज का बाँध ही टूट गया। वह खूब हँसी। हँसी रुकने के बाद उसने मुँह में भरे पान की पीक की पिचकारी एक तरफ मारी और बोली, "साहबजी, इनसे पूछिए तो कि कभी बाल-बच्चे तो क्या गाय-भैंस तक सँभाली है?" उसकी बात का आशय मुझे समझ नहीं पड़ा।

उस दिन हम लोग कुछ ग्रामीण इलाकों के मतदान केन्द्रों को देखने जा रहे थे। हम तीनों एक अम्बेसडर में बैठे। प्रभा शर्मा आगे की सीट पर थे। यहाँ गाँवों में जाने का मतलब किसी हादसे के लिए तैयार रहना भी होता है। इसीलिए हमारी गाड़ी के हेडक्वार्टर से निकलने के पूर्व ही डिस्ट्रिक्ट पुलिस की एक रोड ओपनिंग यूनिट आगे के निरीक्षण के लिए निकल ली। हमारे काफिले के आगे-पीछे कई कमांडो तैनात थे, जिनके हाथों में तीस-तीस राउंड मैग्जीन वाली एके-47 और अत्याधुनिक यूबीजीएल जैसे घातक शस्त्र थे।

आसमान में बादल थे। वातारण में हल्की धुन्ध थी। पूरे इलाके में दशहत का ऐसा माहौल था कि लगता था, सूरज भी निकलने से पहले जरा ताक-झाँक करता होगा।

काफिला बढ़ने से पहले डाक-बँगले के सामने गाड़ी में बैठते हुए मैं पल भर को असमंजस में था। खिड़की के पास बैठूँ या सीट पर बीच में? अन्ततः एक तरफ मैं और दूसरी खिड़की की तरफ जिलाधिकारी अवधेश बाबू बैठे। सामने की सीट पर बैठे शर्माजी ने अपनी गर्दन हल्के-से घुमाई और हँसते हुए बोले, "सरजी यहाँ जरूरत से ज्यादा सावधान होकर रहने का भी कोई मतलब नहीं है।"

"ऐसा क्यों?"

"हाल की बात है। नारायणपुर जिले की। एक सीनियर केन्द्रीय अधिकारी कुछ योजनाओं का हालचाल देखने के लिए आए हुए थे। उन्हें हेलीकॉप्टर से सर्वे करना था। सावधानी बरतते हुए उन्होंने खिड़की के पास न बैठने का फैसला किया। बीच की सीट पकड़ ली। अगर चॉपर पर कहीं से हमला हो भी गया तो दाएँ-बाएँ ज्यादा खतरा है। बीच में बैठे आदमी के लिए स्थिति कहीं सुरक्षित है। हेलीकॉप्टर टूर पर निकला। सिर्फ पन्द्रह मिनिट हुए होंगे कि जमीन से हेलीकॉप्टर पर फायरिंग शुरू हो गई। सारे लोग बच गए लेकिन एक गोली नीचे से कुछ इस तरह बीच सीट के निशाने पर आई कि उस पर बैठे दिल्ली वाले मेहमान के प्राण निकल गए।"

अवधेश बाबू कुछ आध्यात्मिक अन्दाज में बोले, "ऐसा है सरजी कि होनी को कोई नहीं टाल पाएगा।"

छत्तीसगढ़ पर लिखने और शोध करनेवालों के लिए अबूझमाड़ की पहाड़ियाँ और घने जंगल हमेशा रहस्य का विषय रहे हैं। मैंने इस बारे में प्रभा शर्मा से बात की तो उन्होंने कहा, "इन्द्रावती नदी के पार पड़नेवाली अबूझमाड़ की पर्वत शृंखला में कोई घुस नहीं सकता।"

"कारण?"

"बेहद घना जंगल है। एक के बाद दूसरी, सिलसिलेवार जैसे अन्तहीन छोटी-बड़ी हरी-भरी पर्वत श्रेणियाँ हैं। खत्म ही नहीं होतीं।"

"कभी किसी ने गिनती नहीं की?"

"हाँ ऐसा ही है। पर एक बार मैंने उन्हें गिनने की बेवकूफाना कोशिश की थी।"

"वो कैसे?" पूछते हए मुझे हँसी आ गई।

"तब मैं मुख्यमंत्री की सुरक्षा में था। मुख्यमंत्री के साथ हेलीकॉप्टर में उड़ान भरते हुए एक बार जब ऊपर से गुजर रहा था, मैंने कोशिश की थी उन पहाड़ियों को गिनने की। मगर हर तरफ पहाड़ियों पर ऐसी हरियाली बिखरी पड़ी थी कि सब कुछ जैसे एक-दूसरे में मिल गया हो। कुछ समझ ही नहीं पड़ता था।"

सफर के दौरान मुझे दुड़िया की याद आ गई। मैंने एसपी साहब से कहा, "शर्माजी, आपको नहीं लगता कि दुड़िया को अपने पास रखना आपके लिए भी बड़ा रिस्क है?"

"वो कैसे सर?"

"वह लड़की कुछ साल तक पहाड़ों में बने नक्सलियों के हेडक्वार्टर में रहकर आई है। आज वो आपके पास रिफ्यूजी है लेकिन कोई तो छुपकर उस पर नजर रखे होगा या उनके निशाने पर तो वो होगी!"

"बिलकुल!" प्रभा शर्मा हँसते हुए बोले, "रिफ्यूजी बन जानेवाले लोग तो माओवादियों के लिए टॉपमोस्ट टारगेट होते हैं। वे उन्हें अपनी भाषा में कोविट यानी पुलिस का मुखबिर कहते हैं। इन लोगों से उन्हें सख्त नफरत होती है। ऐसा कोई रिफ्यूजी अगर उनके हाथ लग जाए तो वे उसके हाथ-पैर मुर्गियों और बकरियों की तरह काट डालते हैं। धड़ एक तरफ फेंकते हैं और शरीर के बाकी अंग दूसरी जगहों पर फेंकते हैं।"

"यह जानकर भी आप इन रिफ्यूजियों को अपने हेडक्वार्टर के इतने नजदीक रखते हैं, तो क्या बड़ा खतरा नहीं है?"

"इन शरणार्थियों की रक्षा और पुनर्वास तो शासन की जिम्मेदारी है। ऐसे में अगर हम पीछे हट जाएँ, कोई गलती कर बैठें तो भविष्य में कौन हमारा विश्वास करेगा?"

दुड़िया मेरे मस्तिष्क में जंग खाए चाकू की तरह उतरती जा रही थी। उस आदिवासी युवती के जीवन की कहानी जानने के लिए मैं लगातार आतुर

हो रहा था। लेकिन सामने आ रहे चुनावों की तैयारी का जबरदस्त दबाव था और ऐसे में कोई मौका मेरे हाथ नहीं लग रहा था। समय भाग रहा था।

तहसील हेडक्वार्टर की सरकारी इमारतें रंग-रोगन से चमचमा रही थीं। ज्यादातर में कामकाज हो रहा था। लेकिन सड़क किनारे बने स्कूलों की अनेक इमारतें खस्ताहाल थीं। इनमें से अधिकतर महीनों से बन्द नजर आ रही थीं। असल में विद्यालय, प्राथमिक चिकित्सा केन्द्र, छोटे-मोटे रेस्टहाउस या नई सरकारी इमारतों का काम नक्सली अक्सर पूरा नहीं होने देते। कारण यह कि नक्सलियों को डर रहता है, इन इमारतों का उपयोग मुठभेड़ की स्थितियों में पुलिस अपने बचाव के लिए या मौका पड़ने पर अन्य सरकारी लाव-लश्कर अपने सुरक्षा इन्तजाम की तरह कर सकते हैं। ऐसे में नक्सली इन इमारतों पर हमला करके या तो काम बन्द करा देते हैं या फिर इन्हें तोड़-फोड़कर उजाड़ बना देते हैं। यहाँ के प्राथमिक शिक्षक और अन्य कर्मचारी ज्यादातर तहसीलों अथवा जिला मुख्यालय के गाँवों में रहते। चाहे सीनियर हों या जूनियर, ज्यादातर महीने में उसी तारीख को यहाँ पहुँचते या एक-दूसरे से मेल-मुलाकात करते जब तनख्वाह बंटती है।

गाँव के धूल भरे रास्तों से होता हुआ हमारी गाड़ियों का काफिला रफ्तार से दौड़ रहा था। पीछे धूल के बादलों का गुबार छूटता जा रहा था। रास्ते में लगातार इस बात का डर बना था कि कहीं कोई लैंडमाइन न लगी हो, जिस पर से गुजरती गाड़ी पल भर में धमाके के साथ उड़ सकती थी।

आरओपी यानी रोड ओपनिंग पार्टी आगे निकल चुकी थी। वह जगह-जगह रुककर मैटल डिटेक्टर रॉड्स की मदद से रास्तों को टटोल लेती थी। बीच रास्ते पर या अगल-बगल कहीं बम या आईईडी जैसे विस्फोटक नक्सलियों ने जमीन में न गाड़ रखे हों। जब वह सुनिश्चित करके बताती थी कि ऐसा कोई खतरा नहीं है, तभी वीआईपी या अन्य सरकारी गाड़ियों के काफिले को आगे बढ़ने की अनुमति मिलती।

हमारी अम्बेसडर में वायरलैस लगातार सक्रिय था। प्रभा शर्मा जिले भर से नक्सलियों की हलचल और उनकी तमाम गुप्त गतिविधियों की जानकारी लगातार ले रहे थे।

करीब पाँच साल पहले मानपुर पुलिस स्टेशन की परिधि में वह दिल दहला देनेवाली घटना हुई थी। जिसमें पहली बार छत्तीसगढ़ में कोई पुलिस सुपरिंटेंडेंट नक्सलियों का शिकार हुआ था। विनोद कुमार चौबे तब राजनन्दगाँव के जिला पुलिस प्रमुख थे। इतने उच्च पद पर आसीन पुलिस अधिकारी और उसके साथ 30 जवानों का शहीद होना, पूरे देश के लिए बड़ी चिन्ता का सबब था। यह पुलिस और अर्द्धसैनिक बलों का मनोबल गिराने और नक्लसियों के हौसले बढ़ानेवाली भयानक घटना थी।

इस भीषण रक्तपात वाले हादसे से उपजे डर की छाया आज भी जिले में यत्र-तत्र दिखाई देती है। जहाँ नक्सलियों ने इस घटना को अंजाम दिया था, उन्हीं पहाड़ी रास्तों से होता हुआ हमारी गाड़ियों का काफिला चल रहा था। मानपुर के दक्षिण में कोरकट्टी और कोहका गाँवों के बीच किर्र के जंगल पसरे हुए थे। मानपुर से लेकर करीब 12 किलोमीटर तक पक्की सड़क थी। इसके बाद एक घुमावदार रास्ता आया। इसके चार-पाँच किलोमीटर आगे निकले तो ऊँचे-ऊँचे पर्वतों और उनसे लगकर बहती कोहका नाम की जंगली नदी साथ चल रही थी।

गाड़ी में प्रभा शर्मा कह रहे थे, "मानपुर पुलिस स्टेशन की परिधि में आनेवाले मनवाड़ा गाँव की सीमा में छत्तीसगढ़ सशस्त्र पुलिस बल का एक कैम्प था। सुबह के वक्त दो पुलिस वाले नित्य शौच कर्म के लिए बाहर निकले। रास्ते पर चलते हुए वे कैम्प से थोड़ा आगे झाड़ियों में गए। पहले से घात लगाकर बैठे नक्सलियों ने उसी स्थिति में निर्दयता से गोलियाँ मारकर उनकी हत्या कर दी।"

"बाप रे..."

"दे वर कावड्र्स। ऐसे छुपकर गोलियाँ चलानेवालों को कौन बहादुर कहेगा?" अवधेश बाबू बोले। उनके चेहरे पर हमेशा बना रहनेवाला परिहास गायब था। वह गुस्से से लाल नजर आ रहे थे।

"जैसे ही एसपी विनोद कुमार चौबे को अपने साथियों की यह खबर मिली, वह तत्काल हेडक्वार्टर से बाहर निकले।" चौबे के बारे में बात करते हुए प्रभा शर्मा भावुक हो रहे थे, "चौबे वॉज वेरी ब्रेव ऑफिसर। राज्य

लोकसेवा आयोग की परीक्षा पास करके वह डीवाईएसपी पद पर आए थे। वह हमारी पुलिस के एक स्टार थे। मोहला-मानपुर इलाकों में उन्होंने नक्सलियों के दिल में अपना डर बैठा दिया था।"

"नक्सलियों को खुला चैलेंज देकर...?" मैंने प्रश्न किया।

"हाँ, बिलकुल।" प्रभा शर्मा कहने लगे, "बीते कुछ वर्षों में पुलिस को यहाँ एक तेजी से बढ़ती भीषण समस्या का सामना करना पड़ रहा है। वो है अर्बन नक्सल...।"

"वो कैसे?"

"पहाड़ों और जंगलों में रहनेवाले नक्सलियों से ज्यादा खतरनाक अब शहरों में बढ़ रहे माओवादी हैं। वे विद्रोही तेवर वाले युवाओं को बड़े व्यवस्थित और संगठित ढंग से अपनी तरफ आकर्षित और एकत्रित करते हैं। अक्सर ये उच्च शिक्षा प्राप्त युवा बड़े कमिटेड होते हैं और इनसे ज्यादा नुकसान का खटका होता है। चौबे ने अपना ध्यान इन्हीं लोगों की तरफ लगाना शुरू किया था और वे इनके संगठन को खत्म करने के प्रयास कर रहे थे।"

"लेकिन इन अर्बन नक्सलियों की कार्य-पद्धति क्या है?"

"ये लाइक-माइंडेड यानी अपनी विचारधारा वाले युवाओं और बुद्धिजीवियों को अपने साथ गुप्त रूप से जोड़ते हैं। पहाड़ों-जंगलों में छुपे माओवादी शस्त्र और गोला-बारूद खरीद सकें, इसके लिए ये धन इकट्ठा करते हैं। पैसा और सुविधा-जरूरत की चीजें इन कॉमरेडों तक पहुँचती रहें, वे इसका पूरा इन्तजाम करते है। इस तरह उनका खेल बहुत खतरनाक है।"

"मुझे भरोसा है कि आप जो कह रहे हैं, वह सैद्धांतिक रूप से सही हो सकता है। लेकिन क्या सचमुच ही ऐसा होता है?"

"हाँ, बिलकुल। माओवादियों के साथ अर्बन नक्सलियों के इस जंजाल को चौबे तेजी से साफ कर रहे थे, इसीलिए वह उनकी हिट लिस्ट में मोस्ट वांटेड ऑफिसर थे।"

"मतलब चौबे काफी तेज-तर्रार थे?"

"यस सर। उन्होंने शहरों में अर्बन नक्सलियों के यहाँ जमकर छापे मारे थे और वह किसी शिकारी कुत्ते की तरह उन्हें चीर-फाड़ रहे थे। उन्होंने

जो तेज छापेमारी की थी, उससे नक्सलियों के कई सारे हथियार छुपाने के ठिकाने भी ढूँढ़ निकाले थे।"

"सिर्फ हथियार या फिर इनके खिलाफ कुछ और भी उनके हाथ लगा था?"

इस पर प्रभा शर्मा खिलाखिलाकर हँस दिए और बोले, "नक्सलियों के खिलाफ जबरदस्त कार्रवाइयों में एक पुराना वांटेड उनके हाथ लगा था। कह सकते हैं कि चौबे ने गोल्डफिश पकड़ी थी।"

"कौन था वह?"

"सुमित बंगाली नाम का एक बहुत ही खतरनाक नक्सलवादी। सरकार ने उसे पकड़नेवाले को लाखों रुपये का इनाम देने की घोषणा कर रखी थी। कहते हैं कि उसके नाम से आदिवासी तो क्या जंगल के पेड़ तक काँपते थे। वह इतना खूँखार नक्सली था कि कोई उसके आस-पास जाने की हिम्मत भी नहीं करता था। लेकिन हमारे चौबेजी तो शेरदिल अफसर थे! अभी हम जंगल की जिस पट्टी से गुजर रहे हैं, इसमें ही आनेवाले मानपुर से उन्होंने सुमित बंगाली को जिन्दा धर-दबोचा था।"

"तब उनके हाथ क्या कुछ और भी सॉलिड लगा था?"

"और नहीं तो क्या...उन्होंने बंगाली को दस लाख के कैश के साथ रँगे हाथ पकड़ा था। नक्सलियों की दुनिया का वह बड़ा 'कुरियर' था। उसके पकड़े जाने से माओवादियों के शहरी नेटवर्क को बड़ा जबरदस्त झटका लगा था। इसी कारण एसपी चौबे बड़े-बड़े नक्सलियों की आँखों की किरकिरी बन गए थे।"

प्रभा शर्मा और गम्भीर हो गए। उन्होंने गहरी साँस छोड़ी और कहने लगे, "उस सुबह जंगल में जो दो पुलिसवालों की हत्या हुई, वह असल में नक्सलियों के एक बड़े ट्रेप की शुरुआत भर थी।"

"अच्छा...!"

"वह घात लगाकर हमले की एक सॉलिड साजिश थी। अपने क्षेत्र में कहीं भी जरा-सा खटका हुआ कि तत्काल बाघ के जैसे छलाँगें लगाते हुए पूरी चपलता से वहाँ पहुँच जाना चौबे का स्वभाव था। अपने इसी उत्साही

और बेपरवाह स्वभाव की वजह से चौबेजी उस दिन नक्सलियों के खतरनाक जाल में फँस गए।"

नक्सलियों को पता था कि जैसे ही इन दो हत्याओं की खबर जिला मुख्यालय पहुँचेगी, बड़ा पुलिस दल बदला लेने के लिए तुरन्त निकल पड़ेगा। इसलिए वे घात लगाकर, पुलिस वालों के लिए कँटीले जाल बिछाए जंगल में खामोश छुपे हुए थे। खतरनाक हथियारों से लैस करीब तीन सौ नक्सली जंगल में चौकन्नी आँखों से पुलिस दल का इन्तजार कर रहे थे। कोरेकट्टी से लेकर कोहक के जंगल तक करीब डेढ़ किलोमीटर में नक्सलियों ने अपने इतिहास का सबसे लम्बा जाल बिछा रखा था। इतनी बड़ी घात लगाकर ऐसा हमला करना खुद उनके लिए परीक्षा की तरह था।

हमले के लिए नक्सलियों ने इतना लम्बा-चौड़ा जाल बिछाया होगा, चौबे को इस बात का बिलकुल अन्दाजा नहीं था। वह तो यह सोचते हुए दुगनी रफ्तार से निकले थे कि मौके पर दस-पन्द्रह नक्सली होंगे और इससे पहले कि वह इलाका छोड़ने में कामयाब हो जाएँ, तेजी से हमला करके उनकी मुश्कें कस लेंगे। अपनी मोटर में तेज रफ्तार से भागते हुए उन्होंने जूनियरों को फटाफट वायरलैस सन्देश भेजे। अम्बागढ़, मोहला और मानपुर के पुलिस ठिकानों पर विशेष आदेश दिए। उनका आदेश पाते ही जवान-सिपाही तीव्र कार्रवाई के लिए अपनी मोटरसाइकिलों पर सवार होकर फर्राटे से निकल पड़े। चौबे ने जवानों को बता दिया था कि मेरे पीछे आओ। ऐक्शन के लिए मैं आगे निकल चुका हूँ।

आदेश के मुताबिक तीनों पुलिस स्टेशन के युवा-जाँबाज अपनी बाइक्स पर रगों में बहते लहू के उबाल की तरह उछलते हुए निकलते, उनसे पहले ही चौबे दुश्मन से हिसाब बराबर करने के इरादे से जंगल की तरफ काफी आगे तक निकल चुके। निकलने से पहले उन्होंने फौलादी एंटी-लैंडमाइन गाड़ी भी पीछे-पीछे भेजने के निर्देश दे दिए थे।

चौबेजी की अम्बेसडर उस निर्जन जंगल के रास्ते पर आगे बढ़ी जा रही थी। तभी अचानक रास्ते में एक के बाद एक लैंडमाइंस के धमाके होने लगे। धमाकों की तेज आवाजों के बीच एकाएक चौबेजी को आशंका हुई कि

कहीं वे नक्सलियों के खतरनाक चक्रव्यूह में तो नहीं फँस नहीं गए हैं। रास्ते के दोनों तरफ कतार से हो रहे विस्फोटों के पीछे पेड़ों की आड़ में नक्सली अपनी राइफलें और एसएलआर बन्दूकें ताने हुए खड़े थे। दोनों तरफ से क्रॉस फायरिंग शुरू हो गई। पेड़ों की ऊपरी शाखों पर छुपे बैठे नक्सलियों ने वहीं से गोलियों की बरसात शुरू कर दी थी। इसी बीच में रास्तों पर जमीन के अन्दर छुपाए गए विस्फोटकों के धमाके होने लगे। कुछ ही क्षणों में ऐसा दृश्य उपस्थित हो गया माने जंगल ताँबई अग्नि की भट्टी में धधक रहा है।

तभी चौबेजी के पीछे वाली गाड़ी के ड्राइवर को गोली लगी और वह जख्मी हो गया। लहराती हुई गाड़ी अजीबोगरीब आवाज के साथ रास्ते के बीच में अर्द्धगोलाकार चक्कर काटती हुई खड़ी हो गई। खुद ड्राइव कर रहे चौबे ने तत्काल अपनी कार घुमाकर रोकी और ड्राइवर की जान बचाने के लिए बेधड़क नीचे उतर गए।

उस घमासान स्थिति में भी वह पूरी तरह सतर्क थे और उन्होंने अपने वॉकीटॉकी से पास के पुलिस स्टेशन में सन्देश भेजा, 'रोको रोको!' वह जोर से चिल्लाए, "बाइक पर आ रहे उन बाईस जवानों को रोको। जहाँ हैं वो, उन्हें वहीं रुकने को कहो, आगे मत बढ़ो, रास्ते में जगह-जगह लैंडमाइंस बिछी हैं और आग का दरिया बह रहा है, उन जवानों को रोक लो।"

लेकिन पीछे मोटरसाइकलों पर जो जवान आ रहे थे उनके पास वापसी का सन्देश नहीं पहुँचा। बीस-पच्चीस के बीच की उम्र वाले ये जवान अपने बहादुर लीडर की एक आवाज पर द्रुत-गति से निकल आए थे और जंगल में आधे से ज्यादा रास्ता पार भी कर चुके थे।

चौबे स्टेयरिंग सँभाले हुए, बाजू में घायल ड्राइवर को बैठाए एक ट्रक की आड़ में वापस लौटते हुए अपनी कार को आगे बढ़ा रहे थे। जख्मी ड्राइवर की जान बचाने के लिए उन्होंने कार की रफ्तार बढ़ाई और ट्रक से आगे निकल आए। लेकिन जैसे ही वह रास्ते पर थोड़ा आगे बढ़े तो सामने पसरे महाभयंकर दृश्य ने उनकी छाती चीरकर रख दी। वह नक्सलियों की इस चाल को भी समझ गए। नक्सलियों ने उन्हें मौका देते हुए करीब पौन घंटे तक पहाड़ों की तरफ रास्ते पर निकलने का मौका दिया था और आगे

रास्ते के दोनों तरफ लगे बड़े-बड़े पेड़ों को काटकर बीच में डाल दिया था। आगे रास्ता बन्द था। इसी रास्ते पर नक्सलियों ने तेज-रफ्तार बाइक पर आ रहे युवा जवानों को रोक लिया था और दोनों तरफ से उन पर गोलियों की बौछार की थी। हर तरफ युद्ध के मैदान की तरह खून बिखरा हुआ था। बाईस नौजवान युवकों की लाशें यहाँ-वहाँ बिछी थीं। लैंडमाइंस के फटने से कुछ लाशें छिन्न-भिन्न हो चुकी थीं, कुछ आधी जलती हुई पड़ी थीं। उनकी मोटरसाइकलें भी खस्ताहाल और पुर्जा-पुर्जा होकर इधर-उधर हो गई थीं। किसी दुष्ट ने जैसे खेतों में खड़ी फसल को उजाड़ दिया हो, युवा मृत देहों का यह दृश्य वैसा ही करुण और भयंकर था।

इतना करने के बाद नक्सलियों ने झपटमारी भी की थी। वे मोटरसाइकिल सवारों के कन्धों की बन्दूकें, कमर में लगी पिस्तौलें और बुलेट के केस निकालकर अपने साथ ले गए थे। कुछ जवानों के शरीर से उन्होंने बुलेटप्रूफ जैकेट भी खींचकर उतार लिए थे। जिन मृत देहों के पैर में उन्हें अच्छे, मजबूत, नए जूते दिखे, वह भी उन्होंने नहीं छोड़े। हर तरफ बारूद की गन्ध थी और हवा में धमाकों के बाद का सन्नाटा था। पेड़ों की ऊँची शाखों पर मृत्यु अब भी दम साधे बैठी थी। रक्त की प्यास से अब भी उसका गला सूख रहा था।

रास्ते के बीच में खड़े होकर चौबे पुलिस महानिरीक्षक मुकेश गुप्ता से विचार-विमर्श कर रहे थे। दोनों सामने पसरे हृदय विरादक दृश्य को देखते हुए इस सोच में पड़े थे कि आगे क्या कदम उठाना चाहिए। इतने में उनके ठीक नजदीक एक बड़ी लैंडमाइन का धमाका हुआ। धमाका इतना ताकतवर था कि उसने दोनों को हवा में उड़ा दिया। उसी क्षण एक गोली सूं की आवाज करती आई और चौबे के कान के नजदीक घुस गई। चौबे शहीद होकर जमीन पर गिर पड़े।

चौबे ने पीछे जो लैंडमाइन-रोधक फौलादी गाड़ी मंगाई थी वह आकर आग उगलने लगी थी। अन्दर बैठे जवान गाड़ी के पीछे की ओर से गोलियों की धुआँधार बारिश कर रहे थे। लेकिन उस दिन नक्सलियों ने एक प्रचंड जीत हासिल की थी और इस विजयोल्लास में वे गोलियों की परवाह न करके दूसरी तरफ गाड़ी के बोनट पर चढ़कर, खुशी के मारे बन्दरों की तरह नाच रहे थे।

करीब पाँच साल पहले की इस घटना को सुनते हुए मेरा मन सुन्न हो गया था। मेरा शरीर थरथरा रहा था।

दूसरे दिन हमने चुनाव तैयारियों के निरीक्षण के लिए एक और तहसील का दौरा किया और वहाँ से जिला मुख्यालय को लौट रहे थे। शाम के करीब साढ़े पाँच बजे थे। हमारी कार घाटी के रास्ते रफ्तार से आगे बढ़ रही थी। तभी रास्ते के दोनों तरफ अनेक ग्रामीणों और अदिवासियों की भीड़ नजर आई। उनका शोर हमारे कानों में पड़ा। वहीं कार रोक दी गई।

कमांडो फटाफट नीचे उतरे। उनके पीछे हम भी पहुँचे। कमांडो ने हमारे चारों तरफ सुरक्षा घेरा बना दिया। सामने रास्ते पर स्त्रियों और बच्चों की जैसी भीड़ थी और जिस तरह वे शोर मचा रहे थे, उससे इतना साफ था कि यहाँ नक्सलियों का मामला तो नहीं है। लेकिन कोई ऐसी बात जरूर थी, जिससे ये सभी डरे हुए थे। रास्ते पर और भी ड्राइवर अपनी जिप्सी, टैंपो और अन्य गाड़ियाँ सुरक्षित लगाकर पीछे की तरफ यहाँ-वहाँ भाग रहे थे। बाइक सवार भी अपनी गाड़ियाँ जहाँ-तहाँ छोड़कर, जान सँभालते हुए वहाँ से दूर हो रहे थे।

हमारे सामने बड़े असमंजस की स्थिति थी। सामने का नजारा दिखा तो एक पर्वताकार जंगली हाथी रास्ते के बीचोबीच झूम रहा था। उसकी मोटी-काली-खुरदुरी त्वचा, उस पर चिपकी जंगल की ताँबई धूल-मिट्टी और शरीर पर जगह-जगह उलझी हुई पेड़ों की टूटी टहनियाँ उसके रूप को भयंकर बना रही थीं।

थोड़ी देर यहाँ-वहाँ टहलते-झूमते हुए वह विशाल प्राणी दाईं ओर के जंगल में निकल गया। भय खत्म हो गया। ठहरा हुआ यातायात फिर नदी के जल की तरह बहने लगा। स्त्री-बच्चों की भीड़ हट गई। हम भी आगे बढ़ गए। पहाड़ों पर अब अँधेरा उतरने लगा था। तब प्रभा शर्मा कहने लगे, "जंगली हाथी जैसा पागल महाकाय जानवर दूसरा नहीं होता। एक बार उसका मिजाज बिगड़ गया तो वह अपनी सूँड़ से बड़ी-बड़ी गाड़ियों को भी खिलौनों की तरह पलट देता है।"

"हाथी के पागलपन के बहुत सारे किस्से भाई हमने भी सुने हैं।" अवधेश बाबू बोले।

इससे पता नहीं क्या बात याद आई कि प्रभा शर्मा ठठाकर हँस पड़े। अचानक और अकेले। हमारी सवालिया नजरें उन पर ठहर गईं। यह देखकर वह बोले, "मेरे कुछ साथी चिढ़ाने के लिए मुझे वाइल्ड एलिफेंट कहते हैं।"

"वह क्यों भाई?" अवधेश बाबू ने पूछा।

"इन हाथियों की एक खूबी है कि इन्हें सिगरेट के धुएँ से भयंकर घृणा होती है। ये सिगरेट पीनेवाले के आजू-बाजू भी नहीं जाते। और सबको पता है कि मुझे भी धूम्रपान से कितनी दुश्मनी है।"

"और कोई खूबी?"

"हाथी को अगर दूर से भी महुआ के फूलों की दारू की गन्ध मिल गई तो समझ लो कि वह उसके लिए पागल हो जाएगा। वह जंगल में डेढ़-दो किलोमीटर अन्दर हुआ तो भी दौड़ता हुआ गाँव में पहुँच जाएगा।"

"ऐसा क्या?"

"बिलकुल। जिस घर में महुआ की मटकी रखी होगी, वह उसकी दीवारों को ध्वस्त करता हुआ मटकी तक पहुँच जाएगा और फिर उसकी सूँड़ सीधे शराब में डूबेगी।"

"इस बात का तुमसे क्या कनेक्शन है?" अवधेश बाबू की जिज्ञासा जागी।

"दोस्त कहते हैं कि कहीं भी नक्सलियों के होने की जरा-सी आशंका हुई, हमारा प्रभा तुरन्त उसी तरफ वाइल्ड एलिफेंट की तरह दौड़ लगा देगा।"

मानपुर और मदनवाड़ा के मतदान केन्द्रों का जायजा लेकर लौटने के बाद से मेरी स्थिति जरा विचित्र-सी थी। मन में उन रास्तों की तस्वीरें उतर आई थीं और लैंडमाइंस विस्फोटों के उजाड़, पेड़ों से की गई फाइरिंग, बंकरों की तरह इस्तेमाल किए गए टेलीफोन-खम्बों के लिए खुदे हुए गड्डे दिमाग में बैठे थे। जो कुछ वहाँ घटा, वह स्मृति में जम गया था।

पूरा दिन जैसे मेरा अस्तित्व सुन्न था। छत्तीसगढ़ के पहाड़ों, पेड़ों और लोगों में नक्सलियों ने किस तरह से दहशत भर दी थी और उनके मुकाबले में खड़े पुलिसकर्मियों तथा सरकारी व्यवस्था की स्थिति मेरे सामने साफ हो चुकी थी। ऐसा लगता था कि पूरा राज्य बन्दूक की नली के सामने है। मन में अनेक शंकाएँ और चुनौतियाँ सिर उठा रही थीं। विचारों की तरंगें दिमाग में निरन्तर लहरा रही थीं।

जब तक मैं डाक-बँगले पर पहुँचा, थोड़ी देर हो चुकी थी। फिर भी मैंने जल्दी-जल्दी अपने वॉकर्स-शू पहने और पास के ही विशाल तालाब की तरफ सैर के लिए निकल गया। स्ट्रीट लाइट की रोशनी हल्की थी और चौतरफा अँधेरे से मुकाबले का भरसक प्रयास कर ही थी। हमेशा की तरह मेरे आगे-पीछे स्टेनगनधारी चार गार्ड तेजी से चल रहे थे। मैं वहाँ लगी एक प्रसिद्ध कवि की प्रतिमा तक चलता चला गया। लेकिन आज मन:स्थिति कुछ ठीक नहीं थी इसलिए आधे रास्ते से ही मैं पलट गया।

डाइनिंग टेबल पर रात का भोजन लगने में अभी कुछ देर थी। ऊपर दालान में अकेले मन नहीं लग रहा था, तो मैं नीचे किचन से लगे हुए भोजन हॉल में जाकर बैठ गया। एक कड़क चाय मँगवाई तब चाय देने आए लड़के ने दबी आवाज में कहा, "साहबजी, शाम का अँधेरा उतरने के बाद अकेले घूमने मत जाया कीजिए। बहुत खतरा है यहाँ।"

"मतलब?"

"जिला हेडक्वार्टर में भी अलग-अलग भेस बनाकर कई नक्सली घूमते रहते हैं। ऐसे में बाहर बाजार में मिलनेवाला इनसान कौन है, क्या है इसका कोई भरोसा है क्या?"

"लेकिन बेटा, हर समय मेरे चारों तरफ ये जवान कवच की तरह गन लेकर चलते हैं।" मेरे मुँह से निकला।

वह कुछ रहस्यमय ढंग से हँस दिया। उसकी नजर कह रही थी, "तुम्हारे मुकाबले उनके पास बहुत चालाक और एक धमाके से उड़ा देनेवाले जालिम हत्यारे हैं।"

उस रात मुझे जल्दी नींद नहीं आ रही थी। थोड़ी देर करवटें बदलने के

बाद मैं उठ बैठा। फाइल खोली। मोहला-मानपुर में चौबे के शहीद होनेवाली घटना से जुड़ी अखबार की पुरानी कतरनें निकालकर देखने लगा। उनमें छपी तस्वीरों पर नजर नहीं ठहर रही थी। मुझे लग रहा था मानो कोई मेरे दिल को खींचते हुए कँटीली झाड़ियों में लिये जा रहा है। एक असहनीय वेदना मेरे भीतर जागी।

रक्त से लथपथ तीस से ज्यादा शहीदों के शव इस तरह जंगल के रास्ते पर बिखरे पड़े थे, मानो मिट्टी के बड़े-बड़े ढेर लगे हैं। उनके हरे रंग की यूनिफॉर्म पर काला रंग चढ़ चुका था और सूखे फूल-पत्तियाँ यहाँ-वहाँ से उड़कर उन पर छितराए पड़े थे।

वो कौन शातिर-षड्यंत्रकारी हैं जो इतने दूर-दराज के घने जंगलों में नक्सलियों को ऐसे खतरनाक हथियार और विस्फोटक मुहैया कराते हैं? धमाके करनेवाला सैकड़ों किलो बारूद और अपनी मारक क्षमता से मिसाइलों को तक शर्मिंदा कर देनेवाले मोर्टार और राइफल!

इसी दौरान मैं हाल के समय में सेना और नक्सलियों के बीच हुई तमाम मुठभेड़ों के चित्र भी देख रहा था, जिनमें शहीद जवानों के शरीर खुले पड़े थे क्योंकि नक्सली उनकी बुलेटप्रूफ जैकेट उतारकर ले जा चुके थे। उनके पैरों को जूते भी नक्सलियों ने निकाल लिए थे। साथ ही उनकी राइफलें और कारतूसों के पट्टे भी गायब थे। इन सब बातों के साथ अब मुझे अपने कुछ प्रश्नों के उत्तर मिलने लगे थे। लेकिन इन तस्वीरों के पीछे गरीबी और भुखमरी जैसी अनेक समस्याओं के ऊँचे-ऊँचे पहाड़ भी थे और उनके बीच-बीच में बारूद की टेकरियाँ थीं। आखिर वे क्या वजहें थीं और वो कौन लोग थे जिन्होंने इन हरी-भरी वादियों-जंगलों में ये बारूदी सुरंगें बिछा दी थीं?

डाक-बँगले पर काम करनेवाले लड़कों से अब मेरी जान-पहचान थोड़ी गहरी होने लगी थी। वे जान चुके थे कि मैं एक बड़ा आदमी हूँ, जिसे चुनाव आयोग ने यहाँ सही ढंग से मतदान कराने की व्यवस्था सँभालने के लिए दूसरे राज्य से भेजा है। वह देख चुके थे कि मुझसे मिलने के लिए उनके जिले

के कलेक्टर, एसपी, कमिश्नर और तमाम बड़े अधिकारी आते हैं और कई बार मुझसे मिलने के लिए प्रतीक्षा भी करते हैं। परन्तु मैंने कभी इन लड़कों से व्यवहार में अपने बड़े अधिकारी होने का रुआब सामने नहीं आने दिया। मैं उनसे सामान्य इनसान की तरह मिलता और बतियाता। उनसे पूछता कि तुम कौन हो, कहाँ से हो, कितना पढ़े हो, तुम्हारी पगार कितनी है, वगैरह। इसी का नतीजा था कि वे सभी मेरे साथ सहज नजदीकी महसूस करते थे।

वे लड़के समझ गए थे कि मेरी दिलचस्पी यहाँ लोगों को खौफजदा रखनेवाले नक्सलवाद, यहाँ की विस्फोटक स्थिति, इस डर के माहौल के बीच लोगों की व्यथा-वेदना जानने में है। मैंने देखा कि लड़कों में समझदारी और बुद्धि भी बहुत थी। डाक-बँगले में वरिष्ठ अधिकारियों की बातों-मुलाकातों, लगातार होनेवाली हलचल और बड़े हॉल में निरन्तर जारी रहनेवाली बैठकों के बीच उन्हें खूब अच्छे ढंग से ताजा घटनाक्रमों की जानकारी रहा करती थी। चाय का आखिरी घूँट भरते-भरते मैंने उनसे कहा, "आज मैं मानपुर-मदनवाड़ा की तरफ होकर आया हूँ, जहाँ आपके चौबे साहब शहीद हुए थे।"

वहाँ वेटर का काम करनेवाले एक लड़के ने मुझसे धीरे-से कहा, "साहबजी, एक बार आप उस दुड़िया से तो बात कीजिए। इस जंगल में जितने पेड़-पौधे नहीं होंगे, उसकी खोपड़ी में उससे ज्यादा बातों का खजाना है। वो अन्दर की सब हकीकत जानती है।" उसकी बात सुनकर मैं सावधान हो गया। मुझे लगा कि उसकी बात में दम है।

जब हमारी बातें चल रही थी कि तभी अन्दर से बावर्ची निकलकर आया। अपनी आँखों को नचाते हुए वह उत्साह से बोला, "साहबजी, जिस एम्बुश में चौबे साहब को गोली मारी गई थी, उस ऐक्शन में शामिल कुछ नक्सली तो अब रिफ्यूजी बन गए हैं। अगर आप शर्मा जी से कहें तो वह उनसे आपको मिला भी सकते हैं।" मेरे लिए यह खबर बहुत उपयोगी थी। मुझे अच्छा लगा। जिन लोगों ने लैंडमाइंस लगाकर धमाके किए थे, उन्हीं के मुँह से उस घटना की आँखों देखी सुनना मेरे लिए बड़ी अहम बात थी।

मैंने प्रभा शर्मा से विनती की। कुछ शरणार्थी नक्सली पुलिस रिहाइश के नजदीक ही रह रहे थे। वे मुझसे मिलने आए। बहुत कमजोर-से शरीर वाले

लड़के। उन्हें देखकर लगा कि इनके हाथों में जब विस्फोटक और बन्दूकें आती होंगी, तब इन पर अपने आप ही नशा चढ़ जाता होगा। वर्ना तो वे ऐसे थे कि अगर सामने आकर भी खड़े रहें तो आपका ध्यान उनकी तरफ न जाए। उनकी पूरी जिन्दगी गाँव और जंगलों में कटी थी। वे इतने दुबले-पतले थे जैसे उनके शरीर में छटाँक भर मांस भी न हो।

जैसे ही मैंने मानपुर और एसपी चौबे के विषय पर चर्चा शुरू की तो एक श्रीराम उर्फ छोटू नाम का रिफ्यूजी हँस पड़ा। वह उस मुठभेड़ का सिर्फ गवाह नहीं बल्कि उसमें शामिल ऐक्टिव नक्सल था। उसने फटाफट विस्तार से मामला बताना शुरू किया, "हमको खबर मिली थी कि मदनपुरा में जल्द ही दो-तीन पुलिस चौकियाँ बनाने का काम शुरू होनेवाला है। पुलिस डिपार्टमेंट जल्दी ही अपनी फोर्स का विस्तार करना चाहता है। इससे वह और मजबूत हो जाएगा। अगर पुलिस उन चौकियों को बनाने में सफल हो जाती तो मानपुर के पहाड़ों का नियंत्रण हमारे हाथों से निकल सकता था। इसीलिए हमारे दल में इस पर गम्भीरता से बातचीत शुरू हो गई। तय किया गया कि चौकियों को बनने से रोकने, पुलिसवालों के दिल में अपनी प्रचंड दहशत बैठाने और उनका मनोबल तोड़ने के लिए एक बड़ा धमाका करना जरूरी है।"

"लेकिन इतनी सटीक प्लानिंग?"

"बिलकुल साहब। बड़ा घात लगाकर हमला करने की यह प्लानिंग रामधर आयतु, उसेंडी और सुखदेव प्रेमलाला के दिमाग में पैदा हुई थी। वो तीनों रात-रात भर जंगल में एकाध नदी के किनारे बैठते और इस बड़े धमाके को अंजाम देने की योजना पर काम करते रहते।"

"इस हमले के लिए जगह कैसे तय की गई?"

"हम इस काम को 'रेकी' बोलते हैं साहब। चौबे साहब को मदनपाड़ा में जहाँ मारा, उस जगह की हम लोगों ने बारह-तेरह दिन तक हर दिशा से रेकी की। उस रास्ते में अगर आगे-पीछे से हम पर किसी बड़ी पुलिस फोर्स ने हमला कर दिया तो हम उसे कैसे रोकेंगे, इसके लिए रास्ते के किस-किस मोड़ पर, किन बड़े-बड़े पेड़ों पर कहाँ-कितने नक्सली कॉमरेड छुपकर रहेंगे, इसकी पूरी प्लानिंग और ट्रेनिंग हुई थी साहब।"

"इस एम्बुश में कितने नक्सली शामिल हुए थे?"

"दो सौ के आस-पास। थोड़े ज्यादा ही होंगे पर कम नहीं थे।"

एक दूसरा शरणार्थी मिला, जिसका नाम था नरसिंह जाडे उर्फ भगत। वह मदनवाडा के नजदीक कहीं नक्सलियों की टोली में भर्ती हुआ था। उनके बीच वह सात साल तक रहा। वह सत्ताइस साल का काला-साँवला दुबला-पतला युवक था। उसकी एक आँख की पुतली में स्थायी सफेद धब्बा था लेकिन ब्लडप्रेशर या किसी और वजह से उसका ऑपरेशन नहीं हो पा रहा था। इस तकलीफ के बावजूद वह पूरे मन से आँखें गड़ाकर किताबें पढ़ता था।

उसने बताया, "मानपुर वाली मुठभेड़ में कई लोगों ने पेड़ों से फायरिंग की थी। इस छापे से पहले हम लोगों ने बहुत सावधानी से एक-एक पेड़ को देखा था और पूरी योजना के साथ सुनिश्चित किया था कि किस-किस पेड़ पर कौन साथी छुपकर बैठेगा। नक्सली दलों में भर्ती हम जैसे आदिवासी लड़कों के लिए पेड़ पर सरपट चढ़ जाना खेल जैसा है। लेकिन पेड़ पर चढ़कर दम साधे घंटों बैठे रहने की आदत डालने के लिए हमें कड़ा अभ्यास करना पड़ा। उस मुठभेड़ में मैं रिपोर्टर था। मैं वॉकीटॉकी लेकर ऊँचे पेड़ की सबसे ऊपरी शाखा पर बैठा था। वहाँ से मैं तीन किलोमीटर तक देख सकता था। वहाँ मैं कई घंटों से छुपा था। मैं उन्हें पुलिस की हलचल की सारी रिपोर्ट दे रहा था। हम आठ दिन पहले से ये तमाम तैयारियाँ कर रहे थे कि कैसे अलग-अलग जगहों पर पुलिस का रास्ता रोकेंगे, कहाँ-कहाँ उनके लिए बाधाएँ खड़ी करेंगे, जिससे वे यहाँ बुरी तरह फँस जाएँ।"

चौबेजी की हत्या नक्सलियों की एक बड़ी जीत थी। लेकिन शासनतंत्र के लिए यह हृदयविदारक घटना थी। पुलिस के लिए यह बड़ा झटका थी। मैंने छोटू को कुछ और बताने को कहा तो वह बोला, "क्या बताऊँ साहब? चौबेजी जैसा बड़े शिकार गिराने की खुशी हम नक्सली बयान नहीं कर सकते थे। भुखमका के जंगल में हमने तुरन्त एक बकरा काटा। खूब जश्न मनाया। हो-हल्ला-शोर मचाया। उस वक्त हम छत्तीसगढ़ के नक्सलियों का नाम बाहर खूब चमका। झारखंड, बिहार और दूसरे राज्यों के नक्सली कॉमरेडों ने हमें बधाई सन्देश भेजे। हर कोई कह रहा था कि भाई आप

लोगों ने तो शेर के जैसा काम किया है। हमारी शोहरत तब जैसे आकाश को छू रही थी।"

इस मानपुर और चौबे प्रकरण की काली छाया बहुत डरावनी थी। दो सौ से ज्यादा नक्सलियों ने घात लगाकर हमला किया था।

मुझे मुम्बई के 26/11 और ताज होटल पर हुए आतंकी हमले की याद आ गई। वहाँ भी मुम्बई पुलिस के हमारे अनेक बहादुर सिपाहियों और वरिष्ठ अधिकारियों ने ताबड़तोड़ कार्रवाई करते हुए, मौका-ए-वारदात पर जान की बाजी लगाकर अपनी शहादत दी थी।

चार दिन बाद हम एक दूसरी तहसील के कुछ गाँवों और मतदान केन्द्रों को देखने गए। एक गाँव के प्राथमिक स्वास्थ्य केन्द्र को देखकर लगा कि खुद से इलाज की जरूरत है। उसकी दीवारें टूट रही थी और जगह-जगह काई तथा हरी पत्तियाँ उग आई थीं। मैंने उसके दरवाजे पर लगे ताले को गौर से देखा। उस पर लगा जंग सारी गवाही दे रहा था।

इस अनकही-कथा के बाद भी कई ग्रामीण अपनी कंकाल जैसी देह लिए यहाँ-वहाँ टाट बिछाए पड़े थे। उनकी डूबती आँखों में उम्मीद जिन्दा थी कि एक-दो दिन बाद ही सही 'डागदर बाबू' जरूर आएँगे।

दोनों तरफ बन्दूकें और राइफलें थीं। एक तरफ नक्सली थे और दूसरी तरफ पुलिस तथा केन्द्र की तरफ से भेजे गए अर्द्धसैनिक बल। इनके बीच होनेवाली मुठभेड़ों की निशानियाँ जहाँ-तहाँ देखने मिल जाती थीं। ऐसे हालात में गाँव के रास्तों के दोनों तरफ खड़े गरीब, बीमार और मैले बच्चे कुछ इस तरह नजर आते थे, जैसे तितलियों के रंग-बिरंगे पंख नोच लिये गए हैं।

एक गाँव में हम मतदान केन्द्र की जाँच-परख कर रहे थे। इस विद्यालय में चुनाव-पर्व का जलसा मनाने के लिए दरवाजे कल ही खोले गए मालूम पड़ रहे थे। एक स्थानीय पत्रकार मेरे नजदीक आकर कहने लगा, "कोई एमबीबीएस डॉक्टर यहाँ अपनी नौकरी करने नहीं आता। अगर आता भी तो सिर्फ..."

"लेकिन तहसील में चाहे जूनियर हेल्थ वर्कर हों या टीचर, हर महीने पगार तो सभी को मिलती होगी?"

"यहाँ 'रंगदारी सिस्टम' चलता है साब। किसी की तनख्वाह यहाँ कभी नहीं रुकती। अगर पब्लिक हॉलीडे आनेवाला है तो एक दिन पहले ही वह आ जाती है।"

"लेकिन ये रंगदारी सिस्टम क्या है भाई?"

"यहाँ जो कर्मचारी नियुक्त हुए हैं, उन्हें तनख्वाह का एक हिस्सा अपने सीनियरों को देना पड़ता है। अगर आप अन्दर पहाड़ वाले इलाकों में जाएँगे तो पता चलेगा कि हर महीने एक हिस्सा एमएलए और जंगलों में एके-47 लेकर दहशत फैलानेवाले नक्सलियों तक भी पहुँचता है।"

एक मुर्दा-सी मुस्कान मेरे होंठों पर आई। हमारी यात्रा आगे बढ़ी। उसी समय मुझे दुड़िया की याद आई। मैं समझ गया कि क्यों उसके पति के शिक्षक होने की बात पर वह ठठाकर हँस देती थी। यह रहस्य मेरे सामने खुल गया कि क्यों उसके प्राथमिक शिक्षक पति और उसकी शाला की बात में कोई तारतम्य नहीं बैठता था। कह सकते हैं कि स्थानीय स्तर पर राजनीति से लेकर नक्सली तक 'रंगदारी सिस्टम' में सबकी खास दिलचस्पी थी।

कार में बैठे-बैठे एसपी शर्मा का मोबाइल लगातार चालू रहता था। बीच में कहीं उसका नेटवर्क गायब हो जाता तो वह तत्काल वायरलेस रिसीवर उठा लेते थे। मुझे बचपन की याद आई कि कैसे हम क्रिकेट की कमेंट्री सुनने के लिए रेडियो से चिपके रहा करते थे। मुझे हॉरर फिल्मों का बैकग्राउंड म्यूजिक भी याद आया, जो किसी भी दृश्य को अधिक-से-अधिक भयानक बनाने के लिए इस्तेमाल किया जाता है। हमारे लिए एसपी साहब के फोन या वायरलेस पर होनेवाली बातें भी वैसे ही पार्श्व का निर्माण करती थीं। "हाँ साब...झारापाटी में एक बड़े ग्रुप की हलचल देखी गई है। हाँ, दो दिन पहले वे लोग उधरवाले नाले के किनारे लोकेट हुए थे। अच्छा! क्या उस वादी में कोई और फ्रेश वाली मूवमेंट नजर आई?"

दूसरे दिन नीम-अँधेरे में उस विशाल जलाशय के किनारे-किनारे मैं चल रहा था। वहाँ पत्थरों से भरी पुलिया के नजदीक एक व्यक्ति मुझे मेरी तरफ पीठ करके खड़े-खड़े सिगरेट फूँकता नजर आया। उसके सिगरेट पीने का अन्दाज कुछ शाही किस्म का था और वह इस तरह सामने देख रहा था जैसे जहाँ तक नजर जा रही है, वह सब कुछ उसके बाप का है। मैं उसे नजरअन्दाज करके आगे निकला ही था कि पीछे से आई तेज आवाज मेरे कान में पड़ी, 'दिलीप...ऽ अबे दिलीप...ऽऽ' अपनेपन से भरी ऐसी आवाज इतने दूर के प्रान्त में? मुझे मेरे नाम से इतने प्यार और अधिकार से यहाँ कौन पुकार सकता है? कौन होगा? मेरे कदम ठहर गए। मेरी तरफ पीठ किए खड़ा वही व्यक्ति अब तेजी से मेरी तरफ दौड़ता दिखाई दे रहा था। आँखों पर मोटे फ्रेम का चश्मा और बाल बिखरे-बिखरे। जॉर्ज फर्नांडिस टाइप! 'कौन?' मैंने गौर से देखा और जैसे आड़ी-तिरछी रेखाएँ जुड़ गईं, "तू...! अरे कॉमरेड तू यहाँ कैसे?"

"तू बता यहाँ कैसे?" उसने हँसते हुए उल्टे सवाल दागा।

"पहले तू मेरे सवाल का जवाब दे गोप्या," मैं खुशी के मारे चिल्लाया।

"अरे मैं यहाँ पास के जिले में भिलाई प्लांट में एडमिनिस्ट्रेटिव ऑफिसर हूँ।" वह मेरे कॉलेज का दोस्त गोपाल पोंक्षे था।

लोग सही कहते हैं की धरती गोल है। इसी वजह से कॉमरेड गोपाल पोंक्षे से मेरी मुलाकात का यह संयोग अचानक बन गया। गोपाल कभी सचमुच कम्युनिस्ट पार्टी में शामिल हुआ या नहीं, उसको आधिकारिक रूप से कभी कॉमरेड की पदवी मिली या नहीं, पता नहीं। लेकिन जब हम विलिंग्डन कॉलेज में पढ़ते थे तो हमारे प्रोफेसरों से लेकर कैंटीन में काम करनेवाले लड़के तक आवाज लगाकर उसे कॉमरेड ही बुलाते थे। कॉलेज के सामने स्थित डाकघर में उसके पिता पोस्टमास्टर थे। वे सिर झुकाकर ईमानदारी से काम करनेवाले सरकारी नौकर थे। लेकिन हाँ, मन से वह पक्के और सौ टका खरे कम्युनिस्ट विचारधारा को माननेवाले इनसान थे।

जिस उम्र में दुनियादारी की कोई समझ नहीं आती, तभी से गोपाल अपने पिता की लाइब्रेरी में रखी मोटी-मोटी किताबें पढ़ा करता था। कॉलेज के

दिनों में भी, जिस तरह पान चबानेवालों के दाँतों में पत्तों का चिकना पीलापन जमा रहता है, वैसे ही गोपाल की जुबान पर कम्युनिस्टों के कठिन-कठिन शब्द नाचा करते थे। हम लोगों को तुच्छ बताती हुई उसकी स्थायी गाली थी, 'कितने बुर्जुआ हो रे तुम लोग!' साथ ही 'ग्रासरूट', 'हैव्ज एंड हैव नॉट्स', 'प्रोलिटेरिअट', 'वर्कर्स रूल', 'क्लास स्ट्रगल' जैसे लफ्ज वह अपने लाल-शब्दकोश से निकाल-निकालकर हम लोगों पर बर्फ के ठंडे गोलों के मानिन्द उछाला करता था।

कक्षा में बैठे हुए भी गोपाल कई बार गूढ़ विचारों में आकंठ डूबा नजर आता था। उसके मरियल और गमगीन-से दिखते चेहरे की ओर निहारते हुए हमारे प्रो. शिंत्रे अक्सर अपना लेक्चर बीच में रोक देते और कहते, "बेटा गोपालऽऽ तेरी क्रान्ति जब होना होगी, तब होगी...लेकिन तू समय पर खाना तो खा लिया कर। बेकार ही अपने पेट पर जुल्म मत कर बाबा।"

अब कई सालों पश्चात् हमारी मुलाकात हुई थी। काफी देर बाद आखिर उसने मुझे अपने सख्त आलिंगन से मुक्त किया और उत्साह से पूछा, "दिलीप यहाँ इतनी दूर इस उजाड़-सी जगह में क्या कर रहा है?"

"यूँ ही, एक थोड़ा सरकारी काम है...।"

"हाँ, मुझे पता है रे। सरकारी फाइलों में तूने अपनी जिन्दगी खराब कर ली है।"

"तो तूने ऐसे कौन से किले फतह कर लिए कॉमरेड गोप्या? कॉलेज में हम सब लोग तुझमें भारत के भावी लेनिन या माओ छवि देखा करते थे...लेकिन तू क्या कर रहा है? प्राइवेट सेक्टर में फाइलें यहाँ से वहाँ ही तो सरका रहा है।"

"चार बच्चों का पेट भरने के लिए तो करना ही पड़ेगा रे...माई मैरिज हैंपर्ड माई गोल एंड रिवोक्ड माइ डेस्टिनेशन...।" अपनी जटिल अंग्रेजी में उसने ऐसा ही कुछ कहा।

उस शाम वह कहीं निकलने की जल्दबाजी में था। मुझे भी थोड़ी जल्दी थी। लेकिन दो दिन में मिलने का वादा करते हुए उसने पूछा, "यहाँ कहाँ ठहरा है तू?"

"गवर्नमेंट डाक-बँगले में...देख वहाँ पीछे...।"

नीम-अँधेरे में डूबी हुई डाक-बँगले की इमारत की तरफ इशारा करते हुए मैंने कहा। इतने में कमांडो मेरे नजदीक आ गए। उस हल्के अँधेरे में मुझे गोपाल के चेहरे पर कुछ आशंकाएँ नजर आईं। क्या मैंने कोई अपराध कर दिया है, जो इतने सारे पुलिस वाले यहाँ आगे-पीछे एक साथ? ये लोग ऐसे घेरकर क्यों खड़े हो गए हैं?

एसपी ने एक दिन मुझे किसी तहसील से फोन किया। उनकी साली साहिबा इन्दौर से उनके घर आई थी। वह इतिहास की अध्येता थी और पश्चिमी घाट पर बने समुद्री किलों पर एक शोध पत्र लिख रही थी। वह इस विषय पर मेरे साथ बात करना चाहती थी। दूसरे दिन ही उसे इन्दौर वापस लौटना था।

सुजाता से मेरी भेंट एसपी के बँगले पर हुई। उसके विषय पर हमारी लम्बी बातचीत हुई।

मिसेज शर्मा से अब मेरी अच्छी जान-पहचान हो चुकी थी। हम बातचीत कर रहे थे, तभी मेरा ध्यान किचन की तरफ गया। वहाँ दरवाजे के पास दुड़िया जैसे अपने शरीर को समेटे हुए खड़ी थी। नजर पड़ते ही मैं बातचीत रोककर उसे देखने लगा। वह लजा गई। तभी मिसेज शर्मा के शब्द मेरे कानों में पड़े, "पवार सर, व्हेअर हेव यू गॉट लॉस्ट?"

मैं उनकी तरफ मुड़ा और बोला, "मैं अपने मन की एक बात कहूँ क्या?"

"कहिए न...!"

"हम लोग अपनी बातें तो अक्सर करते हैं। क्यों न आज दुड़िया को कुछ बोलने दें? मुझे लगता है कि उसके पास किसी फिल्म या उपन्यास की नायिका के मुकाबले ज्यादा गूढ़ और रहस्यमयी बातें हैं।"

मिसेज शर्मा ने मेरे इस सुझाव को उत्सुकता से लपक लिया। उस दोपहर हमारे पास समय काफी था। उन्होंने दुड़िया से कहा, "सचमुच तेरे बारे में

उड़ती-उड़ती तो बहुत सारी बातें मैंने सुनी है। तू खुद कुछ बता ना। शुरू से आखिर तक...।

"खास तौर पर अपने गाँव कौवापानी से दंडकारण्य और फिर अबूझमाड़ से लेकर यहाँ रायपुर, छत्तीसगढ़ वापस आने तक।"

मिसेज शर्मा उसकी तरफ बड़े कुतूहल से देख रही थीं। उनकी नजरें उसे हर तरफ से टटोल रही थीं। उनके चेहरे पर स्पष्ट भाव दिख रहा था कि जो लड़की 'नक्सल सरेंडर' के रूप में जिले के सबसे बड़े पुलिस अधिकारी की रसोई में काम कर रही है, उसके बारे में तमाम बातें पहले ही जान लेनी चाहिए थी।

शुरुआत में दुड़िया थोड़ी हिचक रही थी। लेकिन धीरे-धीरे उसका संकोच दूर होने लगा। उसकी जामुनी आँखों के तल पर ठहरा पानी हिला और उसमें रहस्यमयी तरंगें उठने लगीं। उसकी भावनाएँ जागीं और उसने अपनी कहानी सुनानी शुरू की।

दुड़िया को अपने अल्हड़पन के दिन, अपने आदिवासी खेतों में गुजरे दिन याद आ रहे थे। कच्ची उमर। नादानियाँ। नक्सल के रास्ते पर उसके साथ चले आस-पास के गाँवों के बढ़ती उम्र के लड़के और लड़कियाँ। उनके शरीर पर कसी पतलूनें, मार्च करते वक्त जूतों से मिट्टी पर बनती छाप। वह बोली, "जो तीन चीजें हम आदिवासी लड़के-लड़कियों में जोश-जुनून पैदा करती थीं, वे थीं—गाढ़े हरे रंग की ढीली वर्दी, कन्धे पर लहराती बन्दूक और नाच-गाना!"

पहाड़ों के बीच बसे गाँव में बाँस और लम्बी घास से बनी छोटी-छोटी झोंपड़ियों वाले घरों में लड़कियों की हैसियत कचरे जैसी थी। घर का कोई भी बड़ा आते-जाते उन्हें बेबात ही मार-पीट सकता था। लड़की होने का मतलब था हमेशा दब कर, डरकर या फिर लजाते हुए अपने घर के मर्दों के पीछे-पीछे उनकी छाया बनकर रहना या फिर किसी बेवकूफ की तरह अपना सिर खुजाते हुए वक्त गुजारने के लिए जुएँ निकालना और मारते रहना।

नक्सलियों के कैम्प में जिन्दगी इसके ठीक उलट थी। लड़कों की तरह बॉयकट बाल। कबीर-थियेटर ग्रुप में वो क्रान्तिकारी गाने गाना, जो मार्च करते

हुए गाते हैं। पीठ पर बैग। हाथ में डफली, ढोल और बिगुल। वह जिन्दगी ठीक वैसी थी, जैसी चढ़ती उम्र में किसी को भी मंत्रमुग्ध कर सकती है। वह दुनिया ही दूसरी थी!

सच कहूँ तो मेरी बेचारी माँ! प्रसव के दौरान मैं माँ की गर्भनाल में अटक गई थी। तब भरी बरसात में एक डोली में डालकर मेरा बाप उसे बीस किलोमीटर दूर डॉक्टर के पास भागा-भागा ले गया था। जैसे कोई कपड़े की थैली फाड़ते हैं, डॉक्टर ने माँ का पेट चीरकर मुझे निकाला था। खुशी से उछलते हुए मेरे बाप ने नर्स के हाथों से रक्त-मांस का वह पिंड अपने हाथों में लिया। बच्चे के जन्म की प्रसन्नता के मारे उसका अंग-अंग सिहर रहा था। लेकिन इस लाल सुर्ख रक्त-मांस के पिंड को वापस नर्स के हाथों में देते हुए उसकी नजर सामने टेबल पर पड़ी। बेटी को जन्म देनेवाली माँ का शरीर जैसे चिन्दियों का गोला बना पड़ा था। बाँस की खपच्चियों से बनी झोंपड़ी, हवा के एक तेज थपेड़े से जैसे ढह जाती है, वही मेरी माँ का हाल हुआ। मेरी पैदाइश के बाद दुबली-पतली माँ बाकी सारी उम्र किसी विकलांग की तरह गुजारती रही।

बाप ने मुझे बहुत लाड़-प्यार से पाला। जब मेरी उम्र बढ़ी तो मुझे रंग-बिरंगे पोलके पहनने का खूब शौक था। लेकिन हमारे जाति-धरम में 'रेंके तेड़ना' कहकर एक परंपरा थी, जिसमें शादी हो जाने के बाद लड़की को पोलका पहनने की मनाही थी। वह लड़की संस्कारी मानी जाती, जो रीति-रिवाजों के मुताबिक खुली, अपने स्तन ढके बगैर कहीं भी आती-जाती। मुझे इस प्रथा से घृणा थी। मैंने साफ शब्दों में कहा कि हमारी पूरी माडिया जात मेरी दुश्मन बन जाए या फिर मेरी शादी ही न हो तब भी चलेगा, लेकिन मैं पोलका नहीं उतारूँगी। बाप पर जात-पंचायत का खूब दबाव था। सब कहते थे कि अपनी लड़की को संस्कार सिखाओ। इस बात को लेकर मेरा कई बार अपने बाप से खूब झगड़ा होता था।

हमारा हराभरा कौवापानी गाँव प्रकृति की गोद में पला-बसा था। उन्हीं पेड़ों, जंगलों, पहाड़ों में मैं छोटी से बड़ी हुई। हमारे छोटे से गाँव के पीछे खड़ा वह बड़ा-सा पहाड़ हमारा पिता था। सामने बहनेवाली नदी हमें अपनी बाँहों

में समेटने और कन्धों पर बैठानेवाली माँ जैसी लगती थी। यहाँ-वहाँ बिखरे बड़े-बड़े पेड़ जैसे हमारे सगे और चचेरे-ममेरे भाई-बहन थे। मैं हमारी बाँस और खजूर के पत्तों से बनी झोंपड़ी में खूब लाड़ और नाजों से पली थी। मैं छोटी थी। बाप मेरे गालों पर खूब प्यार से हाथ फेरता और कहता, "छोरी, तू मेरी गुड़िया है।" कहकर वह मुझे जोर से सीने से लगा लेता। उससे ऐसे चिमटना मैं कभी भूल नहीं सकती।

मेरे पैदा होने से पहले मेरे माँ-बाप को दो लड़के हुए थे। बड़े का नाम था राम और दूसरे का ठाकेराम। जंगल के मुश्किल हालात में मेरा बड़ा भाई ज्यादा नहीं जी पाया। हम माडिया और भील-गोंड जाति के लोग साल के आठ महीने तो अपनी झोंपड़ियों के दरवाजे के बाहर खुले आसमान के नीचे सोते हैं। सिर्फ बरसात के मौसम में ही अन्दर सोते हैं। आठ महीने बाहर सोते हुए लोग ठंड से बचने के लिए अपने नजदीक अलाव जला लेते हैं। गोबर और सूखी टहनियों का अलाव बीच में जलाकर घर के सारे लोग उसके चारों ऐसे सोते हैं जैसे किसी बैलगाड़ी के चक्के की तीलियाँ। ज्यादातर तो सभी महुए की दारू के नशे में धुत होते हैं। वे ऐसे बेसुध होकर सोते हैं, जैसे मुर्दा हैं।

रात के अँधेरे में अलाव से मिल रहे ताप को महसूस करते हुए छोटे-छोटे बच्चे अपनी माँओं से चिपके रहते हैं। अलाव में जलनेवाली आग और बाघ जैसे जंगली जानवरों के डर से माँएँ अक्सर इन छोटे बच्चों को साड़ी से अपनी पीठ या पेट से बाँध लिया करती हैं।

मेरा बड़ा भाई राम तब डेढ़ साल का रहा होगा। हमेशा अपनी माँ का दुध मुँह में लेकर सोता रहता था। दूध आ रहा हो या न आ रहा हो, वह चूसता रहता था। हमारी भाषा में ऐसे ही बच्चों को 'दुधमुँहा बच्चा' कहते हैं।

ऐसी ही एक काली रात ने मेरे माँ-बाप को जीवन भर का दुख दे दिया। दिन भर जंगल में काम करके थक के चूर हुए मेरे बाप पर उस दिन महुए की शराब ज्यादा ही चढ़ गई। दिन भर इधर-उधर के काम से थकी-हारी माँ भी ऐसे सोई कि उसे होश ही नहीं रहा। रात को पता नहीं किस बेला में राम उसकी साड़ी के बन्धन से छूट गया। पता नहीं कैसे वह लुढ़कता-पुढ़कता उस अलाव में जाकर गिर गया जो मेरे माँ-बाप के सिरहाने जल रही थी।

हल्की भोर के साथ जब मेरे बाप को जलते हुए माँस की गन्ध का एहसास हुआ तो हड़बड़ाकर उठा। उसने देखा कि उसके दुधमुहे बच्चे का आधा सिर आग में जल गया है।

तभी से मेरे बाप के दिल में एक सन्नाटा पैदा हो गया। बाँसुरी में जैसे कोई बड़ा-सा छेद हो जाए जैसे। राम जैसे नन्हे-कोमल बच्चे को गँवाने का दुख उसके हाड़-मांस में उतर गया। पहाड़ों से बहनेवाली हवा को जैसे रास्ता पता नहीं होता, वैसा ही मेरा बाप यहाँ-वहाँ भटकता था। लेकिन फिर हम दो हुए। ठाकेराम और मैं उससे छोटी। राम के जाने के बाद तो हम जैसे अपने बाप की आँखों के दो तारे थे। माँ पूरी जिन्दगी उस दुख को भूल नहीं पाई कि उसकी नींद की वजह से उसके दूध पीते बच्चे को उसके सिरहाने रखी आग ने निगल लिया। मरते दम तक उसके दिल में बना यह जख्म रिसता रहा।

पूरे गाँव में मेरे रूप की चर्चा होने लगी थी। पास-पड़ोस की औरतें मेरी माँ से कहती थीं, "तेरी छोरी तो 'महल' में जाएगी।" लेकिन मौसियाँ पीठ पीछे मुझसे जलती थीं। अँगुलियाँ तोड़ते हुए कहतीं, "वह चाहे कीचड़ में जाकर मरे या बाँध में डूब जाए, हमें क्या फर्क पड़ता है!" ऐसी और बहुत सारी उल्टी-सुल्टी बातें करती थीं। लेकिन बाप की मुझ पर खूब माया थी। मैं उसकी खूब लाड़ली थी। वह मेरे लिए सब कुछ करने को तैयार रहता था। मैं जरा आँख से ओझल हुई नहीं कि उसकी जान सूखने लगती। जैसे ही आसमान में सूरज चढ़ता, सिर पर आता कि उसकी किरणें पेड़ों के झुरुमुटों से नीचे उतर आतीं और यहाँ-वहाँ खरगोश के बच्चों की तरह उछल-कूद करने लगतीं। वे हवाओं से लहराती फूल-पत्तियों को अपनी मुट्ठी में करने की कोशिश करतीं। उनके पीछे भागती। ऐसे ही मेरा बाप मुझे तलाश करने के लिए निकल पड़ता। जोरों की आवाज लगाता, "कहाँ चली गई...मेरी दुड़िया कहाँ गई रे?" जैसे कोई इनसान सोते हुए से बीच में घबराकर जाग जाए, ठीक वैसे ही उसके प्राण मेरे लिए हड़बड़ाते।

हमारे जंगल के देवता भी हमारी तरह थे। मेहनती और कष्ट सहनेवाले। दिन-रात हमारी तरह ही बेचारे धूप-गर्मी, ठंड-बरसात रोते-गाते गुजारते थे। हालाँकि वह दिन बहुत अच्छे थे, जब हम अपने इन पत्थरों के देवताओं की

शरण में गाँव-जंगलों-पहाड़ों में रहते थे। घर में गरीबी थी, लेकिन बाप पेट बाँधकर रहते हुए भी बेचैन आवाज में ढाढ़स बँधाता था, "चिन्ता मत कर दुड़िया। मैं भूसे की रोटी खा लूँगा पर अपनी बेटी के लिए घी-रोटी लाऊँगा!" साल-दर-साल माँ-बाप तुड़ाई के मौसम का इन्तजार करते। तेंदूपत्ते की तुड़ाई, इसी से हमारा साल भर का खर्चा-पानी आता था। पूरे साल हम यही इन्तजार और उम्मीद करते थे कि इस मौसम में अच्छी कमाई होगी।

जंगलों से हमको लकाड़ियाँ और जलावन लाने के लिए फॉरेस्ट अधिकारियों की नजर से बचना पड़ता था। हफ्ते में लगनेवाले हाट-बाजार हमारी जिन्दगी के उत्सव-मेले थे। मिट्टी के छोटे घड़ों में माँ महुए की दारू बाजार में ले जाती थी। बाप महुए के फूल बीन-बीन कर घर के एक कोने में उनका ढेर लगा देता या फिर आँगन में गाड़ देता।

जब घर में पैसों कि किल्लत हो जाती तो यही महुए की शराब हमारा बड़ा सहारा होती थी। तब इसे हम चोरी से बनाते। बड़े गले वाले मिट्टी के मटके में महुए के सूखे फूल भरे जाते। फिर मटके में गले-गले तक पानी भरते। ऐसे पाँच-छह मटके तैयार करने के बाद उन्हें घर के पीछे जमीन में गाड़ देते। सिर्फ उनका मुँह खुला रखते थे। आठ-दस दिनों में महुए के फूलों से खमीर उठने लगता। हम उसे वैसे ही भिगाए रखते। चार दिन के बाद उसे फिर आग पर खौलाते और तब जो रसायन निकलता उसकी बू को पहचानने में बाप खूब उस्ताद था। वह कहता था, "आधे-अधूरे खमीर वाले महुए के फूल किसी काम के नहीं होते। उनका न स्वाद होता है और न रस निकलता है। ऐसे फूलों से बनी शराब में मजा नहीं होता। उसमें ज्यादा झाग भी नहीं उठता। ऐसी बेस्वाद दारू चढ़ती नहीं है। फिर उसे पीने का मतलब ही क्या?" बात को रोककर कुछ उदास स्वर में वह फिर कहता, "छुपाकर रखे गए महुए के फूल गरीब के घर में उस दुधारू गाय जैसे होते हैं, जिसे एक आवाज लगाओ तो वह दौड़ी चली आती है।"

हमारे खेत में सल्फी के तीन पेड़ थे। ताड़ी के जैसी लगनेवाली सल्फी के पेड़ की शराब भी हमारे घर में निकाली जाती थी। इस शराब का स्वाद ताड़ के पेड़ से निकलनेवाली नीरा के जैसा होता था। जैसे-जैसे धूप निकलती,

वैसे-वैसे शरीर में सल्फी की शराब का नशा भी चढ़ने लगता। मेरी माँ इसे ताजा-ताजा पीना ही पसन्द करती थी। वह छोटी-छोटी चुस्की भरती हुई इसे पीती और पूरा मजा लेती। जिस किसान के घर में छह-सात सल्फी के पेड़ हों उसे हम लोगों के इलाके में अच्छा-खासा खाता-पीता इनसान समझा जाता था।

एक रात किसी ने हमारे साथ धोखा किया। हमारे अन्न भंडार में गिट्टी मिला दी। अँधेरे में छुपकर हमारे खेतों में लगे सल्फी के तीन पेड़ों को उखाड़कर नष्ट कर दिया। तब मेरा बाप ऐसे दहाड़ें मार-मारकर रोया-चिल्लाया जैसे बाढ़ में उसके दर्जन भर मवेशी बह गए हों।

मेरा बाप अपनी जवानी के दिनों की बहुत सारी बातें हमें बताया करता था। उन दिनों में जंगल के आदिवासियों के लिए शिकार बहुत बड़ा पेशा था। इसके लिए जान जोखिम में रहती थी। अगर तीर चूक जाए तो जंगली जानवर हमला करके अपने पैने पंजों और नुकीले दाँतों से फाड़ सकता था। सींग वाले जानवर पेट में अपने नुकीले सींग घुसा देते। लेकिन फिर समय बदला और सरकार ने हमारे पैरों में नियम-कायदों की बेड़ियाँ पहना दीं। फॉरेस्ट अफसरों और पटवारियों ने दंडकारण्य में घुसकर हम लोगों का जीना हराम कर दिया। वे हमें हमारे ही जंगलों से जोर-जबरदस्ती करके निकाल रहे थे। वे हमें पूरी दादागिरी से जंगलों से धकेलकर कह रहे थे कि यह जंगल अब सरकार माई-बाप की जागीर है। ये दुख भरी कहानियाँ याद करके सुनाते हुए उसका तन-बदन धधकने लगता था। वह हम बच्चों से कहता, “सरकार को देव मनुष्य की तरह होना चाहिए?”

“मतलब कैसा?” मैं पूछती।

“देव मनुष्य उसे कहते हैं जो अन्धे को सहारे के लिए उसके हाथों में लाठी देता है। बेघर को घर-बिस्तर देता है। भूखे को अन्न और किसान को खेती के लिए हल देता है...ऐसा देव मनुष्य!”

“लेकिन सरकार वैसी नहीं थी।”

“हट...ये फॉरेस्टर मतलब पक्की धूर्तों की औलादें! उन्होंने हमें हमारे ही खेतों से बेदखल कर दिया। भेड़-बकरियों को जंगल में ले जाने पर पाबन्दी

लगा दी। हम मवेशी खुले नहीं छोड़ सकते थे। जंगल में हम कदम नहीं रख सकते थे। हम आदिवासी ऐसे हो गए थे, जैसे गाय-बैल के थूथन पर ही रस्सियों की जाली बाँध दी जाए।"

हमारे ही हक के जंगल-जमीन से हमें भगाकर हमारी सरकार किसी सांप की तरह हम पर फुफकार रही थी। सरकारी बाबुओं की नजर में साहूकार बड़े थे। ठेकेदार बड़े थे। ठेकेदारों की धोती लाखों की थी और हम माडिया और गोंड लोगों की लंगोट तार-तार थी। यह हाल हो गया था!

यहाँ तक कि हमारे तेंदूपत्ते का अच्छा बाजार-भाव मिला करता था, लेकिन बीच के ठेकेदार मलाई चट कर जाते थे। हमारे हिस्से में दुख के प्याज और चटनी आती थी। तेंदूपत्तों की तुड़ाई में लगनेवाली मेहनत और कष्ट की गिनती ठेकेदार नहीं करते थे। अगर कहीं हमारे इन बीड़ी पत्तों का भाव गिरता और बाजार फिसल जाता तो हमारे पत्थर के देवता भी हमारी कोई मदद नहीं कर पाते थे। अपने माथे का पसीना पोंछते हुए सूने आकाश को देखने के सिवा हम कुछ नहीं कर सकते थे। आषाढ़ और सावन के महीनों में नदियाँ उफनती हुई भर जातीं, पानी किनारे तोड़ता हुआ बहता। लेकिन जैसे ही बरसात बीतती और दशहरा गुजरता, नदियों का पानी गुम जाता। वे फिर सूखी-सपाट पड़ जातीं। यही हमारी हालत थी। तेंदूपत्ते का मौसम जैसे आता, वैसे ही गुजर जाता। हम फिर से नंग-धड़ंग रह जाते!

धीरे-धीरे हम आदिवासियों के दिमाग में कुछ सवाल पैदा होने लगे। कैसे ये तेंदूपत्ते वाले दलाल, कॉन्ट्रैक्टर और नेता हर पाँच साल में आते हैं? पहाड़ों और वादियों में बसे छोटे-छोटे गाँव की धूल भरी गलियों में ये देवताओं की तरह प्रकट हो जाते हैं! वोट की भीख माँगते हुए वे हमारे दरवाजे पर आ खड़े होते हैं! जबकि इनमें से कभी किसी ने हमें बीड़ी पत्तों की अच्छी कीमत दिलाने के लिए आवाज नहीं उठाई। न हमारे लिए लड़ा। इनके मुकाबले तो दलालों की छाती पर बन्दूक तान देनेवाले, मुश्किल दिनों में हमारी मदद के लिए खड़े रहनेवाले नक्सलवादी कहने को नए मेहमान थे, लेकिन उन्होंने हमें महसूस कराया कि हम हाड़-मांस के इनसान हैं।

हमारे हरे जंगलों-पहाड़ों में नक्सलवादी बादलों की तरह आने-जाने लगे।

जैसे ततैया और मधुमक्खियाँ पके जामुन के पेड़ों के चारों ओर भुनभुनाती हैं, वैसे ही नक्सलियों ने भी हमारी झोंपड़ियों और घरों में अपने डेरे बना लिए थे। तब सरकार की नींद टूटी और अपने आलस्य को छोड़कर वह इन नक्सल दादाओं के खिलाफ खड़ी हुई। सरकार ने अचानक उन्हें पकड़ने की जल्दी करना शुरू की। नक्सलियों को ठिकाने लगाने के लिए उसने इन्हीं जंगलों के आदिवासी युवाओं को भर्ती करना शुरू किया।

मेरा भाई, ठाकेराम असमंजस में था। नक्सलियों के साथ जाऊँ या फिर पुलिस में? उस रात हमारे घर में देर तक इस पर बातचीत होती रही। बाप ने ठाकेराम से कहा, "देख बेटा कहीं भी जा। दोनों तरफ तुझे अपने हाथों में बन्दूक ही उठानी है।"

"लेकिन मैं किस तरफ जाऊँ, यह तो बताओ!"

"तू पुलिस में जा।"

"क्यों?"

"नक्सली बनकर बारहों महीने कितना तू जंगल-जंगल भटकेगा? वहाँ तुझे पगार भी नहीं मिलेगी। सिर्फ लाल झंडा लेकर नाचने से पेट नहीं भरता।"

कई बार मैं घर की भेड़-बकरियों को चराने के लिए जंगल या फिर नदी किनारे निकल जाती थी। तब जंगल के पंछियों के साथ, बहती हवा के साथ या झूमते पेड़ों को देखकर गाने लगती थी। हर किसी को मेरी आवाज मीठी लगती। मैं माडी या गोंडी बोली में गाती और कई बार तो आस-पास से गुजरनेवाले रुककर मेरा गाना सुनने लगते थे।

जब गाँव में नक्सलियों की नाटक मंडली आती तो मेरा मन खुशी से भर जाता था। 'जल जंगल और जमीन बचाओ' उनका यह नारा मुझे खूब अच्छा लगता। वे हमारी भाषा में हमें नई-नई बातें समझाते, ज्ञान देते। वे बताते कि पुलिस और सुरक्षा बलों के लोग कैसे सिर्फ पैसे वालों के पिट्ठू हैं।

जिन्दगी का सपना टूट गया रे, टूट गया
बीस करोड़ बेगारों को कोई लूट गया रे, लूट गया
नब्बे करोड़ जनता है भूखी, छीन के रोटी भागा कौन

बड़ी-बड़ी मंजिलों में रहता, जला के बस्ती रे, छोड़ गया
टाटा, अम्बानी, जिन्दल, मित्तल, एस्सारू
आए लगाने अपनी कम्पनी
लाखों-करोड़ों की जिन्दगी को कर गए दफन
करके विस्थापित जनता को, जिन्दा लाश बना डाले कफन
छीन के घर, करके सब निजीकरण, इस देश को डुबा डाला रे
अरे जल, जमीन, जंगल बचा लो रे भाई
उठा लो लाल झंडा, उठा लो लाल झंडा रे भाई

जब हम ऐसे गाने ढोलक की तेज ताल पर गाते तो हमारे बदन में झिनझिनी दौड़ जाती। ये गाने हमें उतने ही अच्छे लगते, जितने जंगल और खेतों में फसल की कटाई के वक्त गाए जानेवाले गीत होते थे।

हमारे कौवापानी गाँव के पीछे की तरफ बेहद घना जंगल था। वहाँ की घास कमर तक ऊँची थी। उनके बीच जाने कितने कीड़े-मकोड़े सरसराते नजर आते थे। रंग-बिरंगी तितलियाँ वहाँ उड़ती-फिरती हुई मन को बहुत आकर्षित करती थीं। अपने भाई के साथ अक्सर मैं वहाँ घूमने निकल जाती थी। कभी हम बरगद की डालों को लटककर झूलते रहते तो कभी नदी किनारे की झाड़ियों में लुका-छुपी खेलते और कभी ऊँची-ऊँची घास में यहाँ-वहाँ दौड़ते रहते। बहुत मौज भरे दिन थे।

एक बार दोपहर को तेज धूप में हम भाई-बहन वहाँ खेल रहे थे। तभी पास की ऊँची घास में ऐसी आवाज आई मानो कुछ तेजी से सरसरा रहा है। फिर 'फसऽऽऽ' 'फसऽऽऽ' की डरानेवाली आवाज कान में पड़ने लगी। मैंने पागल की तरह दौड़ना शुरू कर दिया और तभी मुझे कुंडली मारे हुए वह विशाल प्राणी दिखाई दिया। मैं जोर-जोर से चिल्लाने लगी, 'मासोंडी ऽऽऽ मासोंडी।' हमारी भाषा में मासोंडी विशाल अजगर को कहते हैं। चाहे बूढ़ा हो या बच्चा, जब भी कोई पेड़ के तने जैसे मोटे इस रेंगनेवाले जीव को देखता है तो उसके प्राण सूखने लगते हैं। उसका खुला हुआ लाल मुँह, लपलपाती जीभ और मजबूत जबड़ा हमें सपने में भी दिखता है।

वह न केवल छोटे-मोटे मवेशियों, भेड़-बकरियों को बल्कि छोटे बच्चों तक को निगल जाता है। अपने शिकार को हजम करने के लिए अजगर पेड़ के तने से गोल-गोल लिपट जाता है, जिससे अन्दर शिकार की हड्डियाँ चूर-चूर हो जाएँ और वह उसे आसानी से पचा ले। ऐसी तमाम कहानियाँ सुनकर ही शरीर डर से काँपने लगता था।

हमारे एक तरफ पुलिस और दूसरी तरफ नक्सली थे। हम आदिवासियों की जिन्दगी जर्मन के उस बर्तन जैसी चपटी हो गई थी, जिसे कोई इधर से तो कोई उधर से ठोकर मारता। उस पर हमारे सिर पर भविष्य की अनिश्चितता के बादल मँडराते रहते थे।

धीरे-धीरे हमारे पहाड़ों में एक नई मुसीबत पैदा हो गई। नक्सली और पुलिस तो पहले से थे, अब यह एक और फंदा गले में पड़ गया। जब हम बच्चे थे तो हमारा बाप कई ज्ञान की बातें बताया करता था। कहता था कि मनुष्य का जीवन मतलब कदम्ब के पेड़ पर ऊँचे लटके हुए सोने के पिंजरे में बन्द तोता। जो हवा के साथ हिलता रहता है। हम अपने जंगलों में खुश थे। पंछियों की तरह गाते। लेकिन जब ये नदी किनारों के शहरों में रहनेवाले लोग बदन पर भारी-भारी कपड़े पहनकर हमारे जंगलों में आए तो हमें पहली बार कॉलरा का पता चला और फिर उसके पीछे-पीछे बहुत सारी दूसरी बीमारियाँ आ गईं। ये नहीं होता तो हम आदिवासियों को ये गणतंत्र और नक्सलियों जैसी बीमारियों का क्या पता था!

नक्सली हर गाँव पर, हर घर पर बारीक नजर रखा करते थे। पीछे के पहाड़ से या सामने की नदी पार करके कौन दिन या रात में किस गाँव, किस घर में आया और क्यों आया, इन बातों की वे बराबर खबर लिया करते।

जैसे-जैसे नक्सलियों का जोर बढ़ रहा था, गाँव-गाँव में लाल झंडों के साथ 'जनता की सरकार' जैसे नारों वाली तख्तियाँ भी नजर आने लगी थीं। पुलिस दादा सक्रिय हो गए थे और हमारे बच्चों को पुलिस में भर्ती किया जाने लगा। इस बात ने नक्सलियों को नाराज कर दिया। उन्होंने खुलेआम घोषणा की कि अगर कोई भी पुलिस में भर्ती हुआ तो उसको ढूँढ़कर, पकड़कर मौत की नींद सुला दिया जाएगा। वे सिर्फ धमकियों पर ही नहीं रुके, जिन

घरों के लड़के पुलिस में भर्ती हुए उन्हें ब्लैक लिस्ट करके गाँव वालों से उनका बहिष्कार करने को कहा गया। ऐसे लोगों के यहाँ आने-जाने से लेकर रोटी-बेटी के सारे व्यवहार बन्द करने को कहा गया।

बचपन में मेरा बड़ा भाई आग में जलकर मर चुका था, इसलिए घर में सबको ठाकेराम दादा की खास चिन्ता थी। उससे ही वंश-बेल आगे बढ़नी थी। जब उसने तहसील स्कूल जाना शुरू किया तो जंगल में इस बात की खबर नक्सली दादाओं को मिल गई। एक दिन इन दादाओं का झुंड बन्दूकें अपने कन्धों पर रखे, हमारे घर के सामने आकर खड़ा हो गया। उनको देखकर मेरा बाप कँपकँपाने लगा लेकिन फिर उसने थोड़ी हिम्मत बटोरी। उन्हें ठंडा पानी पिलाया और गुड़ उनके हाथों पर रखा। उनका स्वागत किया। लेकिन उन बन्दूक वालों की नजर सिर्फ ठाकेराम दादा पर टिकी थी। "कौन से स्कूल में जाता है रे तू?"

"तहसील की स्कूल में।"

"उन पूँजीपतियों के स्कूल में तू क्या सीखेगा रे? चल हमारे साथ जंगल में।"

"ले...लेकिन स्कूल?"

"चल हमारे साथ उस लाल सितारे के पास, क्रान्ति को बुला रही हवाओं में।"

"मुझे नहीं आना।"

"हमारे साथ आएगा तो तुझे कम्प्यूटर की पढ़ाई कराएँगे। तू पार्टी में शामिल हो जा और वहाँ तू कमांडर भी बन सकता है।"

"नहीं, मैं पढ़ाई करना चाहता हूँ," ऐसा कहते हुए ठाकेराम दादा ने उनका प्रस्ताव नकार दिया। वह किसी भी तरह से अपने प्राण बचाने को छटपटा रहा था।

इस सीधे इनकार से नक्सली बुरी तरह चिढ़ गए। कमांडर ने उसे साफ शब्दों में चेतावनी दी, "देख बेटा, तुझे हमारे साथ नहीं आना है तो मत आ, लेकिन कल को अगर तू पुलिस में भर्ती हुआ तो उसी रात तेरे माँ-बाप की मुंडी काटकर उनकी डेडबॉडी गाँव की सड़कों पर फेंक देंगे। याद रखना।

भूलना मत कि तू हमसे पंगा ले रहा है।"

इस धमकी से डरकर ठाकेराम दादा जैसे सहमा हुआ खरगोश बन गया। नक्सलियों से डर के मारे उसने गाँव में आना ही बन्द कर दिया। गर्मियों की छुट्टियों में भी वह तहसील के हॉस्टल में ही रहता।

जैसे ही नक्सलियों को पता चला कि ठाकेराम दादा दसवीं में पहुँच गया है, उन्होंने हमारे घर के चक्कर लगाने शुरू कर दिए और मेरे बाप को धमकाया। अपने ठाकेराम को अभी के अभी दल में भेज।

घबराए हुए ठाकेराम दादा को उसके शिक्षकों ने ढाढ़स बँधाया। और हमारा बेचारा बाप! जंगल में कड़ी मेहनत कर-कर के वह पचास की उम्र में सत्तर साल का बूढ़ा दिखने लगा था। एक सुबह वह स्कूल हॉस्टल में ठाकेराम दादा की खोली पर जा पहुँचा, "बेटा, तू सपने में दिखा था। मेरा दिल धक से बैठ गया और मेरी आँख खुल गई। इसलिए भागा-भागा यहाँ आया, देख।"

"क्या करूँ ददा? कैसे जिन्दा रहूँ?" ठाकेराम ने जैसे चिल्लाकर कहा, "डर मत बेटा..."

"रात को हॉस्टल की इमारत में उनके बूटों की आवाजें आती रहती है। दिन में आकर वे स्कूल के बाहर खड़े हो जाते हैं। वे डरानेवाले अन्दाज में लगातार मुझे घूरकर देखते हैं कि जैसे बस अभी मेरा शिकार कर लेंगे।"

"क्या कहते हैं तुझसे?"

"जल्दी आ और पार्टी जॉइन कर...नहीं तो बेमौत मरेगा। तेरे माँ-बाप को तेरा मुर्दा भी हाथ नहीं लगेगा।'

उस रात हॉस्टल के बाहर पेड़ के नीचे खड़े होकर बाप खूब रोया। वहाँ से चलते हुए उसने ठाके दादा को कसकर अपने से लगाया और बोला, "बेटा! अगर मौत घर में आकर मेरा गला पकड़ेगी तब भी चलेगा, लेकिन किसी हालत में ये स्कूल और पढ़ाई मत छोड़ना।"

नक्सलियों के मन में लगातार एक ही डर पैदा हो रहा था, 'यहाँ के लड़के अगर पढ़-लिख गए तो शहर में जाकर शहरी बन जाएँगे। वो पुलिस में नक्सलियों के खिलाफ बने नए सी-60 में भर्ती होंगे और अपनी बन्दूकों

से हमारे सिर को निशाना बनाने आएँगे। लेकिन ऐसा होने से पहले ही हमें उनका दिमाग ठिकाने लगाना होगा नहीं तो उनके सिर कुल्हाड़ियों से काटने होंगे।' इसलिए नक्सलियों की गाँव के विद्यालय पर पैनी नजर थी। उन्होंने तय कर लिया था कि किसी भी हाल में तेज दिमाग बच्चों को चुनकर उन्हें अपने दल में भर्ती करना ही होगा।

नक्सलियों के गुप्तचर पुलिस के खबरियों के मुकाबले दस गुना तेज थे। ठाकेराम की दसवीं की परीक्षा शुरू हो गई है और वह खत्म होते ही वह तहसील से जिले में चला जाएगा। तेज अफवाह फैली कि वह पुलिस में भर्ती होने के लिए जिला मुख्यालय जा रहा है। दादा के करीब आधे पेपर हो चुके थे। उस रात वह पढ़ने के लिए हॉस्टल के कमरे में जागा। लालटेन जलाई। तभी उसके तेज कानों में हॉस्टल के मुख्य दरवाजे से पीछे की तरफ होते हुए उसके कमरे की तरफ बढ़ते बूटों की आवाज पड़ी। वह तत्काल समझ गया कि ये लोग मुझे यहाँ से उठाकर अपने साथ जंगल ले जाने आए हैं। उसे आँखों के आगे अपनी जिन्दगी डूबती दिखने लगी। उसने अपने सीने में साहस बटोरा। वह कमरे से निकला और हॉस्टल की छत पर से पीछे के खुले आँगन में पसरे अँधेरे में उसने आँखें मूँदकर छलाँग मार दी। इसके बाद वह झाड़ियों में खो गया।

सौभाग्य से दादा को रायपुर में हमारे बाप की पहचान के एक कोयला व्यापारी का पता मालूम था। दादा वहीं नौकरी करने लगा। कोयले की मजूरी करते-करते उसने फिर से दसवीं की परीक्षा दी। पास हुआ और वहीं पुलिस में भर्ती हो गया। उस रात बाप ने गले तक तर होकर मटका भर महुए की दारू पी। बुढ़ापे में जैसे उसका नया ब्याह हुआ, नशे में ऐसे खुश होकर वह नाचा। टूटी हड्डियों का ढांचा होकर रह गई मेरी माँ के चेहरे पर भी उस दिन खुशी की चमक आई। उसके चेहरे पर ऐसी चमक मैंने पहली बार देखी थी।

बस, एक बात बुरी हुई। ठाकेराम दादा से गाँव हमेशा के लिए छूट गया। यह किस्मत का खेल था कि वह हमारा होकर भी अब हमसे हमेशा के लिए दूर और पराया हो चुका था।

मेरी उम्र बढ़ रही थी। मैं जवान हो चुकी थी। मेरी माहवारी आने लगी

थी। गाँव में लगन की चर्चा शुरू हो गई थी। लेकिन ठाकेराम दादा ने कभी घर की सुध नहीं ली। न कोई चिट्ठी भेजी। न कोई सन्देश। कुछ भी नहीं।

हम जंगल में रहनेवालों की जिन्दगी जैसे कैंची के दो फलों के बीच फँसी हुई थी। एक तरफ नक्सलियों की धार थी और दूसरी तरफ पुलिस या सुरक्षा बल। हमारी जिन्दगी बेजार हो चुकी थी। सड़ी हुई फेंक दी गई सब्जियों की तरह थे हम।

गाँव-गाँव के किशोरों-युवाओं के दिल में डर बैठा था। बढ़ती उम्र के साथ मैं हर दिन देख रही थी कि हम आदिवासी कैसे दोहरी मुश्किल में फँसे हुए हैं। हमारे अनेक जवान लड़के सबकी नजर बचाकर पुलिस में भर्ती होने जाते। भर्ती की कतार में लगते। नक्सलियों की उन पर नजरें गड़ी रहतीं। वे सबकी खबर रखते। इसलिए ये लड़के पुलिस चौकी के कम्पाउंड के अन्दर ही बासी रोटी खाकर और पानी पीकर पेड़ों के नीचे सोते। इन पुलिस चौकियों के कम्पाउंड में भी नक्सलियों के खबरी रात में चक्कर काट आते।

जैसे-जैसे यौवन आ रहा था, मेरा शरीर नया आकार ले रहा था। पेड़ों पर जैसे नई शाखाएँ आती हैं, नए नाजुक पत्ते फूटते हैं। कई साल पहले अपनी बहन की शादी के लिए मेरी माँ ने एक साड़ी खरीदी थी। उसके बाद से वह साड़ी लकड़ी की पेटी में बन्द थी। मैंने वह साड़ी निकाली और पहनकर बाहर गई। उसके बाद तो हर नजर उठकर मुझे देखने लगी। फिर चाहे पुलिस हो या नक्सली।

एक दिन साप्ताहिक बाजार में थानेदार ने मेरे बाप को अपने दफ्तर में बुलवा लिया और साफ शब्दों में कहा, "अगर तेरी दुड़िया उन सलामवालों के दल में गई, तो याद रखना तुझे गधे पर बैठाकर तेरा जुलूस निकालूँगा।"

नक्सली भी कहाँ पीछे रहनेवाले थे। कई लाल सलाम वाले मेरे बाप को पहले से जानते थे। उन्होंने उसे सीधे धमकाया, "हमको बेवकूफ मत समझना। तेरा ठाकेराम हमको चकमा देकर चुपचाप रायपुर में पुलिस में भर्ती हो गया है। लड़की को लेकर ऐसा कुछ सोचा या किया तो समझ लेना जैसे जंगल में आग पर चूहे भूनते हैं, वैसे ही तुझे तेरे इस घर-द्वार समेत जलाकर भून डालेंगे।"

सारे जाति-धरम में लोग जैसे अपनी बेटी के लिए सोच-समझकर निर्णय लेते हैं, वैसे ही मेरे माँ-बाप ने भी लिया। दुड़िया नाम की यह जवान लड़की जलता अंगारा है। अपने समाज में किसी योग्य वर को ढूँढ़, उसके हाथ में इसका हाथ देकर जिम्मेदारी से मुक्त हुआ जाए। लग्न मंडप में इसके पैरों पर गगरी भर पानी डाल, इस घर से पति के घर रवाना करें तो कन्धों का भार उतरे।

हम आदिवासियों के हर गाँव में एक बड़ा और सार्वजनिक कुटीर होता है। इसे घोटुल कहते हैं। यहाँ गाँव के युवा लड़के-लड़कियाँ इकट्ठा होते हैं। यहाँ इनकी जोड़ियाँ जमती हैं। यहाँ हम ढोल बजाते हैं। नाचते-गाते हैं। कोई बन्दिश नहीं होती। यहीं सब युवा अपने लिए जीवन साथी चुनते हैं। लगन तय होता है।

एक रात मैं घोटुल में जाकर खूब नाची। गाँव के मुखिया के लड़के के साथ। कभी न चिढ़नेवाला मेरा बाप उस दिन गुस्से में बहुत बरसा, "पहले से उसकी तीन हैं। तू उसकी चौथी होकर क्या उनकी नौकरानी बनने निकली है?" चिल्लाते हुए उसने सबके सामने मेरे मुँह पर एक थप्पड़ मारा। तम्बाकू के सूखे पत्ते की तरह मेरे तन-मन में आग लग गई और गुस्से में आकर मैंने चूहे मारने का जहर पी लिया। आस-पास खड़े सब लोग मुझे बचाने के लिए मेरी तरफ दौड़े। सबकी कोशिश थी कि मैं उल्टी कर दूँ और जहर पेट से बाहर निकल आए। इसके लिए किसी ने मुझे गाय का गोबर तो किसी ने छोटे बच्चे का गू खिलाया। किसी ने कुलबुलाते हुए केंचुए मेरे मुँह में ठूँस दिए। मेरे पेट में जैसे गोला उठा और अन्दर से सब भरभराकर बाहर निकल आया। जहर और बाकी सब कुछ।

गाँव के पास कोई स्कूल नहीं था और इसलिए पहले ही पढ़ाई का भुर्ता बन चुका था। घर में गरीबी का यह आलम था कि कई बार भूखे पेट पड़े कुनमुनाते रहते थे। रोते थे। मन परेशान हो जाता था। कई बार मैं जंगल से लाए कन्दमूल खाकर भूख मिटाती थी। कभी जंगल से 'लाईंग' यानी लाल चींटियाँ बीनकर लाती और उनका रसा बनाकर पी जाती। यह बड़ा तीखा लगता था। यही मेरी भूख की दवा थी।

एक दिन बाप ने कहा कि बेटी अब मैं थक गया हूँ। उम्र हो गई है। मैं आज हूँ, कल नहीं रहूँगा। ऐसे में तेरा यह गुस्सैल स्वभाव। तू कोई नौकरी देख ले। उसने नौकरी के लिए बहुत कोशिशें कीं। लेकिन मेरे जैसी अँगूठाछाप-निरक्षर लड़की को कोई भी नौकरी कैसे मिलती? गाँव में हमारे घर के पीछे जंगल में पेड़ों-लकड़ियों की कटाई का काम चल रहा था। वहाँ का कॉन्ट्रेक्टर चुनाव जीतकर विधायक बन गया था। मेरे बाप की उससे पहचान थी। बेटी की चिन्ता में परेशान मेरे बाप ने उसके हाथ-पाँव पड़े। "मेरी बेटी के खाने-पीने का कुछ इन्तजाम करो दादा।" उसने विधायक से गुहार लगाई।

विधायक जंगल में लड़कियाँ चीरनेवाली अपनी साइट पर हफ्ते में एक-दो दिन के लिए आकर आराम से रहता था। वहाँ उसने अपने खेतों में एक मकान बना रखा था। उसने बाप से वादा किया कि जिला बैंक की भर्ती में वह मेरी डायरेक्ट चपरासी की नौकरी लगवा देगा। उसने अगले दिन मुझे मिलने के लिए बुलवाया।

विधायक को मैं पहली बार देख रही थी। उसका शरीर किसी खाए-पीए बैल की तरह चुस्त और भरा हुआ था। उसने चेहरे पर समाजसेवक होने का मुखौटा लगा रखा था, लेकिन उसके अन्दर हवस की आग थी, जो आँखों में साफ दिखाई दे रही थी। उसकी उम्र करीब पैंसठ साल की थी। उसने उत्तेजित बकरे की तरह मुझे देखा और बोला, "जो भी है मैं तुझसे साफ कहता हूँ। तुझे तेरी नौकरी मिलेगी। फिक्स...परमानेंट!"

"ये तो खूब अच्छा होगा साहेब!" मैं उसके पैरों पर गिर गई।

लेकिन उसी समय मुझे नीचे से ऊपर तक आँखें फाड़े देखते हुए विधायक की नजरें जहरीली और चुभनेवाली हो गईं। खास तौर पर मेरे वक्ष और कमर को वह किसी भिखारी लड़के की तरह एकटक देखे जा रहा था। साथ ही उसकी बनावटी बातें भी शुरू हो गईं, "देख लड़की, तेरे नसीब से तुझे जिन्दगी भर के लिए ये रोटी मिल रही है, अब तुझे ये लेना है कि नहीं तेरे ही ऊपर है।"

"क्या मतलब साहेब?"

"कर्मचारी के मन में अपने मालिक के लिए सेवा-भाव होना चाहिए।

जो उपकार है, उसके बदले जान देना तक आना चाहिए।"

"सही कह रहे हैं आप। बैंक में नौकरी मिलना तो लोगों की सेवा ही है साहेब...मैं ईमानदारी से नौकरी करूँगी।" मैंने कहा।

"तू चालाक होगी लड़की पर मैं भी पक्का हिसाबी-किताबी आदमी हूँ," उसकी आवाज में वासना छलक उठी, "मीठी-मीठी बात करके मेरा समय खराब मत कर और जो कह रहा हूँ, ध्यान से सुन।"

"हाँ साहेब...सुन रही हूँ।"

"देख, यहाँ मैं हफ्ते में एक-दो रात के लिए रहता हूँ...आराम करने के लिए...।"

"जी...!"

"जी क्या...? शहरों में तो मेरा मन बहलाने के लिए बहुत सारी रंग-बिरंगी गुड़िया मिलती हैं। लेकिन उनमें जंगल की मैना जैसा मजा कहाँ? मैंने सुना है तुझे चमचमाते सितारों वाले ब्लाउज पहनने का बड़ा शौक है..."

वह तेज हवा की तरह सनसन कर रहा था। मुझे लगा कि मेरी देह में पतझड़ आ गया है। शरीर से पसीना बहने लगा। विधायक ने तुरन्त मेरी कलाई पकड़ी और उसे हल्का-सा मरोड़ते हुए कहा, "देख, तेरे लिए रेशमी ब्लाउज का ढेर लगा दूँगा। तुझे रोज एक नया ब्लाउज पहनाऊँगा, एक उतारूँगा...।"

मैं घबरा गई। तेजी से भागने के लिए उठ खड़ी हुई। मगर मेरी पसीने से तर होती कलाई उसने जोर से जकड़े रखी। वह बोला, "हफ्ते में सिर्फ दो रात रहता हूँ मैं यहाँ। आज के बाद मेरी एक रात तेरे नाम रहा करेगी। मेरी सेवा करने का वादा तोड़ना मत।"

उस बूढ़े-बदमाश के मुँह से यह बात सुनते हुए मुझे ऐसा लगा मानो किसी ने मेरे शरीर में कोई कील ठोंक दी है। मेरा शरीर अन्दर तक कँपकँपा गया। मेरे चेहरे की रंगत देखकर वह समझ गया और उस बुड्ढे ने पलटी मारी। वह लफंगा मुझे प्यार से समझाने के अन्दाज में बोलने लगा, "बेकार की टेंशन क्यों ले रही है? एक बार सुबह की पहली किरण फूटते ही ठीक से नहाई कि सेवा खत्म। इसके बदले में तुझे बैंक में नौकरी...अब तेरे जैसी जंगल की लड़की को इससे ज्यादा और क्या चाहिए?"

मैं वहाँ से तेजी से भागी और फिर पलटकर नहीं देखा। नौकरी रही एक तरफ। बाप की खून जलानेवाली भाग-दौड़ भी किसी काम नहीं आई। उसको संताप न हो, इसलिए मैंने यह घटना किसी को नहीं बताई। लेकिन बाद में पता नहीं कैसे बाप को यह बात पता चल ही गई। सुनते ही वह आपे से बाहर हो गया। जिसे उसने करीबी दोस्त समझा था, उस बदमाश की गिरी हुई हरकत उसको सहन नहीं हुई। दारू पीकर वह बाज की गति से विधायक के बँगले पर पहुँच गया। उसने तमाम लोगों के सामने उसकी सारी विधायकी निकाल दी। खूब खरी-खोटी सुनाई। बात का बतंगड़ न बने इसलिए विधायक और उसके लोगों ने उसे तब कुछ नहीं कहा। शान्त करके वहाँ से घर भेज दिया। जैसे कुछ हुआ ही नहीं। दूसरे दिन उन्होंने खेल खेला और विधायक के पीए ने पुलिस में मेरे बाप के खिलाफ शिकायत दर्ज कराई। शिकायत में कहा कि मेरे बाप ने शराब पीकर विधायक को जान से मारने की कोशिश की।

हर दिन विधायक का थूका चाटनेवाले इंस्पेक्टर ने उल्टी-सीधी बातों से कागज रंग दिए। मेरे बाप को 'नक्सली खुफिया एजेंट' बताते हुए हथकड़ी लगा दी। जेल में डाल दिया। बिना किसी गलती के मेरे बूढ़े बाप को राजनांदगाँव की जेल में डाल दिया गया।

बाद में हमारी जाति के लोगों ने विधायक के खूब-हाथ पाँव जोड़कर उसे समझाया। उसके पैरों पर अपनी नाक रगड़ी। माँ ने हमारी दो दुधारू गायें बाजार में जाकर बेचीं और जैसे-तैसे करके वकील की फीस के पैसे जुटाए। तब कहीं जाकर जमानत दिलाने के लिए वकील अदालत में खड़ा हुआ।

हमारी जाति में दूसरी जातियों की तरह लड़की अपने विवाहित होने की पहचान के लिए मंगलसूत्र, कोई धागा या आभूषण गले में नहीं पहनती। जैसा कि मैंने बताया था पहले, इसके बजाय चौथे दिन 'रेंके तेडना' की रस्म होती है। जिसमें लड़की को पोलका या चोली, वह जो भी पहनती है उसे सबके सामने उतारना होता है। अपने स्तन खुले रखना ही एक आदर्श और गुणवान युवती का लक्षण माना जाता है। उससे हमेशा यही अपेक्षा की जाती है कि

वह ऐसे खुले स्तनों के साथ ही रहेगी। घर या बाहर।

मुझे इस रिवाज से घृणा आती थी। मैंने शुरू से इसका विरोध किया। मैंने अपने बाप को साफ-साफ कह दिया था, "बिना ब्लाउज के रहने की शर्त पर मैं अपना घर नहीं बसाऊँगी।"

"ऐसे कैसे होगा बेटी? सबको जाति-धरम के अनुसार चलना पड़ता है। रेंके तेडना की रस्म तो निभानी ही पड़ेगी।"

"अगर ऐसी बात है तो ए 'रे रास्ते अलग-अलग होंगे ददा," मैंने अपना फैसला सुना दिया।

बाप हड़बड़ा गया। आगे बढ़कर उसने मेरी कलाई पकड़ी और सोच में डूब गया। फिर बोला, "मतलब तू फिर से जहर पीएगी?"

"इस बार मैंने जिन्दा रहने का फैसला किया है। कान खोलकर सुन लोऽऽ न तो मैं शादी करके पति के घर जाऊँगी और न ही तुम्हारे पास रहूँगी।"

"अगर तूने जाने का तय कर ही लिया है तो इस दुनिया में कहाँ तुझे जगह-ठिकाना मिलेगा? कहाँ-कहाँ भागेगी? अपने लोगों के बीच, अपने समाज में रहना है तो ये पहाड़ के जैसा रिवाज रास्ते में आएगा ही। इस पर अपना माथा फोड़ने से तुझको कोई छुटकारा तो मिलेगा नहीं?"

साफ शब्दों में पोलका न उतारने की मेरी बात को जाति के लोगों ने चुनौती की तरह लिया। मेरी इस बगावत की खबर पूरे गाँव में जंगल की आग की तरह फैल गई। खास तौर पर गाँव की औरतों को यह बात बहुत अच्छी नहीं लगी। वे मुझसे चिढ़ गईं और अपनी कर्कश आवाजों में गरजने लगीं, "ये अगर रीति-रिवाजों को नहीं मानेगी तो कल को हमारी लड़कियाँ भी नहीं बिगड़ेंगी क्या? उन पर इस छिनाल का कितना बुरा असर पड़ेगा?" मेरी खोपड़ी चूल्हे पर रखे जर्मन के बर्तन की तरह एकदम तप गई। इसी कैफियत में मैंने अपने होनेवाले दूल्हे को जोरों से सुनाकर कहा, "मैं पोलका उतारकर नहीं रहनेवाली। अगर मेरी ये बात मानना है तो लगन करने आना। नहीं तो मैं कह नहीं सकती कि क्या करूँगी।"

मेरे बाप ने खूब चीखना-चिल्लाना किया। लेकिन पूरे गाँव में यह बात फैल गई कि मैंने होनेवाले दूल्हे को कड़क सन्देश दिया है। इस बात से हर

कोई हिल गया था। रात को घोटुल में पंचों, बड़े-बूढ़ों और गाँव के मर्दों-औरतों की बैठक हुई। पूरे विचार-विमर्श में यह बात निकलकर आई कि मीठी-मीठी बातें करके मुझे शादी के मंडप में खड़ा करेंगे। एक बार शादी हो गई कि बाप के घर से ससुराल भेज देंगे, और फिर क्या...! अगर मैंने उन सबकी बात मानकर पोलका नहीं उतारा तो पहलवान लड़कों से बोलकर जबरदस्ती उतरवा देंगे, ताकि रीति-रिवाज बना रहे। हर हाल में यह करने का तय किया गया, नहीं तो गाँव की आबरू चली जाएगी। ऐसा नहीं किया तो शादी के बाजार में गाँव की लड़कियों की तरफ कौन नजर उठाकर देखेगा?

आखिरकार मैंने अपने तरकश का आखिरी तीर चलाया, "ददाऽ अगर तुमने मेरी नहीं मानी तो मैं नक्सलियों के कैम्प में भाग जाऊँगी।" बात निशाने पर लगी और इस धमकी से बाप बुरी तरह से घबरा गया। उसकी पुतलियों में कम्पन हुआ। उसके होंठ हिले। लेकिन क्या बोलना चाहिए, उसे समझ नहीं आया। शब्द उसके होंठों तक भी नहीं आए।

मैंने अपना मन पक्का कर लिया था। जो होना है, हो जाए। चाहे दुनिया उलट-पुलट जाए। इनसान फिर बन्दर बन जाए या बन्दर मारुति हो जाए और लगे तो मारुति गणपति में बदल जाए। मैं जाति-धरम की इस सड़ी हुई रूढ़ि के आगे तो नंगी नहीं होनेवाली। उस समय मुझे मेरी एक हमउम्र सखी की याद आई। उसका नाम था, गीताली।

नदी पार करके दूर पर्वत से भी आगे गीता रहती थी। हम हफ्तावार लगनेवाले हाट में अक्सर मिला करते थे और कपड़ों की दुकानों पर जाते। हम दोनों का दर्जी एक ही था। हम दोनों को रंग-बिरंगी, कढ़ाईदार काँच लगी चोली और पोलकों का एक जैसा शौक था।

आधी रात को मैं जागी और सीधे जंगल का रास्ता पकड़ा। मेरे मन में अँधेरे या भूत-प्रेत का कोई डर नहीं था। अकेली पूरी हिम्मत से आगे बढ़ती रही। बीच में आई नदी को पार किया। वहाँ से आगे बढ़कर मैं अपनी सखी के गाँव ढिलापारमा पहुँची। घर के लोग मेरा पीछा करते-करते यहाँ न आ जाएँ, इस डर से मैं और गीता दोनों रात की रात वहाँ से बाहर निकल गईं। उसने अपने मामा की लड़कियों को भी बुला लिया और अब हम पाँच लड़कियाँ

इकट्ठा जंगल में थीं। मामा की एक लड़की "चलो, एक जरूरी काम है और दो दिन जंगल में घूमकर आते हैं" मीठा-मीठा बोलकर हमें घुमाती रही।

ऊँचे हरे जंगल। कोई दस-बारह मीटर ऊँचे पेड़ आकाश को छूते मालूम पड़ते थे। विशाल चौड़े पाट वाली नदियाँ। ऐसा लगता था कि हम किसी हरी-भरी, स्वच्छ देवभूमि में आ गए हैं। हर तरफ यही दिख रहा था और मेरा मन मारे खुशी के बावरा हो रहा था। यहाँ-वहाँ भटकते हुए हम तीसरे दिन जंगल के भीतर एक कैम्प में पहुँच गए। वहाँ तेज हवा में सुनहरी झंडे फड़फड़ा रहे थे।

नदी किनारे लगे लाल सलाम के उस कैम्प में हमारी भेंट दिवाकर से हुई। लोगों के बीच उसकी छवि भले मानुष की थी। उसने गढ़चिरौली में अपने रिश्ते-नाते की अनेक छोटी-बड़ी लड़कियों को नक्सलियों में भर्ती किया था। कुछ लोगों ने हमें घेर लिया और एक तरफ ले जाकर कहने लगे, "तुम लोग यहाँ कैसे पहुँच गईं? किसके साथ रहोगी यहाँ? तुम्हारे यहाँ आने की खबर अब तक तो पुलिस रिकॉर्ड में जमा हो गई होगी। अब तुम अगर वापस गाँव जाओगी तो तुम्हारे साथ कोई भी धोखा हो सकता है और हो सकता है कि तुम्हारे गाँव पहुँचने से पहले ही पुलिस तुम्हें बेड़ियाँ पहनाकर राजनन्दगाँव या नागपुर के जेल में डाल दे। वहाँ जिन्दगी भर तुम पत्थर तोड़ती रहोगी। उससे तो अच्छा है कि यहीं रहो। पूँजीपतियों से लड़ते हुए गरीबों और भूखों को न्याय देने का काम करो।"

मेरी उन सहेलियों में से कुछ के भाई पहले से इस लाल सलाम वाले दल में शामिल हो चुके थे। मुझे भी लगा कि गाँव में भूखे मरने से अच्छा तो इस नक्सली दल में रहना है। घरगोसइयाँ के वहाँ जाकर पूरी जिन्दगी बिना पोलके खुले उरोज लिये यहाँ-वहाँ घूमने से अच्छा है, यहाँ बदन पर रुआबदार फौजी जैसी वर्दी डालकर बहादुरी से मार्च करना। लाल सलाम के शिविरों में आग उगलती भाषा मुझे खूब आकर्षित करती, "आदिवासी भाइयो-बहनो और माताओ, सारी राजनीतिक पार्टियों और उनके नेताओं ने हम भूमि पुत्रों के साथ बड़ा धोखा किया है। बड़े-बड़े पूँजीपतियों और उद्योगपतियों से हाथ मिलाकर उन्होंने हम धरती पुत्रों से गद्दारी की है। इसीलिए इस गोंडवाना और छत्तीगढ़

में हमने अपने इस वर्ग शत्रु के विरुद्ध जनयुद्ध का ऐलान किया हैऽऽऽ।"

यहाँ मेरी जान-पहचान पढ़ाई-लिखाई से हुई और फिर आगे बनी रही। मुझे ऐसा लगा कि बंजर जमीन पर पानी बरस रहा है और जमीन में पड़े बीजों में कोंपल फूटने लगे हैं। दल में कक्षाएँ लगती थीं और इसका मुझे सबसे ज्यादा फायदा हुआ। शब्दों से मेरी दोस्ती हुई और मैंने सबसे तेज गति से पढ़ना और लिखना सीखा।

बाहर से देखने पर किसी को लग सकता है कि नक्सली कैम्प में मौज-मस्ती की जिन्दगी है। मगर कैम्प में जीवन बहुत थका देनेवाला था। यहाँ जबरदस्त अनुशासन था और सख्ती से नियमों का पालन किया जाता था। सुबह पाँच-साढ़े पाँच बजे हर हाल में जागना होता था। इसके बाद दाँत माँज कर, मुँह धोकर, शौच इत्यादि से निपटकर तैयार होना पड़ता था। ठीक सवा छह बजे की घंटी के साथ यूनिफॉर्म पहनकर रोल कॉल के लिए तैयार हो जाना पड़ता था। सब लोग बिलकुल समय पर मैदान में हाजिरी के लिए कतार में लग जाते।

सुबह साढ़े छह से साढ़े आठ बजे तक दो घंटे कठिन व्यायाम होता। बहुत जमकर। बदन पूरा पसीना-पसीना हो जाता। अगर वर्गशत्रु के विरुद्ध लड़ाई लड़ने की बातें करते थे तो उसके लिए तैयारी भी उतनी कड़ी मेहनत माँगती थी!

सुबह आठ से नौ चाय-नाश्ता होता और उसके बाद नौ से दस बजे सबको अपनी-अपनी बन्दूक-राइफल साफ करने का नियम था। फिर दस से बारह बजे के दरमियान पढ़ाई होती थी। जिन्हें लिखना नहीं आता था, उनके लिए लिखाई की कक्षाएँ लगतीं। मेरा पढ़ने में खूब मन लगता था। पार्टी की पतली-पतली पुस्तिकाओं से लेकर जो भी किताब मेरे हाथ में आ जाती, मैं उसे किसी भूखे की तरह पढ़ने लगती। दोपहर में बारह से दो का वक्त खाने और आराम का रहा करता। दो से चार फिर पार्टी का लिटरेचर और अन्य चीजें पढ़ी जाती थीं। बीच में छह से सात शाम का चाय-नाश्ता हुआ कि फिर मैं पुस्तकें लेकर बैठ जाती। सात से लेकर नौ बजे तक मैं पढ़ती रहती। रात के दस बजते-बजते, जिनकी ड्यूटी चौकीदारी की नहीं होती, उन्हें छोड़कर

सभी को अपने बिस्तरों पर जाना पड़ता था। सब दिन-भर के इतने थके होते थे कि बिस्तर पर गिरते ही नींद लग जाती।

लड़कियों के दिल से डर निकालने के लिए कुछ भाई अलग से उन पर ध्यान देते थे। उनके साथ कुछ महिला ट्रेनर भी होती थीं। कैप्टन निर्मला अपनी कड़क आवाज में हम से कहती, "किसी की छाती में गोली घुस जाए, किसी की अँतड़ियाँ निकल आएँ तो उस पर ध्यान देने की जरूरत नहीं है। गोलियों की तड़तड़ाती आवाज सुनो, इसके उन्माद को अपने अन्दर महसूस करना सीखो। एंजॉय इट!"

पहाड़ी गाँवों में 'जन अदालत' लगती। अगर किसी आरोपी को मौत की सजा दी जाती, तो उस सजा को अंजाम देने की जिम्मेदारी हम लड़कियों पर डाली जाती! पुलिस के मुखबिर एक पटवारी को भी सजा-ए-मौत सुनाई गई थी और उसे सजा देने के लिए मेरे हाथों में कुल्हाड़ी थमा दी गई। मुझे जो ट्रेनिंग दी गई थी, उसमें सबसे ऊपर वर्गशत्रु की हत्या का ही खयाल था। मैंने कुल्हाड़ी ली और हाथ को ऊँचे ले जाकर तेजी से उस आदमी की गर्दन पर वार किया। मैंने कुल्हाड़ी को नर्म नाजुक मांस में धँसते हुए महसूस किया। साथ ही गर्म-चिपचिपे खून की बौछार से कुल्हाड़ी का हत्था सन गया। मेरे हाथ पर भी खून के छींटे आए और मांस के कुछ टुकड़े आस-पास बिखर गए। वहाँ मौजूद सभी मर्दों-औरतों ने ताली बजाकर मेरी बहादुरी की तारीफ की। सहेलियों और दादा लोगों ने मेरी पीठ थपथपाई।

मेरे अगले पन्द्रह दिन इसी बहादुरी के खयालों में खोए-खोए निकल गए। लेकिन इसके बाद रात-बेरात में अचानक मेरी नींद टूटने लगी। मैं एकदम जाग पड़ती। मेरा चेहरा पसीना-पसीना हुआ रहता और मैं उसे पोंछती बैठी रहती। मेरा गला सूख जाता। कितना ही पानी पीती मगर मन में छटपटाती बेचैनी पर लगाम नहीं लगती। जब मैंने उस बेचारे आदमी को मारने के लिए कुल्हाड़ी हवा में लहराई थी तो उसकी आँखें एकदम से जैसे उसके माथे में गहरे धँस गई थीं। जैसे डाइनामाइट को धमाके से उड़ाने के लिए उसकी बत्ती तेजी से आगे सरकती जाती है, वैसे ही उसकी आँखें और गहरे खोपड़ी के रक्त-मज्जा में धँसने की कोशिश कर रही थीं। मैंने जो किया था, उस

अपराध की ग्लानि से अब मैं उबर नहीं पा रही थी।

अगले दो-तीन साल एक से दूसरे कैम्प में जाते हुए बीते गए। एक दिन हमारी टुकड़ी को अबूझमाड़ के एक बड़े लीडर की ड्यूटी में लगाने के निर्देश आए। हर किसी को कुछ महीनों के लिए इन बड़े लीडरों की सुरक्षा में लगाए जाने का नियम था।

अबूझमाड़ के पहाड़ अपने नाम की तरह ही 'अबूझ' थे। अज्ञात अँधेरे में डूबे हुए। ये लम्बी-चौड़ी विस्तृत पहाड़ियाँ असल में कितनी लम्बी-चौड़ी हैं, कोई सही नाप-जोख नहीं जानता। जब से मैंने 'अबूझमाड़ पहाड़' यह शब्द सुना था, तभी से मुझे लगता था कि यहाँ कुछ ऐसा है जिसका रहस्य कोई नहीं जान सकता। कुछ ऐसा रहस्यमयी जो बहुत विशाल है। वह क्या हो सकता है, मैं सोचती रहती। मेरे दिमाग में कुछ चित्र उभरते रहते। जब से अपनी सहेलियों के साथ मैं दल में शामिल हुई थी, तभी से ट्रेनिंग देने के लिए आनेवाले कॉमरेडों के मुँह से इस विशाल पर्वत के बारे में नई-नई बातें सुनती रहती थी। उन बातों को सुनकर हम सब हैरान होती थीं।

वे बताते थे कि यह विशाल-सपाट पहाड़ चार हजार किलोमीटर तक पसरा हुआ है। जिस तरफ नजर उठाकर देखें, वही हरे-भरे पहाड़ ही पहाड़ दिखाई देते हैं। हर तरफ हरे के अलावा किसी और रंग की छटा नजर नहीं आती। इन पहाड़ों के बीच से गुजरती हुई कई सारी नदियाँ बहती हैं। कहते हैं कि एक बार इस अबूझमाड़ के चक्रव्यूह में घुसने के बाद कोई इनसान तो क्या जंगलों में रहनेवाला जानवर भी बाहर नहीं आ सकता। दस-बारह मीटर ऊँचे हरे-भरे पेड़। हाथियों के जितनी ऊँची सरसराती घास। बीच-बीच में बड़े-बड़े नाले। घने और रहस्यमयी आवाजों से भरे इन जंगलों में डर लगता था। सोचने पर अबूझमाड़ पहाड़ों की एक डरावनी रहस्यमयी तस्वीर उभरकर मन में आती थी।

यहाँ कितनी जमीन है, कितने पेड़ हैं, कितने पहाड़ और कितनी ढलानें हैं? यहाँ किसी बात का हिसाब नहीं है। न ही हरे समुद्र की तरह पसरी हुई जमीन का कभी कोई सर्वे हुआ है। अपने राज में ब्रिटिश साहेब बड़ी टेबलों, दूरबीनों, छोटी-मोटी मशीनों और लम्बी डोरियों-सुतलियों के साथ पूरी तैयारी

करके इन जंगलों में उतरे थे। लेकिन उनकी दाल नहीं गली। न कोई सर्वे हो पाया और न कोई नाप-जोख।

हमारे जंगलों में माप-जोख करने के इरादे से आनेवाले इन लोगों के प्रयोजन अच्छे नहीं हैं। जंगल में रहनेवालों को यह बात समझ आ चुकी थी कि सर्वे करनेवालों के यहाँ आने का मतलब उनके अस्तित्व पर संकट है और इस संकट से लड़ना होगा। और उस साल तब वन में रहनेवाली मुरिया, हलबा, गोंड, माडिया, अबूझ जैसी सभी जातियाँ एक हो गई थीं। उन्होंने अपने कन्धों पर तीर-कमान चढ़ाए और सर्वे के लिए आनेवालों पर अपने सूँ-सूँ करते बाणों की वर्षा कर दी। सारे गोरे सिपाही और सर्वे करनेवाले अपने नाप-जोख के यंत्र और तमाम सामान वहीं छोड़कर भाग निकले। उसके बाद उन्होंने कभी पलटकर इस तरफ नहीं देखा।

दलम में हम अपनी-अपनी कक्षाओं में सुनते थे कि कैसे हिन्दुस्तान के अनेक पूँजीपतियों की बड़ी-बड़ी कम्पनियाँ जंगलों में बड़ी होशियारी से घुस रही हैं। जंगलों में छुपे प्रकृति के खजाने को लूटने के लिए वे कैसे-कैसे समझौता-पत्र बनाती हैं, अपने करार में कैसे कुछ सार्वजनिक और कुछ गुप्त करार करती हैं। हमारी कॉमरेड बासंती साने ने एक बार बताया, "तुम आदिवासी इस धरती की सबसे सीधी-सरल सन्तानें हो। तुम्हें इन पूँजीपतियों की अपार ताकत की कल्पना भी नहीं है। यहाँ की वन सम्पदा को लूटकर फलने-फूलनेवाले इन औद्योगिक घरानों की एक-एक कम्पनी अबूझमाड़ के पर्वतों से भी बड़ी और ताकतवर है।"

"ये सभी कम्पनियाँ यहाँ तुम्हारे जंगलों में बड़े-बड़े प्लांट लगाना चाहती हैं। किसी को यहाँ खनिज की खदान शुरू करनी है तो किसी को रिफायनरियाँ और कारखाने शुरू करने हैं। कोई यहाँ की नदियों पर खूब बड़े-बड़े बाँध बनाकर बिजली पैदा करके उसे बाहर के लोगों को बेचना चाहता है।"

"लेकिन मैडम," कक्षा में किसी ने सवाल किया, "इस तमाम उन्नति और विकास का हम लोग विरोध क्यों करते हैं?"

"कारण यह कि इन पूँजीपतियों को, इन खरबपतियों को पैसे के बड़े-बड़े खेल खेलने हैं। उन्हें हमारे 'जल, जमीन और जंगल' को अमेरिका के

बैंकों में रखना है। वो हमारा यानी इन जंगलों की सन्तानों और पशु-पक्षियों का भविष्य बेचने के लिए निकले हैं। हमें बेघर और अपनी ही जमीन से बेदखल करने की उनकी यह खूब सोची-समझी साजिश है।"

हम नक्सली मानते हैं कि अबूझमाड़ और गढ़चिरौली का यह इलाका डीकेएएमएस यानी 'दंडकारण्य आदिवासी मजदूर संगठन' आदिवासियों, किसानों और मजदूरों की धरती है। यह जंगल का इलाका करीब छह हजार वर्ग किलोमीटर तक फैला हुआ है।

कोई कहता है कि यहाँ आदिवासियों के अस्सी विशाल गाँव हैं तो कोई कहता है कि इन पहाड़ों के बीच-बीच में दो सौ से सवा दो सौ छोटे-छोटे गाँव बसे हैं। यहाँ के मिट्टी के नीचे दुनिया की सबसे कीमती लौह अयस्क की खानें दबी हैं। इसीलिए ये सारे बड़े-बड़े पूँजीपति और उनके दलाल राजनेता यहाँ नजरें गड़ाए हैं और यहाँ की गरीब जनता को इनसे बचाने के लिए माओवादी लीडरों ने 'जन सरकार' बनाई है। ये सारी, कुछ सुनी और कुछ पढ़ी बातें हमारी कलाइयों पर बने गोदने की तरह मेरे मन-मस्तिष्क पर छपी हुई हैं।

जब मैंने अपनी यूनिट की कॉमरेड लड़कियों के साथ पहली बार इन्द्रवती नदी पार की तो सामने चारों तरफ ताड़ और नारियल के जैसे ऊँचे-हरे पेड़ दिखाई दिए। यहाँ के गाँव बहुत छोटे-छोटे थे। पाँच से पच्चीस झोंपड़ियों का एक गाँव। उस पर आठ-दस मील चलने पर कोई एक गाँव कहीं नजर आता था। गाँवों में भी सिर्फ मुर्गियों, यहाँ-वहाँ डोलती इक्का-दुक्का बतखों, बकरियों और कूबड़ निकले हुए बूढ़ों की झलक दिखती थी। वहाँ हर तरफ सन्नाटा और वातावरण में अद्भुत शान्ति थी। हर गाँव से गुजरते हुए ऐसा लगता था मानो यहाँ कोई मर गया है और बाकी सब उसकी लाश को लेकर माटी देने के लिए नदी-किनारे गए हैं। हर तरफ मनहूसियत तारी रहती थी।

ऊपर से भले ही ये गाँव बेहद शान्त नजर आते थे, लेकिन उन सभी में अन्दर-अन्दर गुप्त नक्सली गतिविधियाँ चलती रहती थीं। हर गाँव के सबसे ऊँचे पेड़ पर हमारी माओवादी 'डीकेएएमएस' की पाटियाँ लगी होती थीं या फिर 'जन सरकार' की पहचान वाला लाल झंडा फरफराता नजर आता था।

इन्द्रावती नदी के विशाल पाट के दूसरी तरफ फैले लम्बे विस्तार में बीते कई वर्षों से अस्तित्व की लड़ाई चल रही है। यहाँ के जंगलों में पुलिस दल और नक्सलियों के बीच कई बार आमने-सामने की मुठभेड़ हुई हैं। अबूझमाड़ के इलाके को अपने कब्जे में लेने के लिए सरकार ने इन जंगलों में पक्का रास्ता बनाने की कोशिशें कई बार की है। लेकिन हमारे नक्सल भाइयों ने एक-एक इंच जमीन के लिए पूरी ताकत से संघर्ष किया। सुरक्षाबलों को आगे बढ़ने से रोका। जंगलों में रास्ता बनाकर अन्दर घुसने के सरकार के इरादों को हमारे लाल भाइयों ने कभी पूरा नहीं होने दिया। रास्ते में कई जगहों पर हमें दोनों गुटों में हुई मुठभेड़ों में बहे खून के जीवन्त निशान मिले। सँकरे रास्तों और सड़कों के किनारे कई जगह जलकर खाक हुए या फिर विस्फोटों में बर्बाद हुए बुलडोजर, टिपर, ट्रैक्टर, जेसीबी समेत छोटी-बड़ी गाड़ियाँ और दूसरी चीजें बिखरी नजर आईं।

जब हमने नदी पार करने के बाद सामने नागमोड़ी के खड़े और घुमावदार रास्तों पर चढ़ने की शुरुआत की तो गीताली और अन्य कॉमरेड लड़कियों ने अभिमान से कहना शुरू किया, "वाकई हमारे कॉमरेडों ने बड़े-बड़े पूँजीपतियों के खिलाफ लड़ाई में अनेक बार इन जंगलों को सुलगाया है।"

"हाँ, साफ दिख रहा है।"

"माओवादी 'जन सरकार' के अस्तित्व और यहाँ के गरीबों के उद्धार के लिए हमारे अनेक कॉमरेड साथियों को शहीद भी होना पड़ा है। लेकिन तब भी हमारे में मन में कभी लड़ाई का मैदान छोड़ने का खयाल नहीं आया और न ही हम कभी इसे छोड़ेंगे...हम आखिरी दम तक लड़ेंगे।"

जंगल या फिर किसी गाँव में जरा-सी भी हलचल हुई, किसी के चलने की आहट तक आई कि जो जहाँ रहता, वहीं ठहर जाता था। गाँवों के आस-पास की हरी-घनी झाड़ियों से लम्बी सीटियाँ बजने लगती थीं। गाँव में नक्सलियों की 'जन मिलिशिया' के लोग किसी भी नए आदमी की मौजूदगी से तुरन्त सबको खबरदार कर देते थे। खुद गाँव के आदिवासी भी अपने तीर-कमान कसकर जैसे किसी युद्ध के मोर्चे के लिए तैयार हो जाते थे।

हमारे माओवादी राज्य का हेडक्वार्टर अबूझमाड़ के एक बड़े पहाड़ के

शिखर पर था। वहीं डीकेएसजेडसी यानी दंडकारण्य स्पेशल जोन कमेटी का मुख्यालय था। जिस दिन हम वहाँ पहुँचे, उसी दिन हमारी मुलाकात सेंट्रल कमेटी (सीसी) के मेम्बर जयशेखर से कराई गई। हमारे पहुँचने के वक्त वहाँ 'जन सरकार' की कोई परिषद चल रही थी। वहीं मैंने जयशेखर सर के व्यक्तित्व के कई रंग एक साथ देखे। कॉमरेड बहनों ने अगर बताया नहीं होता कि उनकी उम्र कोई पैंठस बरस से आस-पास होगी, तो मैं उन्हें पचास के आस-पास का ही समझ रही थी। उनका शरीर भले थोड़ा भरा हुआ, मगर कसा हुआ था। उनकी आँखों पर मोटे लेंस वाला चश्मा था और सिर पर घने-घुँघराले बालों का घोंसला था। उनके चेहरे पर किसी योगी के जैसा तेज और शान्ति थी। उन्हें देखते ही समझ में आता था कि इस व्यक्ति ने बहुत जीवन देखा-जाना है, इसने यहाँ तक पहुँचने से पहले सुख-दुख की कई नदियाँ पार की हैं।

उस दिन जयशेखर सर ने पहली ही नजर में हम सभी को बहुत प्रभावित किया। उन्होंने अपने शिविर में आए सभी शागिर्दों और हमारे जैसे बड़े लीडरों की सुरक्षा में लगाए गए नए कॉमरेडों से अपनी धीर-गम्भीर और कड़क आवाज में कुछ बातें कहीं, "अपने देश और दुनिया भर की बड़ी-बड़ी कॉरपोरेशन तथा कम्पनियों को हमारा अबूझमाड़ किसी सुनहरे सपने में दिखनेवाले अमूल्य खजाने की तरह लगता है। इसीलिए कई खरब डॉलर की इस अलीबाबा की गुफा पर कब्जे की लालसा से सारे जगत के पूँजीपति सारा जोर लगाकर बाहर अपनी एड़ियाँ घिस रहे हैं। लेकिन हमने भी कसम खा रखी है कि यहाँ की 'जल, जंगल और जमीन की सम्पत्ति' किसी हाल में अपने इन वर्गशत्रुओं के हाथों में नहीं जाने देंगे।

"हालाँकि इन पुलिसवालों और अर्द्धसैनिक बलों ने कई बार कुचल देने के लिए हमारे खिलाफ जंग छेड़ी है, लेकिन अपने खून के आखिरी कतरे तक हम अपने आदिवासी भाइयों के लिए लड़ेंगे और उन्हें इन ताकतवर पूँजीपतियों के जबड़ों में नहीं जाने देंगे। सरकार, सेना और सलवा जुडुम के गुंडों ने हिंसा का जो नंगा नाच शुरू किया है, वह सिर्फ मुट्ठी भर पूँजीपतियों के हितों की रक्षा के लिए है। ये सब टाटा, एस्सार जैसी बड़ी अन्तरराष्ट्रीय

कम्पनियों के और सामान्य जनता का खून चूसनेवाली स्वार्थी व्यवस्था के दलाल हैं। अपने स्वार्थ के लिए इन गन्दे इरादों वालों से हाथ मिलानेवाले तथाकथित आदिवासी नेता सत्ताधारियों के इशारों पर नाचनेवाली कठपुलियाँ बने हुए हैं। लेकिन इन विकट परिस्थितियों में भी इन दबे-कुचले गिरिजनों के हक और बेहतर भविष्य की रक्षा के लिए लड़ना ही मैं आज का युगधर्म मानता हूँ।"

जयशेखर सर के मुँह से निकलती धाराप्रवाह चेतनामय भाषा ने एक बार फिर मुझे स्तम्भित कर दिया था। एक तरफ गरीबों के हितों की रक्षा का आह्वान करनेवाली वह दिल में उतर जानेवाली बातें और दूसरी तरफ वर्गशत्रुओं के विरुद्ध खड़े होने को प्रेरित करता आक्रामक अन्दाज। पूँजीपतियों को लक्ष्य करते हुए जयशेखर सर के शब्द मशीनगन से गोलियों की धुआँधार बारिश जैसे मालूम पड़ते थे।

अबूझमाड़ के उन दिनों में मेरी मुलाकात कई लड़के-लड़कियों से हुई। माओवादी विचारों को समर्पित हमारे लगभग सभी लीडर आन्ध्र प्रदेश से आए थे, जबकि कुछ गिनती के बंगाल से भी थे। जंगलों में उतरकर गुरिल्ला लड़ाई लड़ने और सीधी मुठभेड़ों में हिस्सा लेनेवाले सभी युवा हमारे गोंडवाना का खून थे। यानी इनका सम्बन्ध छत्तीगढ़ और महाराष्ट्र के गढ़चिरौली जिले से था। यहीं सरिता नाम की एक गोंड आदिवासी युवती मुझे मिली। वह भी मेरी तरह नक्सलवादियों की हरी वर्दी और जोश पैदा करनेवाले गानों से खूब प्रभावित हुई थी।

धरती अपनी लाल करेंगे, देश को हम आजाद करेंगे
आओ संगी, आओ साथी, नक्सलवाद का नाम करेंगे
लाल सलाम लहराकर बोलो...युद्ध करेंगे...युद्ध करेंगे
जल, जंगल, जमीन है अपनी, अपना हक लेकर रहेंगे...लेकर रहेंगे

एक शाम को मैंने देखा कि सरिता का चेहरा बिलकुल बुझा हुआ है। पूछने पर वह रुआँसी आवाज में भारी गले से कहने लगी, "दुड़िया क्या बताऊँ... मैं तो यहाँ दल में आ गई लेकिन वहाँ गाँव में पुलिस ने मेरे दोनों छोटे भाइयों

का जीना दूभर कर दिया। उन्हें रात-दिन परेशान करती रही। मार-पीट करती रही। बार-बार थाने में बुलाकर रात-रात उन्हें रोके रखा। कई दिन तक यही सिलसिला चलता रहा...।"

"लेकिन नक्सली तो तू बनी है, इसमें तेरे भाइयों का क्या गुनाह?"

"हम सबकी जिन्दगी बेहाल है। नक्सलियों और पुलिस की खींचतान में पूरा परिवार बर्बाद हो गया।"

"और तेरे माँ-बाप?"

"मेरा बापू तो कब का मर गया। बूढ़ी माँ घर में अकेली है। उसको ठीक से दिखता तक नहीं। घर में थोड़ी-बहुत खेती है लेकिन उसे देखने के लिए कोई नहीं है क्योंकि रात-दिन की पुलिस की मार-पीट और झंझटों के मारे भाइयों ने गाँव छोड़ दिया है। वे अब खेती करने को तैयार नहीं। पता नहीं राजनन्दगाँव या फिर रायपुर में कहीं वे मजदूरी करते हैं। यहाँ-वहाँ की सूखी रोटी तोड़कर दुकानों की सीढ़ियों पर कुत्ते-बिल्लियों की तरह पड़े-पड़े रात काटते हैं।"

"यह तो बहुत ही भयानक है," मैंने कहा, "एक तरफ तो सरकार कहती है कि नक्सली रास्ता भटक गए लोग हैं। दूसरी तरफ उसकी पुलिस झूठी बातें उगलवाने के लिए गरीब और कमजोर लोगों पर लाठियाँ तोड़ती है।"

अबूझमाड़ में पुरानी कॉमरेड लड़कियों से मेल-मुलाकात में मुझे एक बात समझ में आई। तीस साल पहले गाँव के जंगलों में फॉरेस्ट गाड्र्स, स्थानीय ठेकेदारों और सरकारी बाबुओं ने कई बार आदिवासी लड़कियों पर तमाम अत्याचार और बलात्कार किए थे। इतने जुल्म करने पर भी इन लोगों ने आदिवासियों से गुलामों जैसा बर्ताव किया। उनका खूब शोषण किया। इन्हीं बातों से त्रस्त लड़कियों को नक्सल की राह पकड़ना सम्मानजनक लगा और उनमें से कई दलम में शामिल हो गईं।

अबूझमाड़ में बड़े नक्सली लीडरों के जीवन को सुरक्षित रखने के लिए उन्हें कड़ी सुरक्षा दी जाती है। महत्त्वपूर्ण सीसी मेम्बर पचास से साठ सशस्त्र सुरक्षा गार्डों के कवच में लगातार घूमते-फिरते हैं। मूलत: आन्ध्र प्रदेश के महबूबनगर के रहनेवाले जयशेखर सर की अबूझमाड़ में खूब

इज्जत थी। दल में कई कॉमरेडों की शादियाँ हुआ करती थी मगर यहाँ प्यार, मोहब्बत जैसी बातों को कोई खास तवज्जो नहीं दी जाती थी। भोजन-पानी की तरह शरीर-सुख को भी एक भूख माना जाता था। इससे ज्यादा वे इसे कुछ नहीं मानते।

जयशेखर सर इन बातों से दूर रहते थे और कभी किसी लड़की या औरत से उनका जुड़ाव नहीं हुआ। उनकी गोद में हमेशा एके 47 या एसएलआर जैसी कोई खतरनाक राइफल और हाथों में कोई न कोई किताब होती थी। ये दोनों ही चीजें उनकी स्थायी संगी-साथी थीं।

जब मैं पहाड़ों पर चढ़ती तो तेज हवा में फरफराती अपनी हरी वर्दी मुझे खूब रौबदार लगती। हाथों में बन्दूक लिए मेरे शरीर में एक अलग ही जादू-सा महूसस होता। नक्सली दुनिया की सोच मुझे तम्बू तानने के लिए कसी गई स्टील की कुंडलियों की तरह पक्की और मजबूत लगती। नीली पॉलीथीन के तम्बुओं के बीच रहते हुए दिमाग में कौंधनेवाले हमारे विचार बहुत साफ और इरादे पक्के होते। हम वर्ग-संघर्ष की लड़ाई लड़ रहे हैं। टाटा और एस्सार जैसी कम्पनियाँ और तमाम पूँजीपति भेड़िये हैं। उनका छोटा-बड़ा हर साम्राज्य हम गरीबों के खून से सींचकर खड़ा किया गया है।

पूँजीपतियों की धन-दौलत की रक्षा करनेवाली पुलिस हमारी दुश्मन नम्बर एक है। हरे-भूरे पत्तियों वाली सैनिक वर्दी पहने सीआरपीएफ के गुंडे, सी-60 वाले, कोबरा आर्मी के जवान या फिर सलवा जुडुम के चोर-उचक्के ये सभी बदमाश हैं। ये सभी पर्वतों में रहनेवाले गरीबों और आदिवासियों का खून पीनेवाले जोंक हैं।

जयशेखर सर ने जानबूझकर मेरी जान-पहचान सोनू भूपति से करा दी थी। करीब पैंतालीस बरस का सोनू नेकदिल-सुशील इनसान था। उसके साथ उसकी पत्नी तारा रहती थी। वह आहेरी तहसील से थी और यूनिफॉर्म में बहुत जबरदस्त दिखाई देती थी।

सोनू दंडकारण्य और महाराष्ट्र का इंचार्ज था। वह गाँव-गाँव में जाकर ट्रेनिंग देता था कि 'जन सरकार' कैसे बनाते हैं, एक जगह पर लोगों को कैसे जुटाया जाता है और मोर्चा वगैरह कैसे निकाला जाता है। इसके अलावा

वह अक्सर कुछ लिखने-पढ़ने में डूबा दिखता था। बीच-बीच में वह हम लड़कियों को परिवार के किसी बड़े-बुजुर्ग की तरह कहता था, "देवियोऽ तुम जंगल में रहो या महानगर में...लेकिन किसी भी औरत को अगर सचमुच सम्मान पाना है तो उसे सबसे पहले शिक्षित होना होगा। खूब पढ़ो, जितना हो सके उतना या और ज्यादा। रुको मत।"

जयशेखर सर हमेशा जोश से भर देनेवाला भाषण दिया करते। उन्हें सुनकर तन-बदन में आग लग जाती थी। वह कहते, "यह अबूझमाड़ के पहाड़, यह दंडकारण्य पौराणिक भूमि है। पूँजीपतियों और कारपोरेट घरानों के लिए यह उस अलीबाबा की गुफा से कम नहीं है, जिसके अन्दर सोने के भंडार छुपे हुए हैं। इन जंगलों और इन खनिजों को लूटने के लिए ये बदमाश नजरें गड़ाए बैठे हैं कि बस एक बार किसी तरह गुफा का दरवाजा खुले। वे यहाँ के हरे जंगलों के खनिज-सम्पत्ति को लूटकर इस मिट्टी को राख बना डालेंगे। मगर हम यह होने नहीं देंगे। यह जंगल हमारा है, यहाँ शिकार का हक हमें है। अपने पुरखों से मिली इस जमीन को हम किसी भी कीमत पर अपने हाथ से जाने नहीं देंगे।" सर के भाषण सुननेवाला हर व्यक्ति उनका दीवाना हो जाता था।

उनकी बातें तेजी से मुझे बदल रही थीं। जैसे गाँवों-जंगलों में हरी-भरी घास की खुशूब में डूबी हुई भेड़-बकरियाँ वहाँ खो-सी जाती हैं, वही स्थिति मेरी हो रही थी। पार्टी के लेक्चर और भाषणों को सुनकर मेरी जुबान पर अपने आप लाल सलाम की भाषा आने लगी थी। पैसे वाले अमीरों को मैं 'पूँजीपति' कहने लगी। मैं लड़ाई-झगड़ा नहीं बल्कि अब 'वर्ग संघर्ष' बोलने लगी। बदलती शब्दावली के साथ मुझे महसूस होने लगा था कि हथियारों पर भी अब मेरी पकड़ पहले से मजबूत हो चली है। हमारे लीडरों और सीसी मेम्बरों के भाषण इतने तीखे और ओजपूर्ण होते थे, जैसे तीर हाड़-मांस से आर-पार हो जाए। उन्हें सुनने के बाद देर तक मैं अपने शरीर में सनसनाहट महसूस करती थी। तब टाटा और एस्सार जैसे पूँजीपतियों के नाम से ही खून खौलने लगता और पुलिस सबसे बड़ी दुश्मन मालूम पड़ती थी। माड में हमें जंगलों में गुरिल्ला युद्ध लड़ने का विशेष प्रशिक्षण दिया जाता था।

वहीं एक दिन सर ने केएएमएस यानी क्रान्तिकारी महिला संगठन की कॉमरेड नर्मदा से मेरा परिचय करा दिया। मैं केएएमएस के लिए काम करने लगी। कॉमरेड नर्मदा बहुत बहादुर और सख्त मिजाज की थीं। वह हम लड़कियों को अलग-से ट्रेनिंग देती थीं। वह हमसे इतनी सख्त कसरत करातीं कि पोर-पोर से पसीना फूटने लगता था। लेकिन हम जब सुनहरे धनुष-बाण की जोड़ियों और सुनहरे सितारों वाला 'जन सरकार' का झंडा देखतीं तो सबका दिल गर्व से भर जाता। जल्द ही गरीबी और अभाव में जीनेवालों की सरकार हम लाएँगे, इस खयाल के साथ हम कठिन परिश्रम और शरीर की थकान भूल जाते थे।

कॉमरेड नर्मदा हों या फिर जयशेखर सर, वे हमें हमारी भाषा में समझाते थे कि वर्ग संघर्ष क्या है और कैसे पूँजीपतियों ने जंगल में रहनेवालों के विरुद्ध युद्ध छेड़ रखा है। जैसे जंगल में रहनेवाले पंछी उसके खुले आकाश में मुक्त उड़ते-फिरते हैं, वैसे ही हम आदिवासी इस धरती की सन्तानें हैं। हमारे पूर्वज इन दूर-दूर तक फैले जंगलों के मालिक से लेकर रखवाले तक, सब कुछ थे। इन्हीं जंगलों में बहती नदियों की मछलियों और यहाँ के जानवरों का शिकार करते हुए हमारे बाप-दादे बड़े हुए थे। यही उनकी जिन्दगी थी। हमारी जाने कितनी गुजरी पीढ़ियों ने इस जमीन के लिए जाने कितने कष्ट सहे।

बाद में सर कई बार अक्सर मुझे अपने तम्बू में बुलाने लगे। छोटे-मोटे कामों के लिए। उनकी बैठक में पीछे की तरफ एक लापरवाह-से युवक की तस्वीर लगी थी। उसकी आँखें बहुत सुन्दर और आकर्षित करनेवाली थीं। उसकी ठुड्डी पर हल्की-सी दाढ़ी उसे सुन्दर बनाती थी। मैं उस तस्वीर से नजरें नहीं हटा पाती। यह बात हमारे महिला संगठन की शकु से छुपी नहीं रह सकी। खुद शकु भी जयशेखर सर से बहुत प्रभावित थी। उसने एक दिन मुझसे कहा, "अरे, ये क्यूबा नाम के एक देश के क्रान्तिकारी चे ग्वेरा का फोटो है। पूरी दुनिया इन्हें जानती है।" मैं ध्यान से उस चेहरे की तीखी नाक और सिर पर पहनी टोपी को देख रही थी। उसने मुझे आगे बताया, "अपने सर इनको बहुत मानते हैं। ये उनकी प्रेरणा हैं। हमारे सर का तुझमें विश्वास बढ़ता जा रहा है लेकिन क्या तूने एक बात महसूस की है?"

"क्या?"

"तू देखती जाना...एक दिन अपने जयशेखर सर इंडिया के चे ग्वेरा बनेंगे।"

मैं पहले ही जयशेखर सर से बहुत प्रभावित थी। अब और अधिक आकर्षित हो गई। कम्युनिटी टेंट में वह जब भाषण दिया करते थे, तब उनके मुँह से शब्द ऐसे फूटते थे मानो तोप से गोले बरसाए जा रहे हैं। उनमें से बहुत सारी बातें तो मेरे जैसी कम समझ वाली लड़की के पल्ले नहीं पड़ती थीं लेकिन उनके भाषण में ऐसा ओज होता था कि मंत्रमुग्ध-सी बैठी सुनती रहती थी। उनका एक भी भाषण मैं नहीं छोड़ती। क्या खूब अन्दाज में वह बोलते थे, "शोषितों का सत्य हमेशा शोषण करनेवालों के सत्य से बिलकुल अलग होता है। सबसे पहले गुलामी की जंजीरों को तोड़नेवाले स्पार्टाकस से लेकर आज तक हमारे अनेक गुमनाम नायकों, हमारे भूले-बिसरे अज्ञात नायकों ने बहुत बहादुरी से यह लड़ाई लड़ी है। उस प्राचीन कालखंड से लेकर इस वर्तमान तक पूँजीपतियों की सत्ता के विरुद्ध गुलामी से मुक्त होने का संघर्ष जो चलता रहा है, उसने हमें ऐसे जख्म दिए हैं, जो आज भी वैसे ही रिस रहे हैं।"

अबूझमाड़ के उस कैम्प में नियम बड़े सख्त थे। बड़े सीसी मेम्बरों की जान संगठन के लिए बहुत कीमती थी और इसलिए उनके टेंट सबसे अलग होते थे। उनके टेंट के बाहर दसों दिशाओं में सुरक्षा गार्डों के पाँच-पाँच घेरे होते थे। कई बार मैं भी उन घेरों में अपनी गन हाथों में लिए पहरा देती थी।

ऐसी ही एक रात मैं पूरी चौकन्नी होकर हाथों में राइफल लिए पहरा दे रही थी। सर का नीला तम्बू थोड़ी ऊँचाई पर था। दो कनातों के बीच की एक दरार से मुझे सर दिखाई दे रहे थे। चारपाई पर एक तकिया लगाए वह अधलेटे थे। उनके सीने के पास किताब थी और तभी मुझे लगा कि नाक और आँखों के बीच अपने चश्मे को ऊपर-नीचे करते हुए मुझे देखने की कोशिश कर रहे हैं। अन्दर एक चिमनी जल रही थी और हल्की-रोशनी वाला छोटा बल्ब भी था। अन्दर की ताँबई रोशनी नीले तम्बू को पार करती हुई, चाँदनी रात के आकाश में मिल रही थी। अबूझमाड़ के जुगनू हवा में

तैरते हुए यहाँ-वहाँ झिलमिला रहे थे। चिंगारियों की तरह जलते उनके पंख, आकाश में टिमटिमाते लुभावने तारों के साथ मिलकर पूरे वातावरण को मोहक बना रहे थे।

तब थोड़ी देर बाद मैं यह समझ पाई कि काफी देर हुई, सर किताब की आड़ से मुझे निहार रहे हैं। तम्बू की कनातों के बीच की दरार से वह मेरी देह को ऊपर से नीचे तक टकटकी बाँधे देख रहे हैं। बीच-बीच में उनके होंठों पर मन्द मुस्कान भी उभर आती है।

मेरे पड़ोसी गाँव में रहनेवाली एक सहेली का भाई मुझसे पहले ही इस दल में शामिल हो चुका था। उसका नाम शंकर था। वह मेरा हमउम्र था। वह कभी मेरे प्यार में डूब गया था। मुझे उसकी याद आ गई। वह 'दुड़िया दुड़िया ऽ ऽ' करते हुए मेरे आगे-पीछे लगा रहता था। कैम्प में प्यार और शादी-ब्याह जैसी फालतू बातों के लिए पार्टी मेम्बरों की इजाजत लेना पड़ती थी। शंकर मेरे प्यार में इतना पागल हो गया था कि उसने सीधे जाकर कॉमरेड जयशेखर से कहा था, "मैं दुड़िया के बिना नहीं जी सकता।" मेरे लिए अपने प्यार का इजहार करते हुए, उसने वहाँ अच्छा-खासा तमाशा खड़ा कर दिया था।

शुरू में जयशेखर सर ने हल्के-फुल्के ढंग से उसका ध्यान मेरी तरफ से बरगलाना चाहा, "थोड़े दिन रुक जा। गढ़चिरौली गें नई रिक्रूट हुई लड़कियाँ यहाँ एक-दो महीने में आनेवाली हैं। फ्रेश भर्ती में एकाध लड़की देख लेना। इस दुड़िया मे ऐसा क्या खास है?"

अबूझमाड़ में लड़कियों की इच्छा के बगैर कोई पुरुष उनसे जबरदस्ती नहीं कर सकता। वहाँ औरतों को बड़ी इज्जत दी जाती है। उन पर अत्याचार नहीं होते। हाँ, अगर वह भी पुरुष से प्यार करती है तो कोई आपत्ति नहीं करता। औरतों से कोई जबरदस्ती नहीं करता है और कभी कोई कोशिश करे तो उसे सीधे घर का रास्ता दिखा दिया जाता है। मैं वहाँ थी। वहाँ जो मैंने देखा, वह साफ-साफ बताती हूँ। बेकार बातों को यहाँ-वहाँ घुमाने से क्या फायदा।

शंकर जितना साफ दिल था, उतना ही होशियार भी था। जयशेखर जैसा सीनियर सीसी मेम्बर मुझे चाहता है और हम दोनों के बीच कुछ पक रहा है, शंकर ने यह सूंघ लिया था। यह आभास होते ही वह सीधे मेरे पास आया

और बहुत ही चिन्तित स्वर में बोला, “तू मेरे प्यार को हाँ कर या ना कर, लेकिन एक बात मैं तुझे खास तौर पर समझाने आया हूँ...।”

“कौन-सी बात...?”

“ये आन्ध्र से आनेवाले बड़े माओवादी नेताओं से तू बचके रहना...।”

“क्यों? क्या वे इनसान नहीं हैं?”

“हाँ, इनसान तो हैं लेकिन आन्ध्र के ये लाल सलाम वाले बाबू बड़े चालाक होते हैं। इन बुड्ढों को छत्तीसगढ़ और गढ़चिरौली की नई-जवान लड़कियों से शादी-ब्याह करने का चस्का रहता है जबकि वहाँ हैदराबाद में, घर पर उनकी बीवियाँ पहले से होती हैं।”

मेरे प्रति शंकर की दीवानगी और मुझे हर हाल में हासिल करने की कोशिशें देखकर जयशेखर सर बहुत बेचैन हो गए। हालाँकि शंकर के बारे में मैंने खूब सुन रखा था। हमारे गाँव के पास रहनेवाला यह लड़का सिर्फ ग्यारह साल की कच्ची उम्र में दलम में भर्ती हो गया था। वह कबीर कलामंच से जुड़ा था। उसकी आवाज मीठी और आँखें सुन्दर थीं। वह सबसे हमेशा अच्छे से बात करता और मिलनसार था।

एक शाम जयशेखर सर ने मुझे अपने टेंट में बुलाया और बड़े लाड़ से नकली गुस्सा दिखाते हुए अंग्रेजी में बोले, “यू आर अ नटोरियस क्रीचर... लड़की तेरे अन्दर ये कैसी जंगली कशिश है, जिसने मेरे जैसे धीर-गम्भीर कॉमरेड की अँतड़ियों में घुसकर सब कुछ हिला डाला है।” उन्होंने जो कहा, वह मेरे सिर के ऊपर से निकल गया। लेकिन मेरी सहेली ने इन शब्दों के पीछे छुपा अर्थ बताया तो मैं खूब घबरा गई।

चार दिनों बाद बड़ी कमेटी की बैठक हुई, जिसमें शंकर ने अपने प्रेम की फरियाद सदस्यों के सामने रखी। वहाँ ड्यूटी कर रही मेरी सहेली ने मुझे वहाँ की एक-एक खबर दी। बैठक में जयशेखर सर ने अपने कॉमरेड साथियों को साफ कह दिया था, “शंकर ने देर से अर्जी डाली है। इससे पहले से ही दुड़िया ने मेरे दिल में खलबली मचा रखी है। हालत यह है कि उसकी वजह से मेरे रोज का पढ़ना-लिखना तक मुहाल हो गया है। ऐसा कभी नहीं हुआ...।”

बोलते-बोलते दुड़िया बीच में लड़खड़ा गई। लेकिन फिर उसने कहना शुरू किया, "मैं तब सिर्फ सत्रह साल की थी और सर पैंसठ के इर्द-गिर्द! मेरी जान सूख रही थी। लेकिन बाकी कॉमरेड लड़कियों ने मुझे समझाया कितनी 'भाग्यवान' है तू! सिर्फ जन आन्दोलनों में अपनी जिन्दगी खपा देनेवाले इस जुनूनी आदमी का दिल कोई औरत नहीं पिघला सकी और वो काम तूने कर दिखाया। यू आर ग्रेट।"

हम साथ में रहने लगे. नयशेखर सर के रौब के आगे बेचारा शंकर अपने आप पीछे रह गया। वह कर भी क्या सकता था। सर और मैंने एक-दूसरे को फूलों की मालाएँ पहनाई। यही हमारी शादी थी। शुरुआती दिनों में सर मुझ पर बहुत प्यार लुटाते थे। वह टेप लगाकर तलत महमूद के गाने सुनते और कभी-कभी गुनगुनाते भी। वह खूब खुश रहते। कभी वह स्कूल के बच्चों सरीखा मेरे साथ खेलते और कभी आधी रात को भूखे सिंह की तरह मुझ पर टूट पड़ते। कभी वह पिता की तरह मेरे सिर पर प्यार से हाथ फेरते और तब मुझे महसूस होता कि जैसे मैं जंगल में गूलर के पेड़ की शीतल छांव में शान्ति से सो रही हूँ।

मेरे शिक्षक सोनू भूपति लगातार प्रयास करते रहे कि मैं खूब अच्छे से पढ़ाई करूँ। मुझे हिन्दी के अक्षर पढ़ना और लिखना तो आ ही चुका था, लेकिन सोनू मुझे कम्प्यूटर की शिक्षा दे रहे थे। माड में दो तरह के शिक्षा प्रोग्राम थे, मास (एमएएस) और मोपोस (एमओपीओएस)। मास था, मोबाइल एकेडमिक स्कूल और मोपोस था, मोबाइल पॉलिटिकल स्कूल। मोपोस प्रोग्राम में हमें पार्टी प्रोग्राम, काम की नीति-रीति और लड़ाई की रणनीतियाँ सिखाई जाती थीं। वहाँ मुझे माओ का बहुत सारा साहित्य पढ़ने मिलता था। उसका एक अलग-विस्तृत पाठ्यक्रम था।

मिलिट्री ट्रेनिंग की वहाँ विशेष व्यवस्था थी। बताया जाता था कि हथियार कितने प्रकार के होते हैं और कैसे उनका उपयोग किया जाता है। गुरिल्ला हमला कैसे किया जाता है। जंगल को कैसे पार किया जाता है और वहाँ किस तरह की मुश्किलें आती हैं। घात लगाकर कैसे हमला किया जाता है और अगर दुश्मन छुपकर हमला कर दे तो कैसे बचकर निकला जाए, यह

सिखाया जाता था। जब मैं दूसरी लड़कियों के साथ सुधबुध खोकर ट्रेनिंग में लगी होती थी तो जयशेखर सर चुपचाप आकर खड़े हो जाते। वह मुझे देखते। सीखने की मेरी लगन उन्हें बहुत अच्छी लगती थी।

इस तरह पाँच-छह महीने निकल गए। धीरे-धीरे मेरे प्रति उनका आकर्षण कम होने लगा और वह फिर से किताबों में डूबने लगे। कभी-कभार उनके तन में उत्तेजना पैदा होती और उस रात वे मुझे अपने करीब खींच लेते। शरीर में उठी लहरों को जहाँ किनारा मिला कि हमारे बीच में उनकी मोटी-मोटी किताबें आ जाती। रात भर ये किताबें हमारे तकियों के पास जगह घेरे रहती। उन्हीं दिनों मेरा भी पढ़ने का शौक बढ़ गया। पढ़ने-लिखने की बातों पर चर्चा करते हुए सर बहुत खुश होते। बाज के नन्हे बच्चे जैसे जंगल के ऊपर ऊँचे आकाश में नई-नई उड़ान भरते हुए खुश होते, वैसे ही मुझे इन किताबों को पढ़कर खुशी मिलती। शब्दों से मेरा प्यार बढ़ गया। मैं पागलों की तरह पढ़ती बैठी रहती। मैंने क्रान्ति के गीत गाना भी शुरू कर दिए।

अबूझमाड़ की पर्वतघाटी में हर दिन सुबह इतनी सुन्दर होती थी कि लगता था इसे बयान कर पाना हमारे वश में नहीं है। लेकिन यह बात एक रात की है, जब अचानक लगा कि मौत आई जैसी खलबली मच गई है। जैसे पहाड़ के किनारे बसे किसी खूबसूरत गाँव में अचानक हाथी घुस आए और वहाँ रास्ते में आनेवाली हर चीज को तबाह करता चले। यह स्थिति कुछ वैसी ही थी। जयशेखर सर की धर्मपत्नी, प्रोफेसर कौशल्या रात में अचानक अबूझमाड़ पहुँच गईं। उन्हें देखते ही पूरे कैम्प में खलबली मच गई। हल्ला हो गया। बहुत ही विचित्र परिस्थिति बन गई क्योंकि इससे पहले ऐसा कभी कुछ नहीं हुआ था। किसी सीसी मेम्बर या हमारे माओवादी संगठन के बड़े लीडर की पत्नी-बच्चों का अबूझमाड़ जैसे जंगल में आने का प्रश्न ही नहीं पैदा होता था। किसी भी सीसी सदस्य की खबर देने, उसका पता बताने या फिर उसे गिरफ्तार कराने के लिए छत्तीसगढ़, झारखंड और आन्ध्र प्रदेश की सरकारों ने पचास-पचास लाख रुपये के इनाम घोषित कर रखे थे। इसलिए ये सदस्य या कोई भी माओवादी लीडर कहाँ रहता है, इस बात की भनक उनके घरवालों-सगे सम्बन्धियों तक को नहीं होती है। ऐसे में कोई इस बात

की कल्पना तक नहीं कर सकता था कि अबूझमाड़ के इन जंगलों में कोई भी अचानक धमक सकता है।

हर समय धीर-गम्भीर, सतत विचारों में खोए जयशेखर सर का चेहरा भी उस दिन उतर गया। कौशल्या मैडम को अचानक सामने देखकर उनका गला सूख रहा था। उन्होंने सपने में भी नहीं सोचा था कि ऐसा कुछ हो सकता है। वह जैसे ठंड के मारे कँपकँपा रहे थे।

असल में यह सब कुछ इस तरह हुआ कि हमारी सेंट्रल कमेटी के एक मेम्बर संकेत बाबू जल्दबाजी में तेलंगना से अबूझमाड़ के लिए निकले। वह दरवाजे से बाहर आए ही थे कि तभी कौशल्या मैडम अपने बैग पैक किए हुए उनके सामने आ पहुँचीं और साथ चल पड़ीं। यूँ तो मेरे कानों तक सर की पहली शादी की अनेक बातें आ ही चुकी थीं। जयशेखर सर की धर्मपत्नी बहुत होशियार हैं। बहुत पढ़ी-लिखी। तेज-तर्रार। प्रोफेसर हैं। कुछ लोगों ने यह भी बताया था कि तेलंगाना में वह स्वयं एक कॉलेज की मालकिन हैं। लेकिन पिछले दस साल में दोनों मियाँ-बीवी ने कभी आमने-सामने एक-दूसरे से मुलाकात नहीं की।

रात को इन्द्राणी नदी पार करके सामने खड़े अबूझमाड़ के पहाड़ पर चढ़कर संकेत बाबू जब तक कैम्प में पहुँचे, तब तक करीब आधी रात बीत चुकी थी। जिस महिला ने जीवन की दस बहारें अपने पति को देखे बगैर गुजार दी हों, अचानक वह अगर उसके नजदीक पहुँच जाए तो क्या किसी बाढ़ आई नदी की तरह बेकाबू नहीं हो जाएगी? उसे कौन रोक पाएगा? तब कौशल्या मैडम को कैम्प में कौन रोक सकता था? क्या मैडम ने कभी कल्पना की होगी कि सर उनके पीठ-पीछे नई गृहस्थी बसा सकते हैं? संकेत बाबू ने बहाने बनाकर कौशल्या मैडम को रोकने की थोड़ी कोशिश जरूर की। उन्होंने समझाते हुए कहा कि कैम्प में जाने से खटपट होगी, बेकार में लोगों की नींद खराब होगी, इसलिए पार्टी ऑफिस में ही रात बिता ली जाए। उन्होंने खूब मिन्नतें की कि जयशेखर तो यहीं हैं, उनसे सुबह मुलाकात हो ही जाएगी।

मगर बरसों की जुदाई के बाद इतनी दूर से आई मैडम कैसे रुक सकती

थीं? "अरे संकेत तू पागल है क्या?" उन्होंने कहा, "अर्सा बीत गया है मुझे मेरे पति को देखे और अब मैं यहाँ उनके इतने पास होकर भी यहाँ बाहर रुक जाऊँ?" यह कहते हुए उन्होंने किसी बाघिन की तरह बाहर छलाँग लगा दी।

टेंट में लगा कार्डबोर्ड दरवाजा काफी देर तक बजता रहा। रात बहुत हो चुकी और तेज हवाओं से मौसम भी ठंडा था। इसलिए मैं उन आवाजों को सुनते हुए भी उनींदी अवस्था में थी। मुझे लगा कि बाहर कोई कॉमरेड होगा। मैं नींद से बाहर नहीं निकल पा रही थी। खुली छाती पर मैंने सिर्फ दुपट्टा बाँध रखा था। दोनों कन्धे उघड़े थे। आँखों में नींद थी और मेरे लम्बे केश खुले थे। देर तक आवाज आती रही तो मैंने उठकर दरवाजा खोला। मुझे एक स्त्री की गन्ध महसूस हुई कि तभी मेरे गाल पर एक जोरदार चांटा लगा।

अंग्रेजी में धाराप्रवाह गालियाँ देती हुई कौशल्या मैडम अन्दर घुस आईं। उन्होंने मेरे खुले बालों से मुझे पकड़कर खींचा और गुस्से से भरकर एक तरफ फेंक दिया। मैं किसी खिलौने की तरह एक तरफ गिरकर गुलाटी खाती हुई घुटनों पर आ गई। लेकिन एक पल में ही मैं सँभल गई और उठकर उनके सामने तन गई। मुझे इस बात का रत्ती भर भी अन्दाजा नहीं था कि इतनी रात गए, यहाँ कौन आया होगा। मैं जोर से चिल्लाई, "ऐऽऽऽ नीच औरत...कौन है तू?"

"यही तो मैं तुझसे पूछ रही हूँ। मेरे हस्बैंड के बिस्तर में, नंगी सो रही तू...रंडी...तू कौन है?"

उनके इस एक सवाल ने मेरे सारे सवालों के जवाब दे दिए।

चूल्हे की आग पर रखे किसी बड़े बर्तन की तरह मैडम तप रही थीं। वह किसी हाल में ठंडी होने का नाम नहीं ले रही थीं। होती भी क्यों? आखिर किसी भी धर्मपत्नी को समाज और रीति-रिवाजों-रस्मों से तमाम अधिकार मिले होते हैं। गर्म तवे पर मकई के दानों की तरह उनका गुस्सा फूट रहा था। वह आक्रोश में भरी हुईं अपने पति से सवाल कर रही थी : "यही है तुम्हारी क्रान्ति? तुम्हारे माओ ने क्या अपनी बीवी को ऐसे ही छोड़कर पहाड़ों में गरीब लड़कियों का शोषण किया था?"

बोलते हुए वह बीच में रुक गईं और गला फाड़कर रोने लगी। चाहे

वह पहाड़ की गरीब स्त्री हो या फिर महलों में रहनेवाली रानी, अपने संसार में किसी अन्य स्त्री को बर्दाश्त नहीं कर सकती है। मैडम खूब रो रही थीं। सर ने कहीं आईआईटी या कुछ ऐसी ही बड़ी पढ़ाई की थी, वह उस बारे में भी बोलती जा रही थीं, "तुम इतने इंटेलिजेंट हो। अपना यह दिमाग तुमने बिजनेस में लगाया होता, कोई बिजनेस किया होता तो तुम आज टाटा-बिरला की छुट्टी करके एक मुकाम पर पहुँच चुके होते...लेकिन ये क्या? तुम्हारे वो गोल, तुम्हें पुकारते लक्ष्य, साँसों की तरह तुम्हारे मुँह से निकलते माओवादी क्रान्ति के वे नारे, वो सब कुछ सुनकर मैंने वहाँ हैदराबाद में बरसों-बरस 'वियोग' भोगा। अरे, तुम कहाँ त्यागी हो? तुम तो एक नम्बर के भोगी हो! अपनी बेटी से भी कम उम्र की लड़की को यहाँ जंगल में लिए मुर्दा पड़े हो। मर्दों की जात ही मरी ऐसी है। बाड़ों में बन्द गरमी से बौराए बकरे तक तुमसे अच्छे होते हैं!"

हमारे टेंट के बाहर कॉमरेडों की भीड़ जमा हो गई थी। सभी जानबूझकर दूर खड़े थे, लेकिन सबके कान इसी तरफ थे और वे तमाशा देख रहे थे। बाहर भीड़ का अन्दाजा होते ही जयशेखर सर भुनभुनाए, "कौशल्या शान्त हो जा, बेवफूक की तरह कुछ भी उल्टा-सीधा मत बोल। क्रान्ति की आग अब भी मेरे मन में वैसी की धधक रही है। इसीलिए यहाँ भयानक जंगल में टेंट में पड़ा हूँ। पूँजीपतियों के जाल में फँसने से इन गरीब आदिवासियों को बचाने के अलावा और मेरा लक्ष्य क्या है?"

"हाँ, वो तो मैं देख रही हूँ। लेबर, ट्राइबल, कमिटमेंट इन्हीं बड़ी-बड़ी बातों के तो तुमने नारे लगाए। क्रान्ति की तुम्हारी धधकती भाषा, तुम्हारे लक्ष्य, तुम्हारे सपने, इनकी कीमत तो मैंने चुकाई और वहाँ शहर में रात-दिन मेहनत करके तुम्हारे बच्चों को पालती रही। और यहाँ तुम! माओ के नाम पर जंगल में मंगल कर रहे हो।"

"कौशल्या, बाय गॉड," सर ने जैसे समझौते की मुद्रा में कहा, "तुम पहले अपनी जबान को लगाम दो।"

मैडम खूब बिफरी हुई थीं। लेकिन मैंने भी जयशेखर सर के लिए खुद को लुटा दिया था। अपनी जिन्दगी के तीन बेहतरीन साल मैंने उन्हें दिए थे।

लगभग अपने पिता की उम्र के होने के बावजूद मैंने उन्हें दिल में जगह दी। खुद को उनके सामने समर्पित किया। फिर भी मैं एक पराई-पापिन औरत ही साबित हुई। मुझसे पहले जरूर मैडम ने सर के लिए कितना कुछ नहीं किया होगा? उनके बच्चों को पालना-पोसना, खिलाना-पिलाना, पढ़ाना-लिखाना और जाने कितनी घर-परिवार-दुनियादारी की बातें। लेकिन किसी को भला लगे या बुरा, एक धर्मपत्नी और उसके बाद जीवन में आई दूसरी स्त्री, आखिरकार दोनों में फर्क तो होता है। साफ है कि सर ने मुझे अपने जाल में फँसा लिया था, या फिर सच यही है कि मैं खुद उनकी तरफ आकर्षित थी, मुझे इस बात को ईमानदारी से स्वीकार करना चाहिए। ऐसा कैसे हो सकता है कि मजा दो लोग मिलकर उठाएँ और सजा सिर्फ एक ही भुगते। एक पहिये की साइकिल का सर्कस आखिर कैसे चल सकता है?

कुछ दिनों के लिए मैंने सर का टेंट छोड़ दिया और अपनी कुछ सखियों के साथ कॉमन टेंट में रहने आ गई। लेकिन जैसे कॉइल जलती है, वैसे ही कौशल्या मैडम लगातार धुआँ-धुआँ रहती थीं। आते से ही उनका जो मूड़ उखड़ा था, वह मुझे फिर कभी अच्छा दिखा नहीं।

मैडम शुरुआत में मुझ पर बहुत आग उगलती थीं। उनका दो-टूक आरोप था कि उनके समझदार और होशियार पति को मैंने ही पतन के रास्ते पर डाला। इसीलिए वह मुझे 'नंगी छातियों वाली रंडी', 'जंगली आदिवासी भूतनी' और 'मर्दों को फँसानेवाली चुड़ैल' जैसे अपमानजनक नामों से याद करती थी। बाद में उन्होंने धीरे-धीरे गाली-गलौज बन्द की। मैं उन्हें देखती थी और धीरे-धीरे मैंने अपने प्रति उनके बर्ताव में परिवर्तन जैसा भी महसूस किया। कभी ऐसा भी लगता था कि मुझे लेकर उनके दिल में दया का भाव है, जो उनकी आँखों से छुप नहीं पाता था।

कौशल्या मैडम ने सर पर एक बड़ा आरोप लगाया था। क्या कहते हैं उसे 'कार्नल एंजॉयमेंट'। मेरी सहेली सुरेखा ने मुझे इसका मतलब बताया, छिनालपना! उसने कहा कि मैडम इस बात के लिए सर से बहुत नाराज हैं कि ऐयाशी और रँगरेलियों में डूबकर वह अपने सपनों और माओ को भूल गए। दो महीने तक पति के साथ रहने के इरादे से आई मैडम नौवें दिन ही

बोरिया-बिस्तर बाँधकर माड के पहाड़ों से नीचे उतर गईं। सुरेखा ने मुझसे कहा, "देख, मैडम कैसे आँधी की तरह आईं और तूफान की तरह निकल गईं। सबका चेहरा देख, ऐसा लगता है कि किसी नाकाम क्रान्ति के बाद की तबाही चारों ओर बिखरी हुई है।"

टेंट में काम करनेवाली कॉमरेड लड़कियों ने कई बातें बाद में बताईं। जैसे हथियार बनाने से पहले लोहे को धधकती भट्टी में खूब तपाते हैं, वैसे ही मैडम हमेशा लाल भड़क दिखती थीं। उन्हें अचानक गुस्सा आ जाता था और वह अपने पति की क्लास लगा देती थीं। खूब शब्द चबा-चबा कर कहतीं, "जयशेखर तुम माओ को भूल गए। तुमने खुद अपने लिए गड्ढे खोदकर बारूदी सुरंगें लगा ली हैं। अब तुम्हारा कुछ भला नहीं होना।"

अबूझमाड़ की गर्मियाँ जान पर भारी पड़ती हैं। पानी का ऐसा संकट होता है कि एक-एक बूँद सोचकर खर्च करनी पड़ती है। लड़कियों का हाल तो बद से बदतर हो जाता है।

चाहे उन्हें रूट मार्च पर जाना हो या फिर लम्बे सफर पर निकलकर जल्दी पहुँचना हो, उन्हें बिना रुके लगातार चलते रहना पड़ता है। भले ही माहवारी आई हो। उस स्थिति में भी पाँच-पाँच घंटे चलते रहना पड़ता है। इसे उनकी सहनशीलता की परीक्षा ही कहा जा सकता है। कदम-कदम बढ़ते हुए उनकी जाँघों की अन्दरूनी त्वचा छिलकर जलने लगती, लेकिन उन्हें रुकने की मनाही होती।

हरे-भरे मैदानों में चरते हिरणों के झुंड बहुत मनभावन दिखते हैं और ऐसे ही दूर से पहाड़ भी बहुत सुन्दर नजर आते हैं। लेकिन जब आप उन हिरणों के झुंड के नजदीक जाते हैं तो उनकी खाल और आस-पास बिखरे उनके मल-मूत्र से उठनेवाली दुर्गन्ध आपके पेट में मरोड़ पैदा करने लगती है।

दंडकारण्य के जंगलों के अन्दर कन्धों पर अपनी राइफलें लेकर मार्च करते हुए हमें दुनिया की हकीकत समझ आनी शुरू हुई। ठंड और बरसात के दिनों में भी काया की दुर्दशा हो जाती थी। सिर पर रखी प्लास्टिक की छोटी-छोटी पन्नियों से या फिर पेड़ों के नीचे खड़े होकर भी हमारी सुरक्षा नहीं

हो पाती थी। एक बार नक्सलियों की दुनिया में आने के बाद बाहर निकलने का कोई रास्ता नहीं होता था।

एक आदिवासी युवती होने के नाते यह सवाल अक्सर मेरे मन को बहुत टीस पहुँचाता था, "हे भगवान, हम पहाड़ों में रहनेवाले लोगों पर एक तरफ नक्सलियों और दूसरी तरफ पुलिस से पड़नेवाली दोहरी मार कब बन्द होगी?"

मेरा मन हताश हो जाता। अन्दर साँय-साँय करती दुख की ठंडी हवाओं के थपेड़े पड़ते थे। जन्म देनेवाला बाप गायब था। पेट भरने लायक खेती की जमीन होने पर भी माँ को भूखे मरना पड़ रहा था। मेरा भाई ठाकेराम दादा दस-बारह साल पहले जो अपन गाँव-घर छोड़कर गया, तो कभी पलटकर नहीं आया। उसने पेट की खातिर पुलिस की नौकरी कर ली, क्या यह भी हमारा ही गुनाह है? एक माँ के पेट से पैदा होनेवाली हम सन्तानें क्या इस जन्म में फिर कभी एक-दूसरे से मिल भी पाएँगी? हे देवा, हमें हमारे किस जन्म के अपराधों की सजा दे रहा है? आग लगे इस लोकतंत्र में और खाक में मिल जाए यह माओवाद भी। हमारे दुख से दहकते मन को किसी के दो शब्द भी अब ठंडक नहीं पहुँचा सकते। खुले आसमान के नीचे हम सब नंगे खड़े हैं। हमारे पास बचा ही क्या है?

छत्तीसगढ़ के शंकर जैसे अनेक युवा मुझ पर जान छिड़कते थे। इसके बावजूद कौशल्या मैडम के वापस हैदराबाद लौटने बाद, एक बार फिर जयशेखर सर के तम्बू में मेरा प्रवेश हो गया और चीजें पुराने ढर्रे पर चल पड़ी थीं। तभी प्रकृति ने अपना दाँव दिखाया। एक सुबह मैं जागी तो सिर बहुत भारी था। मुझे चक्कर आ रहे थे। अचानक मुझे उल्टियाँ शुरू हो हो गई। पार्टी मेम्बरों की भौंहें तन गईं। कई लोग मुझसे चिढ़ गए और नाराज होकर देखने लगे। इस औरत को क्या जरा भी अक्ल नहीं है? क्यों इसने गर्भनिरोधक गोलियाँ नहीं लीं या फिर गर्भ न ठहरने का कोई और उपाय क्यों नहीं किया?

जब जयशेखर सर को पता चला कि मैं गर्भवती हूँ तो उस रात वे बहुत गम्भीर नजर आए। जंगलों में जिस तरह काले पत्थरों पर रिमझिम पानी बरसता है, उनका चेहरा वैसा ही कुरूप दिख रहा था। उन्होंने मुझे एकदम साफ शब्दों में कहा, "यहाँ बाल-बच्चे पैदा करना हमारा मकसद नहीं है। यहाँ सबसे खास वह लड़ाई है, जो हम वर्गशत्रु के विरुद्ध बीते कई साल से लड़ रहे हैं।"

"ये अचानक हो गया सर...।"

"अचानक मतलब क्या? जिस आदमी ने वर्गशत्रु के विरुद्ध शस्त्र उठा रखे हों, उसकी नजर क्या कभी अपने लक्ष्य से हट सकती है। वर्ग संघर्ष की जो शपथ हमने ली है, वह किसी हाल में नहीं भूल सकते हैं।"

"लेकिन सर..."

"इनफ...जहाँ पार्टी को, माओ को तुमसे क्रान्ति की अपेक्षा है, वहाँ तुम अपना परिवार बसाने जैसे सुख और मोहमाया के सपने कैसे देख सकती हो?"

एक दिन सर ने मेरी हथेली पर गर्भपात करानेवाली गोलियाँ रख दीं और निर्देश दिया कि इन्हें खा लेना। मगर मैंने जैसे तिरस्कार भरी आवाज में कहा, "बाजार की इन गोलियों की मुझे जरूरत नहीं है सर। हम गाँव के आदिवासियों के अपने तरीके हैं। मैंने पहले ही अपना पेट साफ करा लिया है और कब से मुक्त हो गई हूँ।"

जयशेखर सर को इस जवाब की उम्मीद नहीं थी। वह हक्के-बक्के रह गए। कुछ घबराई आँखों से मुझे देखने लगे। उनके मन की शंका दूर करते हुए मैंने कहा, "अगर पेट में पल रहे अंकुर के बाप को ही शर्म महसूस होती हो, तो उसे पेट में रखना ही क्यों? इससे पहले कि रक्त का वह गोला मांस-मज्जा से बनकर दुष्ट इनसान का आकार ले, उसे निकालकर बाहर फेंक देना ही अच्छा है।"

तम्बू के बीच में लगे पोल को सहारे के लिए पकड़े हुए उन्होंने कहा, "सॉरी दुड़िया..." फिर बोले, "तुझे यह तो नहीं लगता कि मैंने तेरा फायदा उठा लिया?"

"लगने, न लगने की बात का क्या मतलब सर? लेकिन मैंने तय कर लिया है कि आपने मुझे जो कुछ सिखाया, मैं उसी रास्ते पर दुनिया में आगे बढ़ूँगी।" यह मुँहतोड़ जवाब देने के बाद मैंने उन्हें यह भी स्पष्ट कह दिया कि भविष्य में आप कभी इस विषय को न छेड़ें और मैं भी इस पर कभी बात नहीं करूँगी।

इन तमाम मुश्किल दिनों में शंकर ने मुझे भावनात्मक सहारा दिया था। सर से शादी के पहले भी उसने मुझे कई बार इशारों-इशारों में टोका था, "आन्ध्र और बंगाल के बड़े पार्टी मेम्बर बहुत चालाक होते हैं। छत्तीसगढ़ की नई-जवान आदिवासी लड़कियों के साथ घर बसाने का इन्हें खूब चस्का होता है। और फिर ये उन्हें माओवादी विचारों और गर्भनिरोधक गोलियों के साथ जिन्दगी जीना सिखाते हैं।"

सर ने अब मुझे बाहर की मुहिम पर भेजना शुरू कर दिया था। "यह जरूरी है कि तुम गरीब आदिवासियों का शोषण करनेवाले वर्गशत्रुओं की दुनिया को खूब ठीक से देखो-समझो। 'व्यवस्था' के विरुद्ध प्रचंड संघर्ष शुरू करो," ऐसे बड़े-बड़े शब्दों में वह मुझे अपनी बात समझाते। एक के बाद एक अलग-अलग मुहिम पर मुझे भेजते।

कहते हैं कि मनुष्य अगर किसी चीज का अनुभव ले ले तो फिर धीरे-धीरे उसका रंग फीका पड़ते हुए एक दिन उड़ जाता है। इसी तरह सामाजिक संघर्ष और जन-क्रान्ति के पीछे पतंगे की तरह उड़नेवाला मेरा मन अब वास्तविक स्थिति को समझने लगा था। चन्द्रमा के प्रकाश की तरह जगमगानेवाले जयशेखर सर के शब्दों की चमक अब धीरे-धीरे बुझने लगी थी। किसी मन्दिर में कतार से लगे दीये जब बुझने लगते हैं, तो उनमें जला हुआ काला तेल बचा रह जाता है और लौ को अपने शिखर पर धारण किए रहनेवाली बत्ती भी राख हो जाती है। ऐसे ही सर का असली रूप मेरे सामने खुलकर आ गया था। कौशल्या मैडम ने अबूझमाड़ में अचानक आकर सर के चेहरे पर पड़ा नकाब तार-तार कर दिया था। इस बात ने सर का आत्मविश्वास भी अन्दर तक हिला दिया था। उस पर मेरे और उनके रिश्ते के बीच पड़ी दरार से उनका कष्ट बढ़ता जा रहा था। इसलिए एक रात वह मेरे नजदीक

खिसक आए और बोले, "दुड़ियाऽ तू सिर्फ अबूझमाड़ में मत रुक। थोड़ा बाहर जाना शुरू कर..."

"कहाँ?"

"किसी रेड में...अपने बाकी कॉमरेडों के साथ कन्धे से कन्धा मिलाकर, हमारे वर्गशत्रु के विरुद्ध किसी मिशन पर...किसी लड़ाई में।"

"ठीक है सर।"

"एक जगह रुके-रुके दिमाग में जाले लगने लगते हैं और हथियारों पर जंग चढ़ जाता है।"

उसी दौरान गढ़चिरौली जिले में एक मुहिम की तैयारी शुरू हुई। खबर थी कि वहाँ पुलिस की वर्दी पहनकर गुंडागर्दी करनेवाले हमारे कॉमरेडों को बहुत तकलीफ दे रहे हैं। उनकी गश्त रोकी जा रही थी, रोड ओपनिंग के तमाशे और दादागिरी आए दिन चल रही थी। हम सब निकले और दोपहर बाद चार बजे के आस-पास धानोरा नाम की तहसील के एक गाँव में पहुँचे। तभी हम नक्सलियों को खत्म करने के इरादे से आती हुई पुलिस की दो गाड़ियाँ नजर आईं, एक मारुति जिप्सी और दूसरी कमांडर जीप।

हमारे ग्रुप लीडर ने तुरन्त घात लगाकर हमला करने का जाल बिछाया। हमारे पीछे हत्ती की पहाड़ियाँ और घना जंगल था। कॉमरेडों ने सामने के रास्ते पर ऊँचे पेड़ गिराकर आड़े बिछा दिए थे। उनकी मदद से हमने पुलिस की दोनों भरी हुई गाड़ियाँ घेर लीं। अन्धाधुन्ध गोलीबारी शुरू हो गई। शुरुआत में पुलिस ने जोरदार प्रत्युत्तर दिया। टक्कर दी। लेकिन रास्तों पर पेड़ों की वजह से उनकी गाड़ियाँ और कुछ उनकी किस्मत, दोनों ही हमारे कमांडरों के बिछाए जाल में उलझ गई थीं। जल्द ही उन्हें समझ आ गया कि वे फँस गए हैं। वे हताश हो गए। उन्होंने रक्षात्मक मुद्रा अपना ली और कहीं से मदद आने की प्रार्थना करने लगे।

पुलिस को पैर पीछे खींचते देखकर हमारे कमांडरों का जोश बढ़ गया और उन्होंने तेजी से आगे कूच किया। एके 47 और यूएलआर की गोलियों की बौछार कर दी। हमारे तीखे हमले में पुलिस की दोनों गाड़ियों के दरवाजों के परखच्चे उड़ गए। गाड़ियों के काँच बारीक-बारीक टुकड़ों में इधर-उधर

बिखर गए। पुलिस वालों के शरीर में घाव होने लगे और वे गाड़ियों से कूदकर चिल्लाते हुए दर्द से कराहते यहाँ-वहाँ भागने का रास्ता ढूँढ़ने लगे। गोलियाँ उनके शरीर में धँसने लगीं और उनके पेट, पीठ, और जाँघों से रक्त की धारें फूट पड़ीं। थोड़ी ही देर बाद डूबते सूरज की रोशनी में बिखरे कई सारे छिन्न-भिन्न शवों से पटा दिल दहला देनेवाला दृश्य हमारे सामने था।

हमने गिनती शुरू की। दोनों गाड़ियों के चारों तरफ खाकी वर्दी में ग्यारह लाशें पड़ी थीं। इतने में मुझे पीछे की एक गाड़ी के बगल में थोड़ी हलचल दिखाई दी। हम लोग उस तरफ दौड़े। मैं आँखें फाड़कर देखने लगी। वहाँ पाँच महिला कॉन्सटेबल सिर से पाँव तक थरथराती खड़ी थीं। राजा हो, रंक हो या फिर कोई अधिकारी! जब मृत्यु सामने जबड़ा खोले दिखाई देती है तो अपने आप देह में कँपकँपी छूट जाती है।

सामने बेहद घबराई खड़ी पाँचों वर्दीधारी कॉन्सटेबल तरुणी थीं। वे धीरे-धीरे पीछे खिसकती हुई, भाग जाने की फिराक में थीं। मेरी पैनी नजरों से यह बात बच नहीं सकी कि उन पाँच में से तीन गर्भवती हैं। इसका मतलब था कि उनकी एक देह में दो जीवों की साँसें चल रही थीं। इस विचार से कि उनका आखिरी समय आ गया है, उनके चेहरे सफेद पड़ गए थे। उन महिलाओं में जो दो सीनियर थीं और गर्भवती नहीं थीं, अचानक बाकी तीन के लिए उनकी ममता उमड़ आई। उनके मन में कहीं यह बात आई कि किसी तरह इन तीनों के आगे आकर उन्हें सुरक्षित कर सकेंगी। उन्होंने तीनों को अपनी आड़ में ले लिया।

हमारे कॉमरेडों ने अपने हथियार उठाए और उन सभी को खत्म करने के लिए आगे बढ़े। यह देखते ही मेरे बदन में झुनझुनी छूट गई। जैसे आसमान से बिजली अचानक मेरे पैरों में उतर आई, मैं रफ्तार से आगे और थराथराती हुई उन पाँचों के सामने दीवार बनकर खड़ी हो गई। "रुकोऽऽ," मैं पूरी ताकत से चिल्लाई, "इन्हें मत मारो...मत मारो..."

"चल हट पागल कुत्तीऽऽ बाजू...," हमारा कमांडर चिल्लाया।

"अरे दादा," मैं भीख माँगने लगी, "तुम उन पर कैसे गोली चला सकते हो? वो पेट से हैं...।"

"बेवकूफऽऽ ये सब वर्दी में रहनेवाली डायन हैं। होने दे पेट से हैं तो क्या! हम माओवादी वर्दी में आनेवाले किसी भी दुश्मन को खत्म किए बिना चुप नहीं बैठ सकते...चल हट...।"

"मैं तुम्हारे पाँव पड़ती हूँ कमांडर...ये दुश्मन नहीं हैं, वर्गशत्रु नहीं हैं...।"

"तो फिर कौन हैं?"

"बच्चे को जन्म देनेवाली हर औरत सिर्फ माँ होती है कमांडर! उसकी जगह भगवान के पैरों में होती है," यह कहते हुए मैं आगे बढ़ी और अपनी यूनिट के कमांडर के पैर पकड़ लिए, "रुक जाओ कमांडर। दुनिया में आनेवाली जिन्दगी के अंकुर पर कुल्हाड़ी चलाने से बड़ा कोई पाप नहीं है, फिर चाहे वो पेड़ हो या इनसान। गोली मत मारो इनको।"

इतने में आठ-दस नक्सल दादा आगे बढ़े और अपने मजबूत ताकतवर हाथों से मुझे किसी गठरी की तरह उठाकर एक तरफ तेजी से फेंक दिया। मैं मुँह के बल जमीन पर गिरी। तभी मेरे कानों में तड़तड़ाती गोलियों की बौछार की आवाज पड़ी। उस आवाज में मुझे शैतान के ढोल की कर्कश आवाज सुनाई पड़ी।

मैं धीरे-धीरे अपनी जगह से उठी और अपने कपड़ों को झाड़ा। मेरे सामने के खेतों में पाँच महिला कॉन्सटेबलों की लाशें खून से लथपथ यहाँ-वहाँ बिखरी पड़ी थीं। उनकी वर्दियों के चिथड़े उड़े हुए थे और वे खून से सनी थीं। उस खून में मिट्टी का रंग भी मिल गया था। तीनों के गर्भ टायर-ट्यूब की तरफ फटे हुए थे। मुझे धड़ाधड़ उल्टी होने लगी। उन तरुणियों की कोख मिट्टी से कुछ इस तरह ढक गई थी, मानो रक्तरंजित अजन्मे भ्रूण पापी मनुष्यों के इस संसार में आने से इनकार कर रहे हों।

सब कुछ खत्म हो गया।

हत्ती गोटा के उस इलाके में शाम को बड़ी पुलिस फोर्स आई। हम किसी तरह का जोखिम नहीं लेना चाहते थे, इसलिए हमने बाजू के जंगलों में एक विशाल गुफानुमा जगह में शरण ली और वहीं अगले दो-तीन दिनों तक छुपे रहे।

हत्ती गोटा की घटना के बाद मेरे होश उड़ गए थे। राइफल चाहे नक्सलियों की हो या पुलिस की, वे अन्धी होती हैं। मेरी नींद गायब थी। उन युवतियों के पेट से निकलकर मिट्टी में पड़े रक्त-सने भ्रूण मेरी आँखों में अंगारों की तरह बसे हुए थे। बन्द होते ही मेरी आँखें उस दृश्य से जलने लगती थीं। अन्दर से मैं पूरी तरह टूट चुकी थी। मुझे मेरी माँ की याद सताने लगी जो मुझे जन्म देते हुए खुद जीवन भर के लिए अपंग हो गई थी। धीरे-धीरे मुझे बन्दूक से नफरत होने लगी और उस दल से भी, जो हथियारों की पूजा करता था। मुझे लगता कि यहाँ से उठूँ और तुरन्त भाग जाऊँ। उन जंगलों में चली जाऊँ, जहाँ बन्दूकें पेड़ों पर नहीं उगतीं।

हत्ती गोटा की घटना पर खूब पेपरबाजी हुई। जंगल में ही मैंने उन पाँचों के फोटो देखे। हँसती हुई, मगर मुर्दा। जैसे वे उनके पहचान-पत्र हों। जीवन संघर्ष में किसी ने अपने माँ-बाप, तो किसी ने अपने पति का सहारा बनने के लिए नौकरी की होगी। उनके अलग-अलग फोटो के साथ, जंगल में हुई मुठभेड़ के बाद उनकी बीभत्स मृत-देह पर कपड़े डालकर खींची गई तस्वीर भी थी। नीचे उनके नाम लिखे थे : शोभा ताड़े, फरीदा, शकुन्तला आलम, अलका गावड़े और सुनीता काले। नाम, जो उनके माता-पिता ने नामकरण संस्कार में बड़े लाड़ से रखे होंगे। लेकिन उन तीन गर्भिणियों की किस्मत में अपने बच्चों का नामकरण संस्कार नहीं लिखा था।

सबके साथ वापस अबूझमाड़ लौटते हुए मैं इन्द्रावती नदी को पार कर रही थी। हत्ती गोटा की दुखद घटना से मैं उबर नहीं पाई थी। तन-मन पर जैसे भारी बोझ था। नदी के विशाल तल को हम पैदल पार कर रहे थे। बर्मी या मलाबारी हाथी की तरह सख्त नदी के रेतीले तल पर चारों तरफ कहीं-कहीं विशाल मगर धारदार पत्थर थे, जो जरा-सी असावधानी होते ही लकड़बग्घे के पैने दाँतों की तरह जूतों को चीरकर पैरों में घाव कर सकते थे। इन्द्रावती के कलकल बहते पारदर्शी जल की शुभ्र-ताँबई रेत में एक-एक कदम रखती मैं आगे बढ़ रही थी कि तभी एक सहेली ने ऐसी खबर दी कि मैं आनन्द के आकाश में उड़ने लगी।

नदी के दूसरी तरफ एक पुलिस कैम्प था और उसे पता चला था कि

मेरा भाई ठाकेराम दादा वहाँ कमांडो के रूप में काम कर रहा है। मैंने तत्काल फैसला किया कि आगे माड की पहाड़ी पार नहीं करूँगी और पड़ोस के ही गाँव में चार-छह दिन बिताऊँगी।

ठाकेराम दादा को आखिरी बार देखे हुए दस-बारह साल गुजर चुके थे। मैंने बहुत कोशिश की लेकिन उसकी कोई छवि मेरे दिमाग में नहीं आई। मेरे पिता भी गुम चुके थे। गाँव में बीमार होकर दिन गुजारनेवाली मेरी माँ जिन्दा है या मर गई, यह भी मुझे ठ.क-ठीक नहीं पता था। कुछ लोग कहते थे कि वह बड़ी मुश्किल से दिन काट रही है, जबकि कुछ कहते कि वह कब की यह दुनिया छोड़ चुकी है। इस पूरे संसार में अब एक ही व्यक्ति बचा था, जिसके साथ मेरा खून का रिश्ता था। मेरा ठाकेराम दादा।

मैं खूब अच्छे से जानती थी कि भाई-बहन की इस मुलाकात में कितना खतरा है। पुलिस कैम्प में अपने भाई से मिलने के लिए एक नक्सली बहन का जाना वैसा ही होगा, जैसे बारूदखाने के तलघर में कोई जलती आग की तीली ले जाए! लेकिन मैंने भी नतीजे की परवाह किए बिना फैसला ले लिया था कि भाई से जरूर मिलूँगी। पर यह आसान नहीं था। बीच में मुश्किलों के ऊँचे-ऊँचे पहाड़ थे। वैसे सच तो यही है कि आखिर में नक्सली क्या और पुलिस क्या, दोनों तरफ हमारे आदिवासी भाई-बहन ही थे। मैंने तय किया कि कोई न कोई रास्ता निकालूँगी ठाकेराम दादा से मिलने के लिए। इस धरती पर कब क्या होगा, कौन कह सकता है? सलवा जुडुम के हंगामेदार दिनों में मेरी माँ ने अपनी दो सगी बहनों को खो दिया था। हमको आज तक नहीं पता कि वो जिन्दा हैं भी या नहीं।

मेरे कुछ दोस्तों ने नदी के पार पुलिस कमांडो दल में अपने सम्पर्क सूत्र निकाले। पता चला कि मेरे और आस-पास के कई गाँवों के अनेक लड़के यहाँ कमांडो हैं। मुझे भाई से मिलने को लेकर थोड़ी उम्मीद बँधी। पुलिस कमांडर ने भी मदद करने का वचन दिया। मैं खाना-पीना और नींद भूल चुकी थी। भाई से मिलने की उत्सुकता में मेरे शरीर में रक्त तेजी से दौड़ रहा था। अपने इकलौते भाई से मिलनेवाली हूँ, यही सोच-सोच कर मैं पागल हुई जा रही थी।

भाई-बहन मिल सकें इसलिए जरूरी था कि दोनों तरफ के सीनियर इस बात पर राजी हों कि किसी तरह का धोखा नहीं होगा। पीठ-पीछे कोई वार नहीं करेगा। राजीनामा हो गया। तय हुआ कि सवेरे तड़के यह भेंट होगी। इन्द्रवती नदी के सूखे तल में जो एक विशाल पत्थर पसरा है, वहाँ हमारा मिलना निश्चित हुआ। सूरज की पहली किरण के फूटने के साथ ही हम भाई-बहन दस-बारह बरस बाद एक-दूसरे से मिलनेवाले थे।

मिलने की दिशा में बढ़ते हुए सिर्फ घुटनों तक पानी था। मैं ठंडे पानी में धीरे-धीरे कदम बढ़ा रही थी। मैंने दूसरी तरफ से भी कुछ कदमों के इस तरफ आने की आवाजें सुनीं। धीरे-धीरे पत्थर की तरफ बढ़ती हुई कुछ काली आकृतियाँ सामने उभरीं। उनमें से सबसे आगे बीस-पच्चीस साल का एक युवा तेजी और उत्सुकता के साथ लगभग दौड़ते हुए मेरी तरफ आया। मेरे साथ खड़े परिचित मित्र ने उसकी तरफ इशारा करते हुए कहा, "दुड़िया, जा मिल अपने भाई से।" मैं पेड़ से एक झपट्टे में उड़ान भरनेवाली मोरनी की तरह आगे बढ़ी। ठाकेराम दादा सामने दिखा। हम दोनों ने कसकर एक-दूसरे को बाँहों में भर लिया। साँसों से साँसें मिल गईं। हमारे दिल की धड़कनें एक जैसी ही तेज थीं। हम बार-बार एक-दूसरे को और जोर से बाँहों में कस रहे थे। खुशी से हँस रहे थे। हँसते-हँसते हमारी आँखों में आँसू गए और छलकने लगे।

ठाकेराम दादा की सुरक्षा के लिए उसके साथ छह लड़के आए थे। वे हमारी रक्षा के लिए करीब छह-सात फीट की दूरी पर खड़े थे। हमारी आँखों से इतने आँसू बह रहे थे, मानो वे इन्द्रावती की धारा में बाढ़ ले आएँगे। हम एक-दूसरे के गालों, नाक और आँखों को चूम रहे थे। हमारे लिए समय जैसे रुक गया था, मगर तभी पीछे से सीटी की आवाज आई। हमारी मुलाकात का वक्त खत्म हो गया था। एक बार फिर मुझे कसकर अपने सीने से लगाने के बाद ठाकेराम दादा अलग हुआ। उसके पैर जैसे जम गए थे। बड़ी मुश्किल से वह पीछे खिसका।

वे सातों जिधर से आए थे, उस तरफ मुड़ गए। वे दूर तक पसरे अँधेरे में धीरे-धीरे खो रहे थे और मैं उनकी छायाएँ देख रही थी। तभी हमारे नक्सलियों की तरफ से किसी ने अन्धाधुन्ध गोलियों की बरसात शुरू कर दी। कुछ

गोलियाँ रेत में भी धँस रही थीं, जिससे अँधेरे में चिंगारियाँ फूट रही थीं। मेरा जी धक से रह गया। अँधेरे में मैंने एक के बाद एक पाँच मुर्दे जमीन पर गिरते देखे। दो छायाएँ अँधेरे में तेजी से दौड़ते हुए गायब हो गईं। मैं हैरानी और डर के साथ देखती रही। मेरे मुँह से आवाज तक नहीं निकली।

पुलिस और नक्सली कभी एक-दूसरे पर भरोसा नहीं करते। इसी अविश्वास के नतीजे में यह गोलीबारी हो रही थी। दोनों पक्षों के बड़े लोगों तक इस घटना की खबर पहुँच गई थी। ऐसा लगता था कि इस घटना ने मेरी जिन्दगी भर की नींद उड़ा दी। क्या उस अन्धाधुन्ध गोलीबारी में जो दो लोग बचे, उनमें मेरा ठाकेराम दादा भी है? मैं यही सोचती रहती और ईश्वर से प्रार्थना करती। अगर दुर्भाग्य से दादा नहीं बचा, तो सचमुच मैं 'चुड़ैल' हूँ! अपने सगे भाई को खा गई। वह कहीं भी था, कैसा भी था। जिन्दा तो था। ये कैसा पाप हो गया मुझसे! मैं अपराधबोध से डूबती चली जा रही थी। यह दु:स्वप्न मेरा पीछा नहीं छोड़ रहा था। वे गिरती हुई पाँच मृत देह मेरी आँखों के आगे रात-दिन नाचती रहती थीं। मेरे दिमाग में बस यही दृश्य रहता था। ऐसा लगता था कि एक सवाल खंजर की तरह मेरे सीने में सदा के लिए उतर गया : मेरा ठाकेराम दादा जिन्दा है कि नहीं?

उस मुठभेड़ के बाद मैं अबूझमाड़ वापस लौट आई। मेरा दिमाग भन्नाता रहता था। मेरे मुँह में जो आता वह बड़बड़ाने लगती। गालियाँ देने लगती। जुबान पर लगाम नहीं रह गई थी। जैसे जामुन के पेड़ में काले भौंरे छेद कर-कर के उसे खोखला बना देते हैं, वैसे ही बीती दो घटनाओं ने मेरे दिमाग की हालत कर दी थी। दाईं करवट पर लेटती तो दिमाग में चलने लगता, कहाँ होगा मेरा ठाकेदादा...जिन्दा भी है कि...असंख्य सवाल शोर मचाने लगते। बाईं करवट लेटती तो हत्ती मेटला में खून से सनी खाकी वर्दी में जमीन पर पड़ी युवतियों के खुले गर्भ वाले भ्रूण परेशान करने लगते। दिमाग पर मेरा कोई नियंत्रण नहीं रह गया था। मैंने पार्टी को, दलम को और हमारे भगवान माओ को भी गालियाँ देनी शुरू कर दीं और इससे वहाँ बड़ा हंगामा खड़ा हो गया। मैं हमेशा बुखार से तपती रहती थी। "देख," जयशेखर सर ने मुझे प्यार से समझाने की कोशिश की, "हमारी जन-सरकार यहाँ के भूमि पुत्रों

के प्रोटेक्शन के लिए है। न्याय दिलाने का यह संघर्ष हमारी आखिरी साँस तक चलेगा और इस जीवन में अच्छे-बुरे पल आएँगे ही। तुझे कैसे यह बात समझ नहीं आती दुड़िया?"

"क्या समझ नहीं आती?"

"पूँजीपतियों के विरुद्ध इस जंग में हमने अपना सब कुछ, अपनी निजी जिन्दगी तक बर्बाद कर ली है। घर-परिवार, बाल-बच्चे बेसहारा छोड़कर हम यहाँ पहाड़ों-जंगलों में आकर पड़े हैं।"

"यह सब मुझे अब झूठ लगता है सर।"

"झूठ कैसे?"

"तुम्हारी धर्मपत्नी...जिससे तुमने सचमुच शादी की वह हैदराबाद में है... प्रोपेसर कि जाने क्या। फिर तुम्हारा बेटा दिल्ली में जेनु...जेनु...।"

"जेएनयू।"

"हाँ वहीं, वहाँ पढ़ता है। सब कहते हैं। दूसरा एक कहीं अमेरिका में है। लेकिन हम लोग...हमारे बाल-बच्चे कहाँ हैं? वो तो यहीं हैं। पहाड़ों-जंगलों में भटक रहे...सड़ रहे हैं...।"

सर भड़क गए और चहलकदमी करते हुए बड़बड़ाने लगे कि हमारे वर्गशत्रु का प्रचारतंत्र इन पहाड़ों-जंगलों में कब पहुँच गया! ऐसी और भी बातें उनके मुँह से निकल रही थीं। उन्हें अनसुना करती हुई उठकर मैं सर के टेंट में से बाहर आ गई। पीछे थोड़ी ढलान पर कुछ सहेलियों की झोंपड़ियाँ और सामने कॉमन टेंट था। वहीं जाकर मैं रात में रुकी।

उस रात बहुत हो-हल्ला था। हंगामा था। सहेलियाँ आ-आकर मुझे बता रही थीं कि पीछे टेंट में बड़े नक्सली मेम्बरों की डीबीएस मीटिंग चल रही है। एक तरफ छत्तीसगढ़-महाराष्ट्र वाले मेम्बर हैं और दूसरी तरफ आन्ध्र वाले। मीटिंग में दो फाड़ हो गए हैं। हमारे मेम्बर आन्ध्र वालों पर खूब बरस रहे हैं कि "ये लोग आकर हमारी लड़कियों का यौन शोषण करते हैं।" खुलकर सब एक-दूसरे पर आरोप लगा रहे हैं।

लेकिन थोड़ी देर बाद इस मान-अभिमान की बात को भूलकर सारे सीसी मेम्बर एक अन्य मुद्दे पर एकजुट हो गए। वे इस बात पर सहमत थे कि

"कई उम्रदराज सीनियर मेम्बर यहाँ नई-जवान लड़कियों के प्रेम में पड़कर, उनके शारीरिक सुख में डूबकर माओ और लाल सलाम को भूल जाते हैं। गद्दारी पर उतर आते हैं। मौका मिलते ही फिर सीधे पुलिस में जाकर सरेंडर कर देते हैं। यह बात हर हाल में रुकवानी पड़ेगी नहीं तो हमारा काडर खत्म हो जाएगा।"

ऐसे कई उदाहरण सामने थे। सुधाकर उर्फ गुडसा उसेंडी डीकेएसकेसी का सीनियर प्रवक्ता था। उसने यहाँ एक या दो दशक नहीं, बल्कि पूरे 39 साल बस्तरों के जंगलों में यहाँ-वहाँ भटकते हुए वर्ग संघर्ष की लड़ाई लड़ी थी। लेकिन फिर वह जेनी नाम की लड़की के प्यार में बौरा गया। दोनों ने अपने सुख को दल से ऊपर रखा और पहाड़ों से भागकर सीधे पुलिस के सामने शरणार्थी बनकर हाजिर हो गए। ऐसे ही उन्नीस साल की एक सुन्दर लड़की अनिला दल में शामिल हुई थी। उसे देखकर आन्ध्र से आया पैंतालीस साल का कमलाकर दीवाना हो गया। लेकिन एक और नक्सल कमांडर दिनेश की भी उस लड़की पर नजर थी। लड़कियों के लिए ऐसी रस्साकशी में माओवादी किले में दरारें भी पड़ रही थीं।

इन्हीं चर्चाओं के बीच कुछ मेम्बर जयशेखर सर पर गम्भीर आरोप लगा रहे थे, "सरऽ आप तो यहाँ अपने साथ बम-गोली छुपाकर चलते हो, लेकिन ये मुँहजोर लड़की दुड़िया किसी दिन पूरे दलम को बर्बाद कर देगी।"

लड़कियाँ मेरे लिए चिन्तित थीं। "वो लोग तुझे इंट्रोगेशन के लिए बुला सकते हैं। ऐसे में हो सकता है कि तू कल सुबह का सूरज न देख पाए। ये लोग कुल्हाड़ी से तेरी गर्दन उड़ा देंगे।" यह बात मुझे सच लगी। कारण यह कि पार्टी मानती थी कि मच्छरों को मारने के लिए बारूद बर्बाद करना बेकार है। पटवारी, इंजीनियर से लेकर किसी भी सरकारी कर्मचारियों के लिए कुल्हाड़ी ही काफी है। ऐसे में मुझे पूरा यकीन था कि मेरे जैसी मामूली लड़की के लिए भी वे गोली-बारूद खराब नहीं करेंगे।

दल की मेरी सखियाँ मेरे अगल-बगल सो रही थीं। उस रात मेरे पूरे बदन में डर पसरा हुआ था। मैं पसीना-पसीना हो गई थी। मैं ठीक से साँस भी नहीं ले पा रही थी। शौच जाने के बहाने मैं कैम्प से बाहर निकली। थोड़ा

आगे बढ़ने के बाद मैंने पानी का लोटा झाड़ियों में फेंक दिया और तेजी से दौड़ लगाना शुरू की। मैं इस तरह भागने की कोशिश कर सकती हूँ, ऐसा किसी ने सोचा नहीं होगा। मैं हरे जंगलों में लगातार दौड़ती चली गई। तब मुझे लगा कि अबूझमाड़ पहाड़ खुद देवता का बिछाया हुआ जाल है, जिससे बचकर जिन्दा बाहर निकल पाना बहुत मुश्किल है।

मैं बिना कुछ सोचे-विचारे किसी हिरणी की तरह दौड़ रही थी कि पता नहीं कितनी देर बाद अचानक अपना खयाल आया, जब सुना कि कोई पीछे से मुझे आवाज दे रहा है। मेरा पीछा कर रहा है। डर के मारे मेरे पैर एकदम ठंडे होकर जैसे जम गए। एक घनी झाड़ी में छुपकर मैंने कमर में बँधी पिस्तौल निकाली और इन्तजार करने लगी। तभी अँधेरे को चीरती हुई आवाज आई, "पगली, मैं हूँ...शंकर।"

"शंकर! तू क्यों मेरे पीछे दौड़ रहा है?"

"तू पागल है क्या? कितना भयानक और खतरनाक जंगल है ये।"

"जाने दे...नक्सली बनने के बाद इसकी आदत हो गई है।"

"सिर्फ नक्सली नहीं, इस जंगल में नोंकदार सींग वाले बायसन भी झुंड में घूमते हैं। चल, तेरे साथ मैं नदी तक चलता हूँ।"

वह बेचारा मेरी मदद करने के लिए पीछे-पीछे भागा आ रहा था। लेकिन उस जंगल में छोटे-छोटे आदिवासी गाँवों में तक 'जन सरकार' का समर्थन करनेवाले लोग रहते थे। नदी पार करानेवाली छोटी नावें उनकी थीं। रात में उन नावों पर कोई नहीं था। ऐसे में कौन नदी को पार कराता।

शंकर ने कलाकारी दिखाते हुए नदी किनारे पेड़ से बँधी एक नाव की रस्सी खोली। उसने एक लम्बे बाँस की मदद से नाव को नदी में उतारा और धीरे-धीरे आगे खेने लगा। रात में भी उस वक्त काफी रोशनी थी, जो छोटे बच्चों की तरह लहरों पर खेल रही थी। हम बढ़ने लगे। दूसरी तरफ। नदी पार करते हुए सूरज की पहली किरण फूटी और हमारे भागने के खेल में शामिल हो गई। नदी पार करने के बाद हम दोनों तेजी से हड़बड़ाते हुए नए जंगल में घुस गए। शंकर खूब हँसा। जयशेखर के बन्धन से मेरे मुक्त हो जाने का आनन्द उसके चेहरे पर झलक रहा था।

हम बहुत बड़ा खतरा मोल लेकर भी नदी पार करने में सफल रहे। लेकिन इसके बाद सामने बड़े खतरे थे। सबसे पहला तो यही कि अब उजाला हो चुका था। रोशनी में सब कुछ साफ दिख रहा था। दिन में भागते हुए हम किसी की भी नजर में आ सकते थे। हम वहाँ से भाग निकले हैं, इस खबर के बाद कोई चोरी-छुपे हमारा पीछा भी तो कर सकता है? हम दोनों को कैद करने के लिए भी घात लगाकर हमला हो सकता है? आगे बढ़ने से पहले इन सवालों के जवाब जानना जरूरी थे। नदी के इस किनारे पर घनी हरी झाड़ियों के साथ, ऊँचे-ऊँचे बाँस के वन थे। साथ ही गूलर जैसे भरे-पूरे पेड़ भी थे। इस कारण यह जगह दिन में छुपकर रहने के लिए काफी सुरक्षित थी।

पके हुए गूलर के फल और बाजू की बहती जल-धारा से पकड़े हुए केकड़े खाकर हमने वह दिन गुजारा। मुझे आगे सही-सलामत पहुँचने की चिन्ता थी। मैं जल्दी से जल्दी निकलना चाहती थी। शंकर भी वहाँ से जल्दी निकलकर वापस अबूझमाड़ कैम्प मे लौटना चाहता था। मौका मिला तो दिन के खाली समय में हमने खूब सारी बातें कीं। शंकर ने मुझे अपनी बाँहों में कस लिया और मेरे दोनों गालों के चुम्बन लिये। बोला, "तू मुझे बहुत अच्छी लगती है दुड़िया।"

"लेकिन शंकर, अब मैं इस मार-काट और कन्धे पर बन्दूक टाँगे यहाँ-वहाँ घूमती जिन्दगी से ऊब गई हूँ।"

ईमानदारी से कहूँ तो अब मुझे भी अब यह लाल सलाम की दुनिया अपनी नहीं लगती। उन्होंने शुरू में जो बड़े-बड़े सपने दिखाए, वैसा तो कुछ भी नहीं हुआ। बड़ा फर्क है, वे लोग जो कहते हैं, वैसा करते नहीं हैं...।"

"तो तुझे वहाँ जमता नहीं है ना? फिर क्यों रुका है?" उसकी चमकती आँखों में देखकर मैंने पूछा। वह गहरी साँस लेकर खड़ा हो गया। मैंने हाथ पकड़कर उसे अपनी तरफ खींचा, "कुछ समय पहले तो तू मेरे प्यार में डूबा हुआ था? अब समझ कि भगवान ने हमें यह मौका दिया है। शंकर मेरे साथ चल। हम नई दुनिया बसाएँगे।"

"कहाँ जाना है?" शंकर ने सवाल किया।

"चिन्ता क्यों करता है? यहाँ तक आ गए हैं, तो थोड़ा और आगे जाएँगे। पुलिस के, सरकार के सामने सरेंडर कर देंगे। अपनी जिन्दगी बनाएँगे।'

"सरेंडर करके कहाँ सबका भला हुआ है दुड़िया?" शंकर ने सीधा सवाल किया।

"ऐसा क्यों कहता है?"

"इससे पहले सरकार ने कितने वादे किए कि सरेंडर करो, हम गवरमेंट जॉब देंगे। सपने दिखाए। लेकिन सामने बात कुछ और है और परदे में कुछ और?"

"कुछ नहीं होता?"

"रे! जरा ठीक से देख। अनेक बेचारे रिफ्यूजियों को आठ-आठ नौ-नौ साल वेटिंग करना पड़ी। इसी इन्तजार में उनकी जवानी निकल गई और आज भी वो रोते-कलपते पड़े हैं।"

शंकर ने मुद्दे का सवाल उठाया। मेरे पास तुरन्त कोई जवाब नहीं था। बड़ी-बड़ी साँस लेते हुए शंकर कह रहा था, "माओवादियों के गुट में शामिल हुए मुझे पन्द्रह साल हो गए हैं। दिवाकर के भतीजे के साथ यहाँ जंगल देखने आया था और फिर अटक गया। ग्यारह साल की उम्र में जब होंठों के ऊपर हल्की-हल्की मूँछें उग रही थीं, तब मेरे हाथ में थ्री नॉट थ्री बन्दूक थी। उस समय तो मुझे पुलिस और नक्सली दादाओं में ठीक से फर्क भी समझ नहीं आता था। इसके बाद के सालों में कितनी उथल-पुथल मची। मेरे तीन सगे-चचेरे भाई, उधर सलवा जुडुम आन्दोलन में शामिल हो गए। अपने बाल-बच्चों परिवार को लेकर उन्होंने पहाड़ के रास्ते में आनेवाला अपना गाँव छोड़ दिया। वह आन्दोलन रुक गया लेकिन वो सरकारी कैम्पों में वहीं सड़क किनारे भिखारियों जैसे पड़े रहे। अगर वे गाँव में लौटकर आते, तो हमेशा डर रहता कि पता नहीं कब नक्सली उन्हें पुलिस का मुखबिर बनने की सजा के रूप में गोली मार दें। इधर सरकारी कैम्पों में भी अब सारी सुविधाएँ बन्द हो गईं। उनका हाल धोबी के कुत्ते जैसा हो गया है, न घर का न घाट का। संसार का सारा सुख उनसे छिन गया।"

"अरे शंकर लेकिन तू अगर मेरे साथ सरेंडर होगा तो तेरा क्या नुकसान

हो जाएगा? तू फिर अपने गाँव जा सकेगा। अपने बूढ़े माँ-बाप की छाया में रह सकेगा।" मैंने उसे भरोसा दिलाया।

"नहीं रे दुड़िया...दुनिया ने मेरे रास्ते में हमेशा ही अंगारे ही बिछाए हैं। अब गाँव में पुलिस चौकी बन गई है। मैं गया, तो उन्हें कुछ भी करके नहीं समझा पाऊँगा कि मैंने क्यों नक्सलियों का साथ छोड़ दिया। इधर अबूझमाड़ में नक्सल दादा मुझसे नाराज हो जाएँगे कि मैंने उन्हें धोखा दिया और पुलिस का खबरी बन गया। भले ही ऐसा न हो। आखिरकार वो मुझे किसी भी तरह ढूँढ़ निकालेंगे और कुल्हाड़ी से मेरे टुकड़े-टुकड़े कर देंगे।"

"तो फिर तूने क्या सोचा है?"

"देख दुड़िया...वहाँ गाँव में मेरे तीन छोटे भाई हैं...बीते पन्द्रह बरसों में वे खूब बड़े हो गए होंगे। मैंने सुना है कि उनमें से किसी की शादी भी हो गई है। ऐसे में अगर मैं घर लौटा तो जैसे दूध में जहर पड़ जाएगा। मेरे जाने से उन सबकी जिन्दगी बर्बाद हो जाएगी।" शंकर ने बहुत गम्भीर होकर कहा।

"देख शंकर तू कुछ ज्यादा ही सोच रहा है। ये सब तेरे मन का खेल है।"

"नहीं दुड़िया...यही हकीकत है। एक तरफ तो पुलिस को मेरा भरोसा नहीं होगा और दूसरी तरफ गद्दार-कोविट कहकर नक्सली मुझे छोड़ेंगे नहीं। मेरे लिए तो एक तरफ पागल हाथियों का झुंड है और दूसरी तरफ लकड़बग्घों की टोली है। मेरे लिए अब इस संसार में कोई सपना देखना मुश्किल है।"

शंकर ने आँसुओं से भरी अपनी आँखें पोंछी और एकदम हल्के मन से मुझे अपनी बाँहों में कस लिया। फिर नदी में उतरकर धीरे-धीरे लौटने लगा। उसने नदी पार की और दूसरे किनारे पर जाकर खड़ा हो गया। कुछ देर ऐसे ही खड़े रहने के बाद उसने मुझे देखकर अलविदा के अन्दाज में हाथ हिलाया और मुड़ गया।

मैंने फिर दौड़ना शुरू किया और कई दिनों तक यहाँ-वहाँ छिपती-छिपाती रही। रास्ते में अब भी 'जन सरकार' के प्रभाव वाले कई गाँव थे। जहाँ उनका 'जन मिलिशिया दल' सक्रिय रहता था। वे किसी अनजान व्यक्ति को गाँव में नहीं आने देते थे। अगर उन्हें किसी पर जरा सन्देह भी हो जाता तो उसे तुरन्त मार डालते थे।

जन मिलिशिया वाले बहुत खतरनाक होते हैं। अगर उन्हें कोई परिचित नक्सली भी दिख जाए तो उसे पकड़कर पेड़ से बाँध देते हैं। वहाँ से हेडक्वार्टर सन्देश भेजकर पता करते हैं कि यह दल के काम से निकला है कि 'सरेंडर' होने के लिए? इसलिए मुझे सुबह होने से पहले-पहले पूरी रात सफर करना होता था। मेरे पेट का बुरा हाल हो रहा था। खाने को कुछ था नहीं। मैं बाँस की नाजुक कोंपलें खाकर दिन गुजारती थी। पेड़ों की कोमल पत्तियाँ और कभी-कभी तो मैंने हरी-नाजुक घास खाकर भी दिन गुजारे। मेरे मुँह से बकरी जैसी बास आने लगी थी। तब मैं निर्गुंडी के पेड़ की दातून से अपने दाँत घिसती थी। कई दिनों तक ऐसे छुपते-छुपाते भागने के बाद मैं अपनी एक पुरानी सहेली से मिली। उसी की मदद से मैंने शर्मा सर के सामने सरेंडर किया। किसी तरह से अपनी जान बचाती, एक बार फिर इस दुनिया में वापस आई।

दुड़िया की नई पहचान है—अनोखी, सयानी, और हाजिरजवाब।

दुड़िया की यह साहसपूर्ण और जोखिम भरी कहानी मेरे मन-मस्तिष्क पर छा गई थी। अगले दिन शाम को मैं उस विशाल तालाब के किनारे सैर के लिए निकलने को था। हमेशा की तरह राइफलधारी सुरक्षाकर्मी मेरे साथ थे। संयोग से डाक-बँगले के बाहर ही दुड़िया का पति कचरू मिल गया। मैंने उसे साथ आने का इशारा किया। वह खुशी-खुशी आ गया। पार्क में हम बेंच पर बैठे हुए थे कि अचानक मेरे मुँह से दुड़िया का जिक्र छिड़ गया। सुनकर उसने भारी आवाज में कहा, "हो सकता है कि उसने आपको सारी हकीकत न बताई हो।"

"मतलब?"

"क्या कहूँ साहेब, वह किसी बहती हुई नदी की तरह गहरी है।"

मैं हैरान हुआ। कचरू की तरफ देखने लगा। किसी पहेली की तरह दुरूह लगनेवाली दुड़िया का कचरू ने कितने सहज शब्दों में वर्णन कर दिया था।

कचरू कहने लगा, "मेरी पहली बीवी जब खेतों में काम कर रही थी, तब उस पर बिजली गिरी और वह वहीं मर गई।"

"ओह!"

"हाँ साहब। उस बात को दस साल गुजर गए। लेकिन मेरा दूसरा ब्याह कहीं नहीं जम रहा था। अगर कोई बिना बाल-बच्चे वाला अधेड़ विधुर हो तब भी औरत मान जाती है लेकिन मेरे जैसे गधे के साथ मेरे चिल्ले-पिल्लों की जिम्मेदारी उठाने के लिए कोई औरत तैयार नहीं थी।"

"हम्मम्ऽऽऽ"

"सच कह रहा हूँ साहब। पहली बीवी के मरने के बाद यहाँ-वहाँ भाग-दौड़ करते आठ साल गुजर गए थे लेकिन कोई औरत मुझसे ब्याह को हाँ नहीं कह रही थी।"

"फिर दुड़िया...?"

"एक दिन उससे यूँ ही किसी जान-पहचान वाले के घर में भेंट हो गई। दो बच्चों की देखभाल करने में मेरी खस्ता हालत उसने देखी। उन्हें देखकर वह बोली—इन बच्चों को माँ की जरूरत है—और फिर वह खुद ही ब्याह के लिए तैयार हो गई...।"

"वाहऽऽऽ" मुझे दुड़िया कि दरियादिली पर अभिमान जैसा महसूस हुआ।

"यह जानते हुए भी मेरे बच्चे एकदम नादान और नासमझ नहीं हैं, उसने हम सबको अपना लिया। वह सबसे खूब प्यार करती है। अगर वह चाहती तो उसे अच्छा घरवाला मिल सकता था। लेकिन मेरे बच्चों के चेहरे की मासूमियत और माँ की जरूरत को उसने खूब पहचान लिया।"

"कमालऽऽऽ" मेरा दिल भर आया।

"साहब, मुझे कभी-कभी लगता है कि किसी दिन ऐसा कुछ हो कि जिससे मैं उसके उपकारों का बदला चुका सकूँ।"

दो दिन बाद कॉमरेड गोपाल मुझसे डाक-बँगले पर मिलने आया। जब वह

नीचे कम्पाउंड में पहुँचा, तो मैं ऊपर की खिड़की से देख रहा था। वह रिक्शे से उतरकर अन्दर आया और पुलिस अधिकारी ने सरकारी ड्यूटी पर होने के नाते उससे कुछ जानकारियाँ माँगीं तो गोपाल को यह अच्छा नहीं लगा। उसके सींग उठाए गुस्साए बैल जैसे चेहरे को देखकर मुझे मन-ही-मन हँसी आ रही थी।

दो गार्ड गोपाल को लेकर मेरे पास आए। तब कॉलेज के दिनों जैसा अपने माथे को हाथ से ठोंकता हुआ वह मुझ पर बरस पड़ा, "क्या रेऽऽऽ कैसे तू इन किलर राक्षसी लोगों के बीच में रहता है?"

गार्ड उसे वहीं छोड़कर चले गए। मैंने गोपाल को शान्त होकर आराम से बैठने का इशारा करते हुए कहा, "क्या कॉमरेड! इतना क्यों भुनभुना रहा है? क्या हुआ?"

"क्या हुआ? अरे किस तरह के लोग हो तुम...बन्दूकधारी कलेक्टर, डीसीपी, कमिश्नर और बाकी सब?"

"लेकिन हुआ क्या?"

"हमारे देश में डेमोक्रेसी है...लोकतंत्र! संविधान ने आम नागरिकों को भी अधिकार दिए हैं, उनके सिविल राइट्स हैं और ये बताओ तुम सरकारी 'नमूने' समझ क्यों नहीं पाते?"

"अब यहाँ कहाँ से सिविल राइट्स का झोल हो गया?"

"झोल...? अरे ये तुम्हारे ग्रेहाउंड्स, वो सी-60 और वो तुम्हारे सलवा जुडुम के बर्बर सारे...तुम सबको खुले चौराहे पर साला एक लाइन में खड़ा करके मशीनगन की गोलियों से उड़ा देना चाहिए।"

गुस्से से फनफनाता कॉमरेड गोपाल पोंक्षे मेरी एक भी बात सुनने को राजी नहीं दिख रहा था। हम बरसों बाद मिल रहे थे और सरकारी तंत्र की कड़ी आलोचना और वर्ग व्यवस्था पर तीखे प्रहार करने की उसकी आदत से मैं वाकिफ था। वह अब भी वैसा ही था। उसे अपनी रोजी-रोटी और जीवन चलाने के लिए भले ही इसी व्यवस्था में नौकरी कर लेनी पड़ी थी, लेकिन इससे क्या फर्क पड़ा था? कॉलेज के दिनों की वामपंथी कड़वाहट और लाल रंग के लिए उसकी छटपटाहट अब भी ज्यों की त्यों थी।

"सलवा जुडुम," मैंने कहा, "छत्तीसगढ़ की दबी-कुचली जनता का आक्रोश था। वह जनता का विद्रोह था, जनता का आन्दोलन था।"

गोपाल के लिए यह बात जैसे बर्दाश्त के बाहर थी। उसने सोफे के मुलायम-गद्देदार हत्थे पर जोर से अपने हाथ का प्रहार किया। फिर ऊँची आवाज में किसी कम्पनी के गेट पर मजदूरों के हक में नारा लगानेवाले लीडर की तरह क्रोध में भरकर कहा, "कैसा जन आन्दोलन रे? इट वॉज एन एक्जीबीशन ऑफ नेकेड, ब्रूट फोर्स...! सरकार की शह और उकसावे पर हथियारबन्द लोगों की बर्बर गुंडागर्दी थी वो...एक निर्लज्ज तमाशा था...।"

"बेकार की बात! सरकार क्यों अपनी तरफ से हथियारबन्द लोगों का साथ देकर तमाशा...?"

"अरे सुन मेरी बात। बात सिर्फ तुम्हारी मशीनगनों से बेकार ही गोलियाँ बरसाने की नहीं है। इसके पीछे कई हजार करोड़ रुपये दाँव पर लगे होने का मामला है राजा...," कॉमरेड पोंक्षे ने अपना अन्दाज बदला।

"कैसा दाँव?"

"टाटा, एस्सार, अम्बानी, बिरला और इनके जैसे तमाम बड़े-बड़े इंटरनेशनल उद्योगपतियों और कम्पनियों के साथ छत्तीसगढ़ सरकार ने अंडर द टेबल, हिडन और बारबरिक-विकेड एग्रीमेंट जो करके रखे थे! इन मूर्ख नेताओं ने उन्हें खुला निमंत्रण दे रखा था कि हमारी जमीन, हमारे पहाड़ों में जो तेल, लोहा, कोयला और दूसरे खनिज हैं, उन्हें निकालो। लूट लो। अपनी लूट की योजनाओं में तुम्हें कामयाबी मिल जाए, इसलिए वो आदिवासी तुम्हारी आँखों में चुभ रहे थे, जो नक्सली पताका अपने हाथों में उठाकर लहरा रहे थे। तुम इन्हें हर हाल में खत्म करना चाहते थे और इन्हीं शैतानी इरादों को अंजाम देने के लिए हत्यारे-दुष्ट सलवा जुडुम यानी 'शान्ति मार्च' का तमाशा पैदा किया। इन राक्षसों ने हजारों मासूम लोगों का कत्ल किया और बाकी सब झूठ है।"

उस दिन कॉमरेड गोपाल को अलविदा कहते हुए मैंने धीरे-से पूछा, "क्यों रे, तू अभी तक 'वैसा' ही है क्या?"

"वैसा मतलब कैसा?"

"लेनिन और माओवादियों से गुप्त सम्बन्ध...? क्या कहते हैं उसको?"

"अर्बन नक्सल!"

"करेक्ट वही...।"

गोपाल दरवाजे पर खड़ा हुआ और मेरी तरफ 'तू सुधरेगा नहीं' वाले अन्दाज में तंज भरी दृष्टि डाली। फिर बोला, "यू आर एन अनसफरेबल पार्ट ऑफ दैट...रूथलेस रॉटन गवर्नमेंट मशीनरी...दुष्ट और कपटी सिस्टम का अविभाज्य अंग...और बाकी कुछ नहीं।"

चुनाव जैसे-जैसे नजदीक आ रहे थे, तनाव बढ़ता जा रहा था। नक्सलियों के लिए चुनाव पूँजीपतियों के द्वारा प्रायोजित एक सरकारी प्रहसन मात्र था। इसलिए उनकी हरसम्भव कोशिश थी कि किसी भी प्रकार से चुनावों का बायकॉट होना चाहिए। खबरें आ रही थीं कि वे इसके लिए गाँव-गाँव में पर्चे बांट रहे हैं।

गाँवों में घूमते हुए कई जगहों पर मैंने इतना ठंडा माहौल देखा कि आश्चर्य होता था, क्या वाकई यहाँ के लोगों को आनेवाले चुनावों का पता नहीं है! दूर-दराज के कई गाँवों की स्थिति यह थी वहाँ जाने से सरकारी कर्मचारी घबराते थे। किसी महिला से जहाँ बातचीत की कोशिश की कि वह लाज के मारे अपना चेहरा घूँघट में छुपा लेती। उसके चेहरे पर अपराधबोध जैसा भाव उभर आता। फिर वह पेड़ों के नीचे बैठे मर्दों की तरफ उंगली के इशारे से बताती कि 'उनसे' बात करो।

इतिहास यह था कि नक्सली गाँववालों को मतदान से दूर रखने के लिए हर तरह का दबाव डालते। हर हथकंडा अपनाते थे। वे बूथों पर हमले करते। बूथ कैप्चरिंग करते। मतदान करनेवालों को बुरी तरह से मारते-पीटते। कई बार तो वे उन्हें पीट-पीट कर बेसुध कर देते और जंगल के रास्तों पर फेंककर चले जाते। इससे हर तरफ दहशत फैल जाती।

प्रभा शर्मा जैसे पुलिस अधिकारियों के दिन-रात के अथक प्रयासों और

लगन का मैं साक्षी बन रहा था। अवधेश बाबू को उन पर असीम विश्वास था। वे मुझसे गर्व से कहते, "आलदो ही इज अ प्रमोटी ऑफिसर फ्रॉम द प्रोव्हीन्शियल सर्विसेज...ही इज अ वंडरफुल गाय। लोगों के बीच उनका बहुत सम्मान है। शरणार्थी नक्सली भी उन पर खूब विश्वास करते हैं। अभी तक करीब तीस-चालीस नक्सली उनके सामने सरेंडर कर चुके हैं। उनकी जगह हमारा कोई नौजवान डायरेक्ट रिक्रूट होता तो..."

"तो...?"

"तो उसने इनमें से दसियों को झूठे एनकाउंटर में गोलियों से उड़ा दिया होता और अपने लिए कई अवार्ड बटोर लिए होते।"

जिलाधिकारी अवधेश बाबू, मैं और प्रभा शर्मा दोपहर का भोजन कर रहे थे। तभी मेरी आँखों के सामने कॉमरेड गोपाल पोंक्षे का चेहरा उभरा। सलवा जुडुम का उससे बड़ा और कट्टर आलोचक मैंने नहीं देखा था। उसकी बातें याद करते हुए मैंने कहा, "बढ़ते नक्सलवाद को खत्म करने के लिए बड़े पूँजीपति भी बहुत आतुर थे और छत्तीसगढ़ पुलिस भी पूरी ताकत के काम कर रही थी। लेकिन एक आम धारणा यह भी है कि इन पूँजीपतियों ने अपने धन की ताकत से नक्सलियों के विरुद्ध 'सलवा जुडुम' नाम का विकराल दानव खड़ा किया। यह कितना सच है?"

जैसे ही मैंने यह बात कही, वैसे ही प्रभा शर्मा के हाथ का निवाला उनकी थाली में गिर पड़ा। बाकी समय किसी भी सवाल पर शान्त और संयमी रहनेवाले प्रभा की स्थिति इस प्रश्न पर एकदम वैसी हो गई, जैसे अचानक वायरिंग जल जाए, तो सब तरफ बिजली गुल हो जाती है। फिर एकदम से उनका चेहरा तमतमाया और आँखों की डोरियाँ तन गईं। गुस्से से अपनी थाली पर हाथ पटकते हुए वह बोले, "एक्सक्यूज मी सर। आपका यह रिमार्क एकदम अनुचित है। यह बिलकुल वैसा है कि जैसे इस देश में जो भी थोड़ी-बहुत सचाई या ईमानदारी बची है, उसके मुँह पर बदनामी की कालिख पोत दी जाए। यह बातें तो हकीकत से ठीक उल्टी हैं।"

"ऐसा कैसे कह सकते हैं मिस्टर शर्मा? तुम्हारे इसी सलवा जुडुम के विरोध में अरुंधती रॉय और नलिनी सुन्दर जैसे बुद्धिजीवियों ने सुप्रीम कोर्ट का दरवाजा खटखटाया और कोर्ट ने भी एसपीओ की भर्तियों पर रोक लगा दी।"

"सो व्हाट? सलवा जुडुम बस्तर के लोगों के आक्रोश का सहज उबाल था और इस पर किसी तरह का सन्देह नहीं होना चाहिए। मैंने इस उफनते जन आन्दोलन का विराट रूप अपनी इन्हीं आँखों से देखा था। इसलिए मैं अपनी गवाही एफिडेविट पेपर पर लिखकर दे सकता हूँ।"

"क्या?"

"यही कि सलवा जुडुम कोई रसूखदार व्यक्ति या टाटा-बिरला का बाप भी खड़ा नहीं कर सकता। वह एक अभूतपूर्व रिएक्शनरी जन आन्दोलन था।"

प्रभा शर्मा अचानक जैसे यादों के जंगल में खो गए और उन्होंने विस्तार से उस तूफानी आन्दोलन के बारे में बताना शुरू किया, "मेरी आँखों के सामने जून 2005 की आँधी-तूफान वाली बारिश अभी भी है। ऐसा लग रहा था, जैसे हमारे सिर के ऊपर बादल फट गए हैं। उस भीषण झंझावाती बरसात में भी नक्सलवादियों के जुल्मों से टूटे हुए हजारों आदिवासी अपनी गाय-भैसें, मुर्गियाँ, खटिया, बिस्तर, बर्तन और तमाम सामान लेकर ठंडी हवा में कुड़कुड़ाते सड़कों पर उतर आए थे। भैरमगढ़ पुलिस थाने के बाहर जैसे इनसानों का समुद्र लहरा रहा था। कातर स्वरों में आदिवासी चीख-चिल्ला रहे थे...चाहो तो हमें यहीं गोली मार दो...हमें जान से मार दो...लेकिन हम अपने गाँवों में वापस नहीं जाएँगे। कोई सौ-दो सौ नहीं बल्कि हजारों छतरियाँ वहाँ थीं, हजारों लोग प्लास्टिक की पन्नियों से अपने को ढकने की कोशिश कर रहे थे। लेकिन इनके बीच हजारों ऐसे भी थे, जिनके तन पर गिनती के कपड़े थे और वे पानी से तर-ब-तर थे। बारिश धुआँधार हो रही थी। दिल को चीरकर बदन में आग लगा देनेवाला यह दृश्य मैंने अपनी आँखों से देखा था एंड आई कांट फॉर्गेट इट...।"

उस दिन प्रभा शर्मा की बातों में भावनाओं का जो आवेग था, उससे मैं थोड़ा बैकफुट पर आ गया। मीडिया में आई बातों से इस जन आन्दोलन की जो तस्वीर बनी थी, मुझे लगा कि वह बहुत कुछ भ्रामक और भटकानेवाली

है। निश्चित ही अन्दर कुछ ऐसी बातें छुपी हैं, जिन्हें लोगों के बीच लाने की जरूरत है।

रात को मैं डाक-बँगले पर देर रात तक जागते हुए, छत्तीसगढ़ के तत्कालीन अतीत की खबर देनेवाले तमाम अखबारों की कतरनें, चित्र, नक्शे और वीडियो-क्लिप वगैरह देखता रहा। अस्सी के दशक में नक्सली पहली बार भैरमगढ़ तहसील के एक छोटे-से गाँव करकेली में पड़ोसी आन्ध्र प्रदेश से आए थे। इन पहाड़ी लोगों के लिए बाँस की कटाई और तेंदूपत्ते की तुड़ाई जीवन-मरण का प्रश्न हुआ करता था और इस मुद्दे को सुलझाकर नक्सलियों ने यहाँ के लोगों के दिलों में जगह बनाई थी।

तब ये नए शस्त्रधारी दादा आदिवासियों को अपने तारनहार लगते थे। वे निश्चिन्त थे कि जैसे श्रीकृष्ण के हाथों में सुदर्शन चक्र है, वैसे ही इनके हाथों की बन्दूक हमारी रक्षा के लिए है। लेकिन एक बार पैर जमा लेने के बाद ये नक्सलवादी धीरे-धीरे सनकी और गुस्सैल सुल्तान बन गए। जो बन्दूकें उन्होंने ठेकेदारों और सरकारी बाबुओं की छाती पर तान रखी थी, एकाएक उनकी दिशा बदल गई। उनकी नीतियाँ और सुर बदल गए: हम जो कहें, वही कानून है।

'वर्गशत्रु' के विरुद्ध लड़ाई में उन्होंने आस-पास के गाँवों के घर-घर के आदिवासी लड़के-लड़कियों को अपने दल में भर्ती करना शुरू कर दिया। उन्होंने कानून बनाया कि हर घर से एक न एक को दल में शामिल होना होगा। उन्होंने फिर एक नई माँग रखी : जिस व्यक्ति के पास पाँच एकड़ से ज्यादा जमीन है, वह उस अतिरिक्त जमीन को आन्दोलन के लिए देगा। इसके बाद तो उन्होंने हद ही पार कर दी और वह बात कही जो प्रजा के लिए दंडकारण्य का राजा भी कभी सपने में नहीं सोच सकता था। नक्सलियों ने फरमान जारी किया कि माँ-बाप को आगे से अपने बच्चों के ब्याह के बारे में सोचने, चिन्ता करने की जरूरत नहीं। दल के नेता जहाँ कहेंगे, वहीं माँ-बाप को अपने लड़कों या लड़कियों की शादी करनी पड़ेगी।

नक्सलियों ने धीरे-धीरे आदिवासियों के निजी और पारिवारिक मामलों में पूरे अधिकार से दखल देना शुरू कर दिया था। इससे परेशान गाँववालों ने आस-पास के गाँवों से मिलकर बैठकें करनी शुरू कर दीं। नक्सलियों की दहशत के विरुद्ध आवाजें उठने लगीं। तब मई 2005 के आखिरी दिनों में बन्दूकें लेकर नक्सल केरकली गाँव में घुस गए। लेकिन ग्रामीण उनसे इतने चिढ़े हुए थे कि उन्होंने नक्सलियों से उनके हथियार छीन लिए और जमकर पीटा। इतना ही नहीं, उन्होंने पाँच नक्सलियों को एक घर के अन्दर बन्द कर दिया।

अब चाहे जान जाए या अपना संसार बिखर जाए, इस पक्के इरादे के साथ गाँव के लोगों ने नक्सलियों से यह मुकाबला शुरू किया। जो होगा, देखा जाएगा। एक समय बन्दूकधारी नक्सलियों को आता देखकर जंगलों में छुप जानेवाले इन गरीब प्राणियों ने आखिरकार बन्दी बनाए पाँचों नक्सलियों को भैरमगढ़ पुलिस स्टेशन पहुँचा दिया।

मानसून ने रफ्तार पकड़ ली थी और पानी मूसलाधार बरस रहा था। इसके बावजूद तेज-ठंडी हवाओं और झमाझम बरसात की परवाह किए बगैर आस-पास के छोटे-छोटे गाँवों-पहाड़ों-घाटियों में रहनेवाली आदिवासी जनता हजारों की संख्या में भैरमगढ़ पुलिस स्टेशन के रास्ते में बढ़ती जा रही थी। यही वह जगह थी, जहाँ छत्तीसगढ़ के इतिहास का एक नया क्रान्तिकारी अध्याय लिखा जानेवाला था।

वहाँ नजदीक के कुटरू नाम के एक गाँव का साधारण युवा स्नातक लोगों का आह्वाहन कर रहा था। नाम था, के. मधुकर राव। वह एक स्कूल मास्टर था, लेकिन उसने गाँव-गाँव घूमकर इन सीधे-सरल गरीबों को नक्सलियों के खिलाफ जागरूक करने के लिए उनकी बैठकें लेना शुरू कर दी थी। उसने हुंकार भरी, "जो लोग भी बिना डरे नक्सलियों के विरुद्ध लड़ाई लड़ने के लिए तैयार हैं, वे मेरे पीछे आकर खड़े हो जाएँ।" इसके बाद आस-पास के गाँवों के सैकड़ों-हजारों युवा, वृद्ध, साक्षर, निरक्षर और महिलाएँ निकलकर के. मधुकर राव के साथ संघर्ष की राह पर चल पड़े।

छत्तीसगढ़ के हरे जगलों में लाल आतंक के विरुद्ध जन-चेतना की

मशाल सुलग उठी। ग्रामीणों ने डर की परवाह बन्द कर दी और सड़कों पर उतर आए। किसी नदी के प्रवाह की तरह जन आन्दोलन का यह सैलाब तेजी से बढ़ता जा रहा था और यह खबर महेन्द्र कर्मा के कानों में पड़ी। महेन्द्र कर्मा एक बहादुर आदिवासी नेता थे और दन्तेवाड़ा से कांग्रेस के टिकट पर जीतकर विधानसभा में पहुँचे थे। नक्सलवादियों के गुस्से की आग ने पहले ही उनके कुटुम्ब को खाक करने में कोई कसर बाकी नहीं रखी थी। नक्सलियों ने उनके बीस परिजनों और रीबी रिश्तेदारों की निर्मम हत्या की थी। कर्मा ने भी कसम खाई थी कि वह जीते जी नक्सलियों को उखाड़ फेंकने की लड़ाई में अपनी तरफ से कोई कसर बाकी नहीं रहने देंगे। ऐसे में इस नए जन आन्दोलन की खबर मिलते ही महेन्द्र कर्मा हवा पर सवार बादलों की तरह उधर निकल पड़े। वह इस आन्दोलन में शामिल हो गए और गाँव-गाँव जाकर सभाएँ करने लगे। उन्होंने इस विराट जन आन्दोलन को 'सलवा जुडुम' नाम दिया। गोंडी भाषा में इसका अर्थ होता है, शान्ति का कारवां।

आदिवासियों के इस प्रचंड जन आन्दोलन में महेन्द्र कर्मा ने जो देखा और अनुभव किया, वह उन्हें हैरान करनेवाला था। उन्होंने तुरन्त राज्य की राजधानी रायपुर जाकर मुख्यमंत्री श्री रमण सिंह से मुलाकात की। सलवा जुडुम की विलक्षण सचाई से उन्हें वाकिफ कराया। मुख्यमंत्री भारतीय जनता पार्टी के थे और महेन्द्र सिंह कर्मा कांग्रेस के। लेकिन नक्सलियों के लाल आतंक ने छत्तीसगढ़ की सभी राजनीतिक पार्टियों के नेताओं की नाक में समान रूप से दम कर रखा था। महेन्द्र सिंह कर्मा की बातों से रमण सिंह ने नक्सलियों के खिलाफ उठ खड़े हुए इस जन आन्दोलन का सही-सही अनुमान लगाया और दलगत राजनीति से ऊपर उठकर 'सलवा जुडुम' को सम्पूर्ण समर्थन देने की घोषणा की। सलवा जुडुम में शामिल हर व्यक्ति को उन्होंने मुफ्त धान देने, उनके लिए रास्तों के किनारे शिविर बाँधकर रहने की व्यवस्था करने, कहीं आने-जाने के लिए साइकिल बाँटने के साथ-साथ हर दिन सभी के भोजन-पानी का भी सरकारी स्तर पर इन्तजाम कराया।

सरकारी प्रशासन की तरफ से मिले इस समर्थन और सहयोग ने आन्दोलन को हाथी जैसा मजबूत और ताकतवर बना दिया। के. मधुकर राव, महेन्द्र

कर्मा और उनकी मंडली पन्द्रह-पन्द्रह हजार लोगों के मोर्चे के साथ गाँव-गाँव में आन्दोलन करने लगे। आन्दोलन को कमजोर और नाकाम बनाने के लिए नक्सलियों ने कई जगहों पर गोलीबारी की। लेकिन पुलिस बल तुरन्त सलवा जुडुम की मदद और सुरक्षा के लिए दौड़े।

इस आन्दोलन ने महेन्द्र कर्मा और के. मधुकर राव, इन दोनों को जननायक बना दिया। सलवा जुडुम ने छत्तीसगढ़ के पूरे वातावरण में उथल-पुथल मचा दी थी। कमोबेश दो लाख आदिवासी इस आन्दोलन में शामिल हो गए थे। भैरमगढ़ के आस-पास के रास्तों पर अठारह बड़े-बड़े शिविर लगाए गए थे और एक-एक शिविर में पन्द्रह-पन्द्रह बीस-बीस हजार आदिवासी रहते थे। आन्दोलन में शामिल हुए आदिवासियों को नक्सलियों ने पूरी क्रूरता से निशाने पर लिया। गाँव छोड़कर इस जन आन्दोलन में सहभागी बननेवालों के लिए उन्होंने लौटकर अपनी जन्मभूमि या खेतों में लौटकर रहना-काम करना मुश्किल बना दिया था। वह अधिकांश इलाका नक्सलियों ने अपनी बन्दूकों के साये में ले लिया था। इसलिए नक्सलियों के विरोध में उतरे इन आदिवासी आन्दोलनकारियों की स्थिति मझधार में फँसी ऐसी नाव जैसी हो गई थी, जिसमें छेद हो गया हो। एक किनारे पर वे किसी तरह जिन्दा थे और दूसरे किनारे पर घास-फूस से बनी उनकी झोंपड़ियाँ तथा खेती थी। उनके जीवन की सचमुच दुर्दशा हो चुकी थी।

मुझे पता चला कि के. मधुकर राव बीजापुर जिले में पंचशील आश्रम नाम का एक छात्रावास चलाते हैं। सरकार ने उन्हें जेड सिक्योरिटी प्रदान कर रखी थी। उनसे मिलने की मेरी प्रबल इच्छा थी। लेकिन किसी चुनाव निरीक्षक के लिए साहस बटोरकर उस आदिवासी इलाके में जाना एक बार तो सम्भव था मगर अपना क्षेत्र छोड़कर दूसरे क्षेत्र में जाने की अनुमति मिलना असम्भव बात थी। इसलिए मैं अन्य रास्तों से के. मधुकर राव के बारे में जानकारियाँ जुटाने में लगा हुआ था। मैं कई बार उनका चित्र देखता रहता, जिसमें ऊँची-पूरी कद-काठी के मजबूत शरीर वाला गहरे साँवले रंग का व्यक्ति नजर आता था।

आखिरकार एक पत्रकार मित्र की मदद से एक रात को मुझे उनसे

सम्पर्क करने में सफलता मिली। किसी जोशीले विद्यार्थी की तरह मैंने उनसे पहला प्रश्न किया, "इतने प्रचंड आन्दोलन का बिगुल फूँकने का बल आपको कैसे मिला? एक साधारण शिक्षक ने इतनी बहादुरी कैसे दिखाई?"

"क्या करूँ साहब? अपने आदिवासी भाइयों का हर दिन शोषण होता देखकर मैं दिल ही दिल में तिल-तिल घुटता था। शुरू में यहाँ के लोगों ने उनका जिस तरह से स्वागत किया था, उसे देखकर नक्सली सही-गलत का फर्क भूल गए। उनमें घमंड आ गया और उनका बर्ताव हुक्मरानों की तरह हो गया। वे अत्याचार करने लगे। वे हमारी जिन्दगी और तमाम कामों में रोक-टोक करने लगे। तेंदूपत्ते जैसे रोजगार पर भी उन्होंने शर्तें थोपनी शुरू कर दीं। एक बार तो उन्होंने करकेली का बाजार तक लूट लिया। पुलिस और सुरक्षाबल 'अन्दरूनी इलाकों' तक पहुँच जाएँगे, यह कहते हुए उन्होंने स्कूल की इमारतें बनाने पर रोक लगा दी। जिन स्कूलों को बनाने का काम चल रहा था, वह तक बन्द करा दिया। सनरा और पासवाड़ा में उन्होंने खुन्नस के मारे बनी-बनाई 'आश्रम शालाएँ' और छात्रावासों की इमारतें तक तोड़ डालीं। ग्रामीण इलाकों में काम करनेवाले शिक्षकों को मार-पीटकर भगाने पर मजबूर कर दिया। अब ऐसे जुल्म सहते-देखते हुए जीते रहने से मर जाना क्या बुरा है, यही सोचकर हमने जो सलवा जुडुम आन्दोलन शुरू किया, वह गाँव-गाँव में भड़क गया। पहली बार कुटरू आंबेली नाम के गाँव से जो आन्दोलन शुरू हुआ, उसने करकेली में रफ्तार पकड़ी और इसके बाद तो भैरमगढ़ पुलिस थाने के सामने भरी बरसात में आदिवासी जनता का ऐसा सैलाब उमड़ा, मानो समुद्र ही गरज रहा हो। हम लोगों के आगे ऐसे हालात बन गए थे कि जिन्दा रहने के लिए सिर पर कफन बाँधने के सिवा कोई रास्ता नहीं बचा। संकटकाल में ही आन्दोलन पैदा होते हैं और साधारण मनुष्य ही इतिहास की राह में नए मोड़ लेकर आते हैं।"

यह ठीक वैसी बात थी कि बाघ की सवारी करना सम्भव नहीं है, लेकिन अगर एक बार उसकी पीठ पर सवारी गाँठ ली तो उतरने का मतलब सिर्फ मौत है!

"जंगल में अगर आग लगाओगे, तो उसके भड़कने से पूरा जंगल धधक उठेगा। सलवा जुडुम का स्वरूप कुछ ऐसा ही हो गया था," उस दिन की याद करते हुए प्रभा शर्मा बता रहे थे, "नक्सलियों ने सलवा जुडुम को अपने अस्तित्व पर निर्दय और तेज हमले के रूप में देखा। इसलिए उन्होंने पूरी ताकत पलटवार करने में झोंक दी कि किसी भी तरह इस आन्दोलन को मुँहतोड़ जवाब देना है।"

"लेकिन तब पूरा सरकारी तंत्र, पुलिस मशीनरी क्या कर रही थी?" मैंने सवाल किया।

"नो डाउट...महेन्द्र कर्मा कांग्रेस के थे, इसके बावजूद सलवा जुडुम की खातिर यहाँ के नेताओं ने दलों की राजनीति को बाजू में रखा। सब मिलकर आन्दोलन में आए। लेकिन नक्सलियों ने आन्दोलन को कुचलने के लिए इतना भीषण और हिंसक पलटवार किया कि उसका मुकाबला करना पुलिस की सीमा और शक्ति के बाहर था।"

"तब इसका क्या इलाज ढूँढ़ा गया?"

"हम सरकारी बाबुओं को हमेशा से एक बुरी आदत है! नई समस्या को खत्म करने के लिए हम अक्सर पुराने कायदे-कानून ढूँढ़कर निकाल लाते हैं। वही गड़बड़ी यहाँ हो गई।"

"गड़बड़ी मतलब?"

"अंग्रेजों के जमाने के एक कानून के मुताबिक जिलाधिकारियों या जिला पुलिस प्रमुख के पास यह अधिकार है कि वह समय या हालात देखते हुए अपने नियंत्रण के इलाके को 'अशान्त क्षेत्र' घोषित कर सकते हैं।"

"लेकिन इसका सलवा जुडुम से क्या सम्बन्ध?"

"अशान्त क्षेत्र घोषित किए गए इलाके में सरकार को एसपीओ यानी स्पेशल पुलिस अफसरों की नियुक्ति करने का हक मिल जाता है। नौकरशाहों ने जल्दबाजी में यह पुराना कानून निकालकर लागू कर दिया और यहीं गड़बड़-घोटाला हो गया। जनता के इस विशाल आन्दोलन को नजर लग गई और यहीं से उफनते हुए सलवा जुडुम के उतार के दिन शुरू हो गए।"

"वो कैसे?"

"यह बात गलत नहीं है कि किसी भी इनसान के हाथों में एक बार हथियार आए कि उसकी बुद्धि भ्रष्ट हो जाती है। यहाँ भी यही हुआ। जिनको एसपीओ बनने के साथ हथियार और अधिकार मिले, वे उनके नशे में लड़खड़ाने लगे। उनकी गुंडागर्दी और दादागिरी शुरू हो गई। बन्दूक हाथ में लगी तो उन्होंने लोगों से निजी लड़ाइयों का हिसाब बराबर करना शुरू कर दिया। कुछ ने हत्याएँ की और कभी बलात्कार जैसी घटनाएँ भी सामने आईं।"

"अरे रे!"

"पन्द्रह-पन्द्रह बीस-बीस हजार आदिवासियों के मोर्चे निकल रहे थे। उधर, लाखों की आदिवासी जनता रास्तों पर शिविरों में उन्हें समर्थन दे रही थी। माओवादियों के सामने यह अपने अस्तित्व की लड़ाई थी, इसलिए वे भी करो या मरो के अन्दाज में तैयार थे...।"

"लेकिन नतीजा क्या आया?"

"हमारे राज्य में गृह-युद्ध जैसी स्थिति बन गई। जो आदिवासी कैम्पों में रह रहे थे, उन्हें अनुशासन और हायररार्की की कोई समझ नहीं थी। सलवा जुडुम कोई नियोजित संगठन नहीं था और इसकी कोई व्यवस्थित संरचना नहीं थी। इसलिए इसे लेकर जो शुरुआती उत्साह दिखाई देता था, वह प्रबन्धन के अभाव में बाजार की भीड़ जैसा होता चला गया। इस अराजकता में बहुत सारे एसपीओ निरंकुश आततायी बन गए।"

"किसी सपने के जैसे सच होते इस आन्दोलन का यह हश्र तो नहीं होना चाहिए था।"

"यही बात मैं कहता हूँ। यह बहुत ही दुर्भाग्यपूर्ण था कि इस जन आन्दोलन की यात्रा धीरे-धीरे हिंसा के रास्ते पर मुड़ गई। यह आन्दोलन जिस ताकत से उठा था, उसने नक्सलियों को बैक फुट पर धकेल दिया था और उनकी आत्मा तक घबरा गई थी। लेकिन तभी उन्हें सलवा जुडुम के बदनाम 'एसपीओ' अपने लिए बहुत काम के लगे और उन्होंने इनका इस्तेमाल आत्मरक्षा में ढाल की तरह किया। उन्होंने एसपीओ लोगों के दंगा-फसाद और अत्याचारों को आड़ बनाकर मानवाधिकार का हल्ला किया और अपने लिए सहानुभूति बटोरी। सुप्रीम कोर्ट में शिकायतें पहुँचने लगीं और वहाँ से

फैसला आया कि एसपीओ की नियुक्ति गैर-कानूनी है। बस, यहीं से सलवा जुडुम ऐसी ढलान पर आया कि आगे फिसलता ही चला गया।"

जैसे-जैसे मतदान का दिन पास आ रहा था, चिन्ता बढ़ रही थी। कोई कुछ भी कहे लेकिन इस राज्य के अच्छे खासे इलाके 'जन सरकार' के अधिकार में थे। जब यह मध्य प्रदेश राज्य था, तब से सक्रिय कुछ पुराने पत्रकार मुझसे आकर मिल रहे थे। चुनाव के दौर में बस्तर और उसके जैसे नक्सल प्रभावित जिलों की जानकारियाँ मुझे दे रहे थे।

"साहब, बीजापुर जिले में आठ गाँव हैं और ये सबसे खतरनाक इलाका है। यहाँ मतदान सामग्री हेलीकॉप्टर से ही पहुँचानी पड़ती है। यानी यहाँ जो अस्सी बूथ होंगे वहाँ सारा सामान और वहाँ पर लगनेवाले कर्मचारी, सभी को हेलीकॉप्टरों से ही पहुँचाना पड़ेगा।'

"यहाँ नक्सलवाद हमारी हड्डियों में पैदा हुआ कैंसर बन गया है," सत्तर के करीब पहुँच रहे एक वरिष्ठ पत्रकार ने कहा, "यहाँ एक-एक पल, एक-एक कदम पर धोखा है। आप सोचो, यहाँ हम लैंडमाइंस के ऊपर अपनी जिन्दगी बिता रहे हैं। वैसे यहाँ भले ही आप हेलीकॉप्टर से मतदान सामग्री उतार दें, लेकिन सुरक्षा की कोई गारंटी है क्या?"

"ऐसा क्यों कह रहे हैं?"

"कुछेक साल पहले यहाँ जो हुआ, वह आपको बताता हूँ। यहाँ चुनाव थे। एक हेलीकॉप्टर चौकसी और सुरक्षा के लिहाज से एक बूथ के ऊपर मँडरा रहा था, लेकिन उस पर भी जमीन से निशाना लगा दिया गया।"

"क्या सचमुच?"

"और नहीं तो क्या। उसका पायलट तो वहीं मौके पर मर गया। उसमें एक सहायक पायलट था, उसने जैसे-तैसे करके वह हेलीकॉप्टर जमीन पर उतारा।"

दिल को धक्के पहुँचानेवाली ऐसी एक से एक बातें मेरे कानों में पड़ रही थीं। उनका कुल मतलब यही था कि "हिंसा का राक्षस यहाँ चुनावों के

दौर में एकदम नंगा नाच करता है। 2008 के चुनावों में कुटरू नेमेड रास्ते पर नक्सलियों ने सुरक्षा जवानों से भरी हुई एक गाड़ी बम विस्फोट से उड़ा दी थी। इस गाड़ी में चुनाव के काम से जा रहे कुछ शिक्षक भी सवार थे। उन्हें इस हादसे में अपनी जान गँवानी पड़ी।"

बीते दस साल में नक्सलियों ने कुछ बूथों पर तो वोट पड़ने ही नहीं दिए थे। यह चिन्ता का सबब था। लेकिन दिल्ली स्थित केन्द्रीय निर्वाचन आयोग हर तैयारी की खबर रख रहा था। "हमारी चुनाव प्रणाली दुनिया की सबसे बड़ी, अनुकरणीय और सफलतम मशीनरी है। इसलिए हमारा कर्तव्य है कि हम सुनिश्चत करें कि हर बूथ पर मतदान हो। दुनिया को पता चलना चाहिए कि हम ही लोकतांत्रिक व्यवस्था के सबसे मजबूत आधार और सबसे विश्वसनीय प्रतीक हैं।" चुनाव आयोग निरन्तर इस तरह से सभी अधिकारियों और मतदान में लगे कर्मियों को प्रेरित करता था।

पुराने मध्य प्रदेश और रायपुर विभाग में काम कर चुके पत्रकारों को नक्सल प्रभावी इलाकों में राज्य की पुलिस और केन्द्रीय सुरक्षा बलों के प्रभावी होने का भरोसा नहीं था। एक पत्रकार ने कहा, "हमारी राज्य मशीनरी ने पिछले बीस-पच्चीस साल में बहुत बार बुरी तरह से मुँह की खाई है। इसकी वजह चाहे पुलिस के पास पर्याप्त शस्त्र नहीं कहिए या फ़िर तमाम राजनीतिक कारण गिनाइए।"

इस पर दूसरे ने खी-खी करके हँसते हुए कहा, "हमारे आदिवासी एक चालाक औरत की बात बताते हैं, जो अपने पति की जरा भी परवाह नहीं करती थी..."

"क्यों?" मैंने पूछा।

"वह कहती थी कि सरकारी सुरक्षाबल मतलब मेरा नामर्द पति...वो घर में सोता रहे कि बाहर पड़ा बारिश में भीगता रहे, क्या फर्क पड़ता है?"

चुनाव नजदीक आ चले थे। जिला प्रशासन को ऐसे तैयारी करनी पड़ रही थी, मानो किसी युद्ध के लिए निकलना है। हम लोगों का अनुमान था कि हमारे जिले में दूरदराज का बारहपत्ती जोन बड़ा सिरदर्द साबित हो सकता है। पहाड़ों और नदियों से भरे इस इलाके में अठारह मतदान केन्द्र

थे। छोटी-छोटी बस्तियों में लोग भी बहुत कम थे। मगर दो बूथों में करीब चौदह-चौदह किलोमीटर का अन्तर था। इस कारण यहाँ मतदान करानेवालों को सबसे पहले यानी तीन दिन पहले ही हमें रवाना करना पड़ेगा। कच्चे रास्ते से निकलकर जंगल की राह पकड़ी कि वह आगे सत्तर किलोमीटर तक जाती थी। इसलिए यहाँ जाने के लिए ऐसे कर्मचारी चाहिए थे, जो हट्टे-कट्टे और मजबूत हों।

एक दिन मैं जिला मुख्यालय शहर की घनी आबादी में पोलिंग बूथ बनाए गए एक माध्यमिक स्कूल का निरीक्षण करने के लिए गया। वहाँ से लौटते हुए मेरी नजर एक छोटे-से पुराने ढंग से बने भवन पर पड़ी, जिसकी छत चमक रही थी। मैंने देखा कि उसके सामने जयेश दीक्षित खड़े थे। चेहरे पर वही लुभावनी मुस्कान और पैनी नजर। उन्होंने आग्रह किया, "सरजी, चाय पीए बगैर मत जाइएगा।" सामने वरांडा गोबर से लीपा हुआ था। बीच में तुलसी-वृंदावन कुंड था, जहाँ पूजा सम्पन्न हो चुकी थी। उसके पीछे एक के बाद एक कतार से कमरे बने हुए थे। वहीं जयेश दीक्षित और जिला को-ऑपरेटिव बैंक में काम करनेवाला उनका छोटा भाई रहता था।

दोनों भाइयों की इलेक्शन ड्यूटी लगी थी। अगले दिन सुबह-सुबह दोनों को इस काम से बाहर निकल जाना था। इसलिए आस-पास के जिलों में ब्याही गई उनकी तीन बहनें भाइयों के घर आई हुई थीं। घर के अन्दर मेहमानों की चहल-पहल साफ दिख रही थी।

चाय बनने तक हम लोग बाहर के छोटे हॉल में बैठे हुए बातें कर रहे थे। लम्बी साँस लेने के बाद जयेश ने कहा, "सरऽ यहाँ कुछ जिलों में जनरल इलेक्शन की ड्यूटी लगी तो कर्मचारियों को यही लगता है कि मौत के जाल में फँसने जा रहे हैं। लेकिन मरता क्या न करता वाला हाल है। जिन्दा रहने के लिए सरकार की नौकरी भी जरूरी है।"

"लेकिन दीक्षितजी आप इस नौकरी को 'मौत का जाल' जैसा बुरा नाम क्यों देते हैं?' मैंने थोड़ी बेपरवाही से पूछा।

"सर बीते बीस-पच्चीस साल में हम कर्मचारियों का यही अनुभव है।"

"कैसा अनुभव?"

"जिले भर में चुनाव ड्यूटी पर जानेवाले साढ़े आठ सौ, नौ सौ कर्मचारियों में से पच्चीस से तीस या कम से कम दस-पन्द्रह तो वापस अपने घर जिन्दा नहीं लौटते हैं।"

"क्या मैं इसे सच मानूँ?"

"ये दिल दहलानेवाली सचाई है साहब, जिसे हम सबने चुपचाप स्वीकार कर लिया है। कर्मचारी इसके सिवा और कर भी क्या सकते हैं?"

मैं डर गया। मेरे पेट में जैसे कोई गठान पड़ गई। मुँह से अचानक निकल पड़ा, "यानी तुम लोग जब बाहर जाते हो, तो आगे-पीछे के सारे जरूरी काम निपटाकर जाते हो?"

"एकदम सही। हम आखिरी मुलाकात समझकर ही सुबह अपने पाँव दरवाजे के बाहर निकालते हैं।"

मैं स्तब्ध बैठा-बैठा दीक्षित और उनके पास बैठे छोटे भाई को देखता रहा। दीक्षित ने कहा, "अब घर में देखिए। हम दोनों भाई इलेक्शन ड्यूटी पर निकल रहे हैं, इसलिए हमारी तीनों बहनें बीते चार दिन से यहाँ आकर रह रही हैं। सिर्फ हमारे यहाँ नहीं, कम ज्यादा करके हर कर्मचारी के घर पर आपको यही दृश्य देखने मिलेगा। आप देखेंगे कि लोग अपना बैंक बैलेंस, पासबुक, इंश्योरेंस और बाकी सब धन-सम्पत्ति के हिसाब-किताब के कागज घर वालों को देकर जाते हैं। अगर जिन्दा बचकर आ गए, तो किस्मत समझो। ड्यूटी से बचकर कहाँ जाएँगे? बच्चों की पढ़ाई से लेकर तमाम सारी जिम्मेदारियाँ निभानी हैं और इस उम्र में दूसरी नौकरी मिलती कहाँ हैं?"

इन सरकारी कर्मचारियों की यह स्थिति सुनकर मैं सकते में आ गया था। उन्होंने अपनी स्थिति को दयनीय ढंग से स्वीकार कर लिया था कि नौकरी करते हुए कभी भी मौत झपट्टा मारकर उन्हें ले जा सकती है। मैंने कभी इसकी कल्पना नहीं की थी। चाय-पानी हुआ। जब उनकी माँ ने सुना कि उनकी जन्मभूमि का कोई अफसर आया हुआ है तो वह पलकें झपकाती हुई आईं। ब्राह्मण शैली में नवसारी साड़ी लपेटे हुए। उनकी त्वचा हल्का पीलापन

लिए थी। वह अपनी युवावस्था में ही विधवा हो गई थीं। बड़े कष्ट उठाकर उन्होंने अपने दोनों लड़कों को पढ़ाया। उन्होंने मुझसे पुणे-पैठण में अपने गाँव से जुड़े कुछ सवाल किए। थोड़ी इधर-उधर की बातें की। मैंने झुककर उन्हें नमस्कार किया। उनकी आँखें भर आईं, "जीते रहो बेटा।" यह आशीर्वाद देने के बाद वह बड़बड़ाते हुए बोलीं, "यहाँ नक्सलियों के पास तोपों जैसी बड़ी-बड़ी बन्दूकें हैं। पुलिस और नेताओं को तो सुरक्षा मिल जाती है। बस, जनता पिस जाती है। वही नंगी और बेबस है। वह क्या करे?"

डायबिटीज ने एक बार शरीर में प्रवेश कर लिया तो फिर वह ठीक नहीं होती। ऐसे ही साठ के दशक में पश्चिम बंगाल में नक्सलियों ने सिर उठाया था। गरीब आदिवासियों के शोषण और भूख से जुड़े सवालों का अगर तभी शासन और समाज सुधारकों ने संवेदनशील होकर ईमानदारी से हल खोज लिया होता तो इस बीमारी ने आज इतना विकराल रूप नहीं लिया होता। महुआ के फूलों की अगर आपको दवा बनानी हो तो उन्हें सुबह-सवेरे जाकर चुनना होता है। जैसे-जैसे दिन चढ़ता है, देर होती है, यही औषधि के रूप में काम करनेवाले फूल मादक और विषाक्त होते जाते हैं। नक्सलियों से जुड़े तमाम सवालों का यही हुआ है क्योंकि समय रहते, उनके जवाब नहीं ढूँढ़े गए और उन्हें लेकर लगातार लापरवाही बरती गई।

एसपीओ के अत्याचारों और आन्दोलन में भाग ले रहे लोगों के गैर-जिम्मेदाराना व्यवहार के कारण सलवा जुडुम जैसा आन्दोलन धराशायी हो गया। दिल्ली के बुद्धिजीवी एसपीओ का मामला कोर्ट में ले गए। मानवाधिकार आयोग भी इसमें आ गया। एसपीओ अवैध घोषित कर दिए गए। लेकिन निर्भय होकर नक्सलियों का विरोध करने और उनसे खुलकर लड़नेवाले महेन्द्र कर्मा ने अपना संघर्ष बन्द नहीं किया। वे नक्सलियों को खुलकर चुनौती देते रहे। इसलिए उन्हें 'बस्तर का टाइगर' कहने में किसी को कोई हिचक नहीं थी। हँसमुख-साँवले चेहरे और भरे गालों वाले कर्मा बहुत सूझबूझ वाले योद्धा थे। छत्तीसगढ़ के आदिवासी होने पर भी उन्होंने राज्य सरकार के मंत्री

के रूप में काम किया। आदिवासी नेता होने के बावजूद उन्होंने पंचायत स्तर के प्रशासन से शुरू करके लोकसभा सदस्य की कुर्सी तक का सफर तय किया। इतने ऊँचे पद पर पहुँचनेवाले वह पहले आदिवासी थे।

कर्मा ने अपनी छवि ऐसे नेता की बनाई थी, जो बस्तर की मिट्टी से उठकर शक्तिशाली नक्सलियों को चुनौती देता था। इसलिए वह नक्सलियों की हिटलिस्ट में थे। कर्मा के भाई समेत कई रिश्तेदारों ने उनके इस नक्सल विरोध की कीमत अपनी जान देकर चुकाई थी। नक्सलियों ने बहुत सोच-समझकर झीरम घाटी में, कांग्रेस की परिवर्तन रैली के लिए एम्बुश लगाया था। तमाम अन्य कांग्रेसी नेताओं से इतर महेन्द्र कर्मा नक्सलियों के असली टारगेट थे। परिवर्तन रैली से जंगल के रास्ते लौटते हुए काफिले पर इस हमले में हुए भीषण विस्फोटों, धुआँधार गोलीबारी और धुएँ के गुबार के बीच जब नक्सलियों ने महेन्द्र कर्मा का नाम पुकारा तो यह आदिवासी नेता घायल होने और चारों तरफ नक्सलियों की बन्दूकों के साये में बिना डरे उनके सामने जाकर डट गया था। तब नक्सलियों ने उन पर इतने निशाने लगाए कि जिस्म में दो सौ गोलियाँ धँसी मिली थीं। उनके छिन्न-भिन्न शरीर के चारों ओर यह कहते हुए नक्सली देर तक नाचते रहे कि उन्होंने वर्ग शत्रु को खत्म किया है।

हिंसा से धधकते पूरे राज्य में केन्द्रीय निर्वाचन आयोग के लिए आम चुनाव कराना एक बहुत बड़ी चुनौती थी। मतदान के लिए अलग-अलग जगहों पर पहुँचाई जानेवाली ढेर सारी सामग्री, फिर वहाँ उनका तमाम बूथों पर सही ढंग से वितरण, इनके रास्ते में आनेवाली तमाम अनदेखी अड़चनें, ये सब देखकर ऐसा लगता था कि जिला मुख्यालय खुद ही एक रणभूमि बन गया है। सुरक्षा आड़ बनाने के लिए रेत की बोरियाँ रखी हुई थीं। अभी तक गोलीबारी शुरू नहीं हुई थी। स्वयं मुझे भी चौकस होकर चारों तरफ, हर बात की निगरानी करनी पड़ रही थी। जिलाधिकारी अवधेश बाबू और उनके मातहत अधिकारी तथा उन्हें रिपोर्ट कर रहे बाकी सभी बाबू इस तरह से रात-दिन काम कर रहे थे, जैसे गन्ने की फसल कटाई के वक्त तमाम गाड़ियों को ढोते बैल चौबीसों घंटे जुते रहते हैं।

एक दोपहर को मैं जिला चुनाव कार्यालय में अपना काम जल्दी निबटाकर भोजन के लिए डाक-बँगले में लौट आया। इतने में नीचे की मंजिल से बावर्ची मेरे कमरे में आ गया। उसने बताया कि दुड़िया, उसका पति कचरू और पहली पत्नी से हुए उसके दो बच्चे मुझसे मिलने के लिए नीचे आए हुए हैं और मेरा इन्तजार कर रहे हैं। मैं काफी थका हुआ था और कुछ सोच नहीं पा रहा था। बावर्ची ने यह बात समझ ली और तुरन्त गुहार लगाई, "साहबजीऽ एक-दो मिनट दे दीजिए न उसे।"

"लेकिन...।"

"साहबजी...दुड़िया बच्चों को लाई है। वह अपने बच्चों को दिखाना चाहती है कि बड़े साहबजी कैसे दिखते हैं।"

अब मेरे सामने कोई रास्ता नहीं बचा था और मैंने हाँ में सिर हिला दिया। लेकिन जब दुड़िया और उसका उमंग से भरा परिवार मेरे सामने आकर खड़ा हो गया तो मुझे बहुत खुशी हुई कि मैंने उन्हें लौटा नहीं दिया। दुड़िया ने बच्चों से मेरे पैर छूने को कहा और उन्होंने पूरी विनम्रता से उसके आदेश का पालन किया। कचरू गर्व से बच्चों को देख रहा था और फिर उसने उनसे कहा, "देखो बच्चो, ये बड़े साहब हैं, तुम भी जिन्दगी में इनके जैसा बड़ा बनने की कोशिश करना, याद रखना।"

मैंने अपने एक सहायक को कुछ पैसे दिए और कहा कि वह इन बच्चों को पेन, पेंसिल और कॉपियाँ खरीदकर दे। बच्चे तुरन्त उसके साथ बाहर निकल गए। कचरू और दुड़िया ने भी मेरे पैर छूए और बाहर निकलने को हुए। तभी मैं खुद को यह कहने से नहीं रोक सका, "दुड़िया, अब एक-दो बरस में तेरी भी गोद हरी हो।" यह बात कानों में पड़ते ही दुड़िया के पैर जहाँ थे, वहीं ठहर गए। वह पलटकर मेरी आँखों में आँखें डालकर देखने लगी। मेरी नजर कचरू पर पड़ी। उसकी आँखें बता रही थी कि वह मेरी बात से बिलकुल सहमत था। उसके चेहरे पर ऐसे भाव थे, जैसे मैंने उसके मन की बात कह दी है। दुड़िया ने गहरी साँस छोड़ी और कुछ पल रुककर बोली, "नहीं साहब, मैं ऐसा कुछ नहीं चाहती।"

मैंने कुछ कौतुक वाले अन्दाज में उसे देखा। उसने एक बार फिर गहरी

साँस छोड़ी और बदन को हल्का किया। कहने लगी,"मेरे पति के ये दोनों बच्चे मेरे नहीं हैं क्या?"

"हाँ, हैं तो मगर...?"

"जाने दीजिए साहब। मेरा पति भी आपके ही जैसा सोचता है। आज तक मैंने बहुत कुछ सहन किया है, भोगा है, लेकिन अब मैं किसी परीक्षा से नहीं गुजरना चाहती।"

"जैसे सब खत्म हो गया है, ऐसे क्यों बोलती है दुड़िया?"

"अब जाकर कचरू के ये दोनों बच्चे मेरे नजदीक आए हैं। बड़ी मुश्किल से मैं उन्हें अकेलेपन और उदासी की खाई से निकालकर अपनी ममता की छाँव में ला पाई हूँ।"

"लेकिन एक चांस लेने में क्या समस्या है?" कचरू ने जोर देकर कहा।

"मैं अपने बच्चों के लिए बैठे-बिठाए क्यों आगे झगड़े के रास्ते बनाऊँ? जाने दो, जिस गाँव जाना नहीं, उसका रास्ता क्यों पूछना? भूल जाओ सब।" दुड़िया ने साफ शब्दों में अपना निर्णय सुना दिया। मैं चुप हो गया। दुड़िया की दमदार आवाज के बाद कचरू के पास भी उसके पीछे-पीछे कमरे से निकल जाने के अलावा कोई विकल्प नहीं था।

हमारे लोगों को वोटों की गिनती की ट्रेनिंग देने के लिए दन्तेवाड़ा से दो तहसीलदार रैंक के प्रशिक्षक आए थे। दोनों युवा थे। दन्तेवाड़ा, नारायणपुर, बीजापुर ये सब बस्तर डिवीजन के वे महत्त्वपूर्ण जिले हैं, जहाँ नक्सलियों को बड़ा खतरा है। अबूझमाड़ भी इसी इलाके में पड़ता है।

प्रशिक्षण के बाद रात में हम लोग डाक-बँगले में बैठे थे। खाने के बाद गप्पें चल रही थीं। उनमें से यादव नाम के एक अधिकारी ने कहा, "हम बस्तरवासियों के लिए ये आम चुनाव बड़े डरावने प्रसंग साबित होते हैं।"

"हाँ, बिलकुल सच है। माओवादियों का ईवीएम मशीन, मतदान, मत

गणना जैसी किसी चुनावी प्रक्रिया में कोई भरोसा नहीं है।"

"एक रत्ती भी नहीं। इसलिए वे इलेक्शन को कदम-कदम पर रोकने की कोशिश करते हैं।"

"हाँ, सर जी। जैसे दूसरे विश्व युद्ध में जापान के हिरोशिमा और नागासाकी पर परमाणु बम गिराए जाने के बाद वहाँ की हवा जहरीली हो गई थी, वैसे ही बस्तर में चुनाव के दौरान हवा विषैली हो जाती है। हर तरफ बारूद की गन्ध होती है और साँस लेना दूभर हो जाता है।"

"अरे लेकिन तुम्हारी सरकार बस्तर या अबूझमाड़ की तरफ पक्के रास्ते क्यों नहीं बनाती? इससे सुरक्षा बलों के लिए भी कितनी आसानी हो जाएगी।" मैंने कहा।

"सरकार कहाँ ये रास्ते बनाने आएगी? जब यहाँ सड़क बनाने का पूरा सामान, मशीनें और औजार लेकर इंजीनियर-मजदूर आते हैं तो पता नहीं होता कि कौन-सा कदम लैंडमाइन, आईईडी प्रेशर बम पर पड़ जाएगा! मजदूरों की हर साँस के साथ यहाँ मौत तैयार खड़ी रहती है।"

"ऐसा नहीं लगता कि ये सारी बातें यहाँ बढ़ा-चढ़ा कर की जाती हैं?" मैंने थोड़ा और कुरेदा।

"बिलकुल नहीं सर जी, मैं आपको रास्तों के नाम लेकर बताता हूँ। बारनपुर से जयगुंडा तक सिर्फ अठारह किलोमीटर रास्ते का काम दस साल पहले शुरू किया गया था। लेकिन पीडब्ल्यूडी की लाख उठा-पटक के बाद भी आज तक यह रास्ता पूरा नहीं बन पाया है।"

"सिर्फ इतनी-सी दूरी के लिए दस बरस?"

"इस रास्ते पर नक्सलियों ने हजारों लैंड माइंस लगा रखी हैं। वे झाड़ियों में या पेड़ों पर छुपे रहते हैं। वे पहले मजदूरों और उनकी सुरक्षा के लिए बलों को अन्दर तक आने देते हैं। जब सब लोग उनके घेरे में आ जाते हैं तो फिर नक्सली डिटोनेटर का बटन या ट्रिगर दबा देते हैं। एक धमाके के साथ उसकी चपेट में आए लोग कीड़े-मकोड़ों जैसे मर जाते हैं।"

"मैं भी इस प्रदेश में आ रही मुश्किलों को समझ सकता हूँ मिस्टर यादव। इसमें कोई सन्देह नहीं कि प्रशासन और पैरामिलिट्री फोर्स अपनी जान

की बाजी लगाकर लड़ रहे हैं, लेकिन उनकी सुरक्षा के लिए एंटी-लैंडमाइंस गाड़ियाँ भी तो बनवाई गई थीं?"

"वो किस काम की हैं? मौके पर ही उनका कचूमर निकल जाता है।" बहुत गुस्से में आते हुए तहसीलदार यादव ने कहा।

"वो कैसे?"

"ये तस्वीरें देखिए न।"

कहते हुए यादव ने कुछ फोटो मेरी आँखों के सामने कर दिए। उनमें ये गाड़ियाँ ऐसी दिख रही थीं, जैसे किसी बड़ी चट्टान के टिन के डिब्बों पर गिरने से उनका बुरा हाल हो गया हो। यादव ने कहा, "इस एंटी-लैंडमाइन गाड़ी के नीचे नक्सलियों ने सत्तर किलो बारूद का विस्फोट करके इसे उड़ा दिया था। अब आप चित्र देखकर कहिए कि ये एंटी-लैंडमाइन गाड़ी है या किसी बच्चे ने अपने खिलौने का पटक-पटक कर ये हाल कर दिया है?"

यादव का साफ कहना था कि इन आदिवासी इलाकों में नक्सलियों के मोर्टार, राइफलों और लैंडमाइंस के नेटवर्क के बीच किसी तरह के विकास का काम होना बहुत ही मुश्किल है। इस बात के साथ यादव ने गणेशन नाम के एक दक्षिण भारतीय इंजीनियर की करुण कहानी बताई। "बेचारा गणेशन एटापल्ली से गट्टा के रास्ते में एक पुल बनाने के काम की जिम्मेदारी सँभाल रहा था। अपने पेट की मजबूरी के चलते यह नौकरी करने के लिए वह अपने घर तंजावूर से गढ़चिरौली के जंगलों में चला आया था। नदी के ऊपर पुल बनने की खबर मिलते ही नक्सलियों ने उसे काम रोकने को कहा और आए दिन धमकियाँ देने लगे। लेकिन अपना कर्तव्य सही ढंग से निभाने की जिद पर अड़ा यह देशभक्त इंजीनियर बिलकुल दबा नहीं।"

"कब की घटना है?"

"14 जनवरी 2006 की तारीख थी। मकर संक्रान्ति के ठीक पहले की काली रात थी। गणेशन अपने दफ्तर में बैठा अकेला काम कर रहा था। अचानक माओवादियों की सौ-दो सौ की भीड़ ने वहाँ धावा बोल दिया। उन्होंने पंचायत समिति, सरकारी रेस्टहाउस और आस-पास की सभी सरकारी इमारतों को अपने कब्जे में ले लिया। वे नारेबाजी करते हुए बॉर्डर सिक्योरिटी

फोर्स के निर्माण दफ्तर में घुस गए। वहाँ उन्होंने सारे सरकारी कागजों और फर्नीचर का एक जगह ढेर बनाकर उसमें आग दी। वहीं खड़े-खड़े डर के मारे काँप रहे सभी कर्मचारियों को उन्होंने मार-मारकर बेदम कर दिया। लेकिन गणेशन किसी स्थितप्रज्ञ की तरह अपनी टेबल-कुर्सी पर बैठे काम कर रहा था।

"नक्सली पहले ही गणेशन से बहुत खार खाए बैठे थे। जहाँ बड़े-बड़े एक्जीक्यूटिव इंजीनियर तक काम करने से डरते थे और नक्सलियों की एक धमकी से डरकर अपनी नौकरी तक छोड़ के निकल जाया करते थे, वहीं एक सामान्य इंजीनियर का दुस्साहस देखकर नक्सलियों के तन-बदन में आग लगी हुई थी।

"नक्सलियों ने गणेशन को गर्दन पकड़कर उठाया और वैसे ही मारते हुए कार्यालय से बाहर अँधेरे में लेकर आए। जंगल में जैसे साठ-सत्तर लोग मिलकर हिरण को घेर लेते है, वैसे ही नक्सलियों ने गणेशन को बीच में घेर लिया और सब मिलकर उसे बाँस की काठियों से पीटने लगे। बुरी तरह जख्मी होकर वह गला फाड़-फाड़कर 'बचाइए...मुझे बचाइएऽऽ' चिल्ला रहा था। उसकी आवाज का दर्द अँधेरे को चीरता हुआ दूर तक जा रहा था, लेकिन कोई भी उसकी मदद के लिए नहीं आया। जब उसके शरीर पर कुल्हाड़ियों के प्रहार होने लगे तो वह बुरी तरह से छटपटाते हुए दोहरा हो गया। उसकी आखिरी चीख आसमान में खो गई। जिस जगह पर यह घटना हुई, वहाँ से सिर्फ एक किलोमीटर की दूरी पर पुलिस स्टेशन था। लेकिन रात के अँधेरे में डर से थरथराते उस पुलिस थाने ने भी गणेशन की करुण चीखों को सुनकर अनसुना ही रहने दिया। उस तरफ कान ही नहीं दिए।"

यादव ने मुझे गणेशन की हत्या की दर्दभरी कहानी बतानेवाली अखबार की कतरनें दिखाईं। उन तस्वीरों में उसके शरीर पर कुल्हाड़ी के तेईस वार थे। इससे पहले नक्सलियों ने उसके हाथ पीठ पर बाँधकर, उसे बुरी तरह से पीटा था और फिर पीछे से गर्दन पर कुल्हाड़ी से भयंकर तेज वार किए गए थे। अपने शत्रुओं या खबरियों को इतने राक्षसी ढंग से खत्म करने का काम दूसरे विश्व युद्ध के दौरान जापान की सेनाओं ने किया था।

तस्वीरों में गणेशन का चेहरा काला पड़ चुका था और उसे देखने के लिए बड़ी हिम्मत चाहिए थी। उसके बूढ़े माँ-बाप की भी तस्वीरें थीं, जो अपने बेटे के साथ हुई बर्बरता की बात सुनकर दक्षिण से भागे-भागे आए थे। गणेशन के घर में नन्हे मासूम बच्चे थे और उसकी पत्नी अमानवीय ढंग से हुई पति की हत्या की खबर सुनते ही दुख के जबरदस्त आघात से अपना मानसिक सन्तुलन खो बैठी। सरकार का आदेश मानकर किसी नदी पर पुल बनाने के लिए गए इंजीनियर पति की ऐसी बर्बर हत्या किसने और क्यों की? नक्सली मतलब क्या? नक्सली उसके पति और परिवार पर कहर बनकर क्यों बरसे? गणेशन के परिवार की खामोश तस्वीरें देखते हुए मुझे लगा कि वे ये सवाल कर रहे हैं। मैं सुन्न पड़ने लगा। ऐसा लगा कि मेरा शरीर जड़ हो गया है।

दूसरे दिन सुबह-सुबह दुड़िया और उसका पति खुशी से उछलते-कूदते हुए डाक-बँगले पर आ पहुँचे। वह मुझे कोई खुशखबरी देना चाहते थे। उतनी सुबह मिठाई की दुकानें नहीं खुलतीं, इसलिए दुड़िया भागी-भागी जिला हेडक्वार्टर के बस स्टैंड तक जाकर वहाँ की कैंटीन से पेड़े और लड्डू लेकर आ गई थी। वह हँसती-खिलखिलाती पूरे डाक-बँगले में सबको बाँट रही थी। वहाँ के हर कर्मचारी और मौजूद हर व्यक्ति को मिठाई बाँटती हुई वह मेरे पास आई और पूरे जोश से बोली, "साहब आप हमारे परिवार के लिए लकी हो।"

"क्यों क्या हुआ?"

"मेरा ठाकेराम दादा जिन्दा है...हाँ, सच्ची। मैं इतनी मूर्ख हूँ कि बुरा-बुरा सोचती कि उस दिन गोली लगने से वह नदी की रेत पर गिरकर मर गया होगा।"

"लेकिन दुड़िया तुझे यह खबर किसने दी?"

"कल ही अचानक मैं उसको मिली। इस इलेक्शन के मौसम में उसको अपनी मर्जी की जगह पर ट्रांसफर मिल गया। वह अपने डिस्ट्रिक्ट में वापस आ गया है साहब।"

दुड़िया के चेहरे पर आनन्द की अनंत लहरें उमड़ रही थीं। मुझे बहुत अच्छा लगा। कल रात गणेशन की रोंगटे खड़े कर देनेवाली निर्मम हत्या के बारे में जानकर मन बहुत भारी हो गया था, वह दुड़िया की खुशी से थोड़ा हल्का हो गया।

माओवादियों की भाषा में कहें तो व्यवस्था के विरुद्ध उनकी लड़ाई बहुत ही नियोजित ढंग से आगे बढ़ी थी। पचास साल पहले जब उन्होंने बस्तर में प्रवेश किया था, तब उनके पास केवल थ्री नॉट थ्री बन्दूकें और लोहे के सरिये होते थे, जिन्हें वे रामबाण रॉड कहते थे। मगर आज उनके पास ऐसे हथियार हैं कि वे हेलीकॉप्टर को आसमान से गिरा लेते हैं, एसपी का कत्ल कर देते हैं, जिला कलेक्टर को अगवा कर लेते हैं, ताडमेटला जैसी जगह पर सीआरपीएफ की पूरी कम्पनी को ही साफ कर देते हैं।

यह माओवाद कैंसर की तरह देश के हाड़-मांस में घुस चुका है। माओ ने अपने योद्धा कॉमरेडों को एक भाषण में सम्बोधित करते हुए कहा था, "अगर तुम्हारा शत्रु कहीं कैम्प लगाकर विश्राम कर रहा है तो तत्काल उस पर हमला करो, जबकि वह बिलकुल तैयार नहीं है और असावधान है। वहीं अगर कभी वह पूरी तैयारी के साथ तुम पर प्रचंड हमला करता है, तो तुरन्त पीछे हटते हुए युद्ध का मैदान छोड़ दो। कभी ऐसी स्थिति आए कि दुश्मन पीठ दिखा रहा तो उसे किसी हाल में मत छोड़ो। लकड़बग्घों की तरह उसका पीछा करो और पकड़कर चीर-फाड़ दो। अपने शत्रु को जड़ समेत नष्ट करने का कोई मौका हाथ से मत जाने दो। तुम्हारी विजय की राह में शत्रु ही अड़चन है, उसे एक पल गँवाए बिना खत्म कर दो। कभी मैदान में तुम्हें पराजय मिले भी तो उम्मीद का साथ मत छोड़ो। आज की नाकामी ही कल मिलनेवाली सफलता की सीढ़ी है। यही समझकर हमेशा युद्ध के मैदान में जूझते रहो।"

माओ के इन्हीं सिद्धान्तों पर चलते हुए बस्तर के जंगलों में नक्सली पिछले पाँच दशक से इस कठिन लड़ाई को लगातार जारी रखे हैं।

मैंने सुन रखा था कि आयुध फैक्ट्रियों से भी कई बार हथियार और गोला-बारूद की स्मगलिंग होती है। लेकिन ये हथियार वहाँ से बाहर कैसे आ जाते हैं? युद्ध सामग्रियाँ बनानेवाली इतनी बड़ी फैक्ट्रियाँ इन लोगों के सामने कैसे घुटनों पर बैठ जाती हैं? इस विषय पर बात करते हुए मेरे सामने अक्सर ताडमेटला का जिक्र आया है। अत: मैंने प्रभा शर्मा के सामने यह बात छेड़ी। तब वह बोले, "बस्तर डिवीजन के साउथ में सुखमा जिले में यह गाँव है। यूँ समझिए कि नक्सलियों के साथ चल रहे हमारे युद्ध में एक अत्यन्त दुर्भाग्यपूर्ण घटना यहाँ हुई।"

"यहाँ क्या हुआ?"

"अप्रैल 2010 में ताडमेटला गाँव के पास सीआरपीएफ की एक पूरी कम्पनी मतलब 83 में से 78 जवान मौके पर ही मारे गए थे।"

"बाप रे इतने सारे! एक ही मुठभेड़ में?"

"यस सर...वह बहुत ही दर्दनाक और धक्का पहुँचानेवाली घटना थी। गाँव के पास एक पहाड़ के पीछे हमारे जवान रिलैक्स मूड में थे। गाँव के पीछे एक छोटा-सा टीला था और उसके आगे एक सँकरा-सा रास्ता जाता था। सामने खेत के बगल में एक मेंड़ थी। मेंड़ मतलब खेत की सीमा बाँधने के लिए मिट्टी की एक दीवार बनाई जाती है। उसकी ऊँचाई डेढ़-दो मीटर से ज्यादा नहीं रही होगी। उसके पीछे तमाम माओवादी छुपे बैठे थे। उन्होंने बहुत खतरनाक योजना बनाई थी और बहुत चालाकी से घात लगाकर यह हमला किया था। उनके दिल में सिर्फ कपट भरा था।"

"अपने जवानों की नजर नक्सलियों पर नहीं पड़ी?"

"नहीं...माओवादी जंगल में बहुत सावधानी से कोई भी हलचल करते हैं। अगर वे जंगल में शौच भी करते हैं तो बिलकुल नियम से उस जगह पर मिट्टी डालकर आगे बढ़ते हैं, जिससे वहाँ पहुँचनेवाले किसी शत्रु को उनकी खबर न हो। उस दिन उन्होंने बहुत आराम-आराम से आगे बढ़ रही सेंट्रल रिजर्व पैरा-मिलिट्री फोर्स का घात लगाकर अपने फंदे में आने का इन्तजार किया। एक बार जब सारे जवान उस जगह पहुँचकर निश्चिन्त हो, आराम की मुद्रा में आ गए तो उन्होंने बम और बन्दूकों से आग बरसानी शुरू कर दी।"

"यह तो बहुत ही भयावह घटना है...।"

"इतनी भयानक कि क्या कहना चाहिए! उन्होंने आस-पास के महुआ के वृक्षों पर अपने लोगों को लाइट मशीनगन्स के साथ छुपा रखा था। ऐसे तमाम वृक्षों पर से उन्होंने एक साथ फायरिंग की।"

"तो क्या हमारे सीआरपीएफ की कम्पनी वालों ने कोई जवाब नहीं दिया? आत्मरक्षा में भी उन्होंने कुछ नहीं किया?"

"बिलकुल किया! अपनी जान बचाने के लिए जितनी भाग-दौड़ हो सकती थी, हमारे बॉयज ने की। उन्होंने अपनी बन्दूकें और राइफलें लेकर खेतों के आस-पास बने गड्ढ़ों में छलाँग लगाई और वहाँ से जवाबी फायरिंग की। लेकिन दुर्भाग्य से उन्हें इस बात की कल्पना नहीं थी कि नक्सलियों ने पहले से उस तरफ जगह-जगह लैंडमाइंस लगा रखी थीं। इस कारण आप सोच सकते हैं कि वह कितनी बुरी तरह फँस गए थे। सामने से फायरिंग, ऊपर महुआ के पेड़ों से फायरिंग और जिस जगह वे खड़े थे वहाँ लैंडमाइंस। उन्हें साँस लेने तक का मौका नहीं मिला। इसके बावजूद वे खून की उल्टियाँ करते हुए दो-ढाई घंटे तक पूरी बहादुरी से लड़ते रहे। मगर उस भयानक एम्बुश में हमारी पूरी की पूरी कम्पनी जलकर खाक हो गई।"

"गॉड...।"

"सर जी उस समय मैं सीएम सिक्योरिटी ऑफिसर के रूप में काम करता था। इसलिए दूसरे दिन मुझे उस एरिया में जाने का अवसर मिल गया। एक-एक गड्ढे में दस-दस बारह-बारह नौजवान सिपाहियों के मिट्टी से लथपथ और आग से जलकर काले पड़ चुके शव मुझसे देखे नहीं जा रहे थे। नक्सल इतने क्रूर थे कि उनके बूट और बुलेट प्रूफ जैकेट निकालकर साथ ले गए थे। शव एक-दूसरे पर पड़े हुए थे, शरीर के इधर-उधर बिखरे तमाम टूटे-फूटे अंग और मिट्टी में मिला हुआ खून भी जमीन पर काला पड़ चुका था। ऐसा लगता था कि जैसे वहाँ पिशाचों का नाच हुआ था। उनकी मदद के लिए बाद में जो बुलेटप्रूफ गाड़ी आई थी, उसका भी जो बुरा हाल नक्सलियों ने किया था, उस पर भी भरोसा नहीं होता था। लेकिन उन युवा सिपाहियों की लाशों को देखते हुए मेरा खुद पर से नियंत्रण छूट गया। मैं भूल

गया कि मैंने पुलिस की वर्दी पहन रखी है। मैं एक महुए के पेड़ से जाकर लिपट गया और अपने उन छोटे भाइयों के लिए रोने लगा, जो देश के काम आ गए थे। मैं देर तक फूट-फूट कर रोता रहा।"

उस घटना को चार-पाँच साल बीत चुके थे लेकिन साफ दिख रहा था कि उसे सुनाते हुए प्रभा शर्मा का दिल भर आया।

छत्तीसगढ़ के हरे-भरे प्राकृतिक सौन्दर्य के बीच नक्सली और पुलिस का यह संघर्ष रोज कहीं न कहीं भड़कता था। दोनों पक्ष एक-दूसरे को ज्यादा से ज्यादा नुकसान पहुँचाने, खत्म करने के इरादे से मोर्चा जमाते थे। लोहा लेते थे।

भारतीय माओवादियों का म्यांमार, चीन और पाकिस्तान की खतरनाक खुफिया एजेंसी आईएसआई से गुप्त सम्पर्क है। ये सभी इन नक्सलियों की हर तरह से मदद करते हैं। एक अफसर ने मुझसे डरते-डरते कहा, "क्या बताऊँ साहेब...कई बार तो नेपाल से भी माओवादी हमारे यहाँ झारखंड और छत्तीसगढ़ के जंगलों में इन नक्सलियों से प्रशिक्षण लेने आते हैं। वे कुछ महीने यहाँ रहते हैं, ट्रेनिंग लेते हैं और फिर अपने देश लौट जाते हैं।"

खास तौर पर जंगल की लड़ाइयों में काम आनेवाले अत्याधुनिक तेज हथियार और एडवांस टेलीफोन सेट उनके पास हमसे पहले पहुँच जाते हैं। हमारे सुरक्षाबलों और पुलिस के पास ये चीजें महीनों और वर्षों बाद आती है। ये सब सुविधाएँ और तेज नेटवर्क नक्सलियों को दूसरे देशों और गुप्त अन्तरराष्ट्रीय संगठनों से जोड़ने में बहुत मदद करता है। ये बातें हमारे लिए बहुत नुकसानदायक साबित होती हैं। एक बार प्रभा शर्मा बताने लगे, "जब तक श्रीलंका में 'लिट्टे' मजबूत था, तब तक हमारे छत्तीसगढ़ के नक्सलियों से उसके तगड़े सम्बन्ध थे।"

"'जैसे?"

"आपने उनके क्रूर सिंहली नेता प्रभाकरन का नाम तो सुना ही होगा?"

"वो तो सब जानते हैं।"

"उसका सुरेश नाम का एक खतरनाक साथी यहाँ छत्तीसगढ़ में आया था।"

"कब?"

"1988 के दरमियान।"

"किसलिए?"

"यहाँ के नक्सलियों को हथियार चलाने की एडवांस ट्रेनिंग देने के लिए।"

इस नक्सली मुद्दे की जड़ें कहाँ-कहाँ तक और कितनी गहरी फैली हुई हैं, इस बारे में पक्के तौर पर कुछ भी कहना असम्भव है। मैंने मुखराम नाम के एक अफसर से कहा, "नक्सली अगर बांग्लादेश और चीन की सीमा से लगे इलाकों से अपने हथियार जुटाते हैं तो राज्य सरकार को भी अपनी रणनीति बदलनी चाहिए। कोई मॉडर्न तरीके से इस समस्या को एप्रोच करना चाहिए।"

"यस सर। हम लोग अब राइट ट्रैक पर हैं। भारत में पहले केवल मिजोरम के वारांगेटला में जंगलों में लड़ाई के प्रशिक्षण का काउंटर इंसरजेंसी एंड जंगल वारफेयर स्कूल (सीआईजेडब्ल्यूएस) था।"

"ओके फिर?"

"अब छत्तीसगढ़ सरकार ने ऐसा ही काउंटर टेररिज्म एंड जंगल वारफेयर कॉलेज कांकेर में शुरू किया है।"

"वाह, बहुत बढ़िया!"

"जी, ब्रिगेडियर बसंत पोनवर मिजोरम के वार कॉलेज में प्रिंसिपल थे। वहाँ से रिटायरमेंट के बाद उन्हें ही कांकेर में लाया गया है।"

सुबह-सुबह मतदान सामग्री का वितरण शुरू हो गया। हर बूथ के लिए मतदाताओं की सूची, ईवीएम मशीन, ढेर सारे लिफाफे, गोंद, मोमबत्तियाँ और सूई-धागे समेत अन्य ढेर सारी चीजें। मतदान केन्द्रों के अधिकारी अपनी-अपनी सामग्री लेकर गेट के बाहर निकल जीपों में बैठ रहे थे। उनकी गाड़ियों के आगे-पीछे सुरक्षा के लिए पुलिस की गाड़ियाँ पूरी तैयारियों के साथ चल रही थीं। गाँवों में जब नई पीढ़ी के बच्चे नाटक तैयार करते हैं तो

पुराने वृद्ध कलाकार बुलावा मिले बगैर भी मंच के आस-पास पहुँच जाते हैं, यह देखने के लिए कि नए बच्चों ने आखिर क्या-कैसे किया है। उन्हें देखते हुए वे अपने पुराने दिनों को याद करके आनन्दित होते हैं। इसी तरह पुराने मध्य प्रदेश में काम करने के बाद अब सेवानिवृत्त हो चुके पत्रकार बन्धु उत्सुकता के साथ यहाँ का हाल-चाल देखने सुबह-सुबह आ गए थे। उनमें से एक अनुभवी बुजुर्ग ने मुझसे कहा, "सरजी, इधर के कई जिलों में नक्सलवाद अनफॉर्चुनेटली कैंसर बन गया है। पुराने समय के कांग्रेसी शासकों में माओवादियों को लेकर थोड़ा सॉफ्ट कॉर्नर था।"

"ऐसा क्यों हुआ होगा?" मैंने पूछा।

"बड़ा ऑपरेशन करके भी अगर कैंसर की गाँठ निकाल दी जाए, तब भी कैंसर पूरी तरह मिट नहीं जाता। शरीर में वह कहीं न कहीं पसरता रहता है। यह आन्दोलन भी कहीं वैसे ही पैर न पसार ले, इस डर से कांग्रेस ने बड़े ऑपरेशन का जोखिम नहीं लिया।"

"उनके बाद जो भी सत्ता और प्रशासन में आए, उन्होंने यही पॉलिसी अपनाई," दूसरे बुजुर्ग पत्रकार बन्धु ने बात आगे बढ़ाई।

पहले बुजुर्ग फिर अपने मुद्दे पर आ गए और कहने लगे, "नक्सल ऐसा कैंसर है, जो कभी ठीक नहीं होनेवाला...अनक्यूरेबल।"

"एकदम ठीक कह रहे हैं। यह बात मैं जानता हूँ।" मैंने हल्की आवाज में कहा।

"तब फिर बताइए कि इस बीमारी के लाइलाज हो जाने का क्या कारण है?" वे उल्टे मुझसे सवाल करने लगे।

"साफ है कि पहले सिर्फ माओवादी ही नक्सली होते थे। लेकिन अब अपने इस सिस्टम के पेट में दो और ट्यूमर पैदा हो गए हैं।"

"कौन से दो?" वे मेरा हाथ अपने हाथों में लेकर हँसने लगे।

"पुलिस, पैरामिलिट्री फोर्सेस और सारे राजनीतिक दलों के नेता!"

"वो कैसे?"

"नक्सलियों से निपटने में मदद के लिए आज केन्द्र सरकार नक्सल प्रभावित राज्यों को हजारों करोड़ रुपये की आर्थिक मदद देती है। यह इतनी

बड़ी केन्द्रीय रकम है कि राज्यों को इसकी लत पड़ चुकी है। कल अचानक अगर नक्सलवादी खत्म हो गए तो नोटों के पहाड़ जैसा यह विशेष फंड अपने आप बन्द हो जाएगा। यह बात न तो प्रशासन को अच्छी लगेगी और न ही राजनेताओं को!"

मेरी बात को सही बताते हुए वह बुजुर्ग देर तक खिलखिलाकर हँसते रहे।

मतदान की पूर्वसंध्या पर एक पहाड़ी गाँव के बूथ पर भयंकर हादसा टल गया। जिस इमारत में बूथ बनाया गया था, वहाँ मतदान अधिकारियों के पहुँचने से पहले लैंडमाइंस लगाई गई थीं। वहाँ पहुँचने के बाद एक कर्मचारी लघुशंका निवारण के लिए झाड़ियों में गया, तो उसने जमीन के अन्दर गड़े डिटोनेटर के तार बाहर खुले देखे। वह चौकन्ना हो गया और तुरन्त पुलिस को खबर करके बम-निरोधक दस्ते को वहाँ बुला लिया गया, जिसने लैंडमाइंस को बेकार कर दिया। उस कर्मचारी की सजगता से बड़ा हादसा टल गया। बाकी जिले में शान्ति थी। बावजूद इसके चुनाव का दिन हमारे लिए कड़ी परीक्षा की तरह सामने खड़ा था।

आखिरकार मतदान का दिन गुजर गया। कोई अनहोनी घटना नहीं हुई। कोई विघ्न नहीं पड़ा। मैंने जिलाधिकारी अवधेश बाबू को बधाई दी। लेकिन उस शाम एसपी प्रभा शर्मा को बधाई देने का मौका बन पाना सम्भव नहीं था क्योंकि वह नक्सलियों की प्रेतबाधा से ग्रस्त पूरे जिले की सुरक्षा व्यवस्था में लगे, रात-दिन सफर कर रहे थे। उनकी मॉनीटरिंग निरन्तर चल रही थी। इसलिए वह कहीं नदी या पहाड़ वाले इलाके में चुनाव के काम में व्यस्त होंगे। बीते कुछ दिनों से उन्हें एक पल भी नींद आई होगी, इसकी सम्भावना नहीं थी।

"सरजीऽ वोट तो पड़ गए...असली अग्निपरीक्षा अब शुरू होगी।"

"सही कह रहे हैं अवधेश बाबू। ईवीएम मशीनें और बाकी का इलेक्शन

मटीरियल जब मुख्यालय में सुरक्षित पहुँच जाएगा, तब हमें छुट्टी मिलेगी।" मैंने कहा।

सारा सामान लेने और लिफाफों में उसे सील करने के बाद जिले भर की पोलिंग पार्टियाँ उस शाम वापसी के रास्ते में थीं। असली चिन्ता बारहपत्ती जोन के आस-पास थी। डंबरागाँव तहसील पार वाले उस भाग में बहुत मुश्किलों भरा जंगल था। हम लोग शाम को मुख्यालय से बाहर निकले। रात नौ के आसपास देरा टोला नाम के गाँव के आगे का एक नाला पार किया। उसके बाद खड़ी चढ़ाई थी। वहाँ से डेढ़ किलोमीटर बाएँ बारहपत्ती की दिशा में जानेवाली ढलान शुरू होती थी।

हम अफसरों के बीच इस पर गम्भीर विचार-विमर्श चल रहा था। हमारी दो कारों के आगे-पीछे दर्जनों कमांडो, एके 47 तथा अन्य हथियारों से लैस पुलिस और केन्द्रीय दलों के जवानों का घेरा था। हम उन मतदान कर्मियों की बहादुरी पर चर्चा कर रहे थे, जो बारहपत्ती जोन से चुनाव सामग्री अपने सिर पर लेकर पहाड़ों-जंगलों को पार कर 70 किलोमीटर का सफर पैदल तय करने के लिए निकले थे।

तभी देरा टोला गाँव की तरफ से बीच का नाला पार करते हुए गाड़ियों का एक बड़ा काफिला हमारी तरफ आता दिखाई दिया। उसकी तेज हेडलाइटें, उनके टायरों के घिसने की कर्कश आवाज सुनकर ऐसा लग रहा था कि इन सरकारी गाड़ियों के पहियों में हेकड़ी आ गई है। सबसे आगे कमांडो से भरी दो जीप और उनके पीछे एक एंटी-लैंडमाइन अल्ट्रा मॉडर्न जीप तेज रफ्तार से आकर हमारे सामने खड़ी हो गई। उसमें से प्रभा शर्मा हड़बड़ी में नीचे उतरे। कोई समस्या है, यह बात उनके चेहरे पर साफ दिख रही थी। हम तीनों वहाँ से थोड़ा हटकर अँधेरे में जाकर खड़े हो गए।

उनकी आवाज में हल्की आशंका और डर था। वे बोले, "ऑब्जर्वर सर एंड मिस्टर डीएम, स्टार मोबाइल पर एक डेंजरस मैसेज आया है।"

"कैसा मैसेज?" हम दोनों के मुँह से एक साथ ये शब्द निकले।

"बारहपत्ती के जंगल के बगल में 'उन लोगों' के बहुत बड़े मूवमेंट की खबर है। उनकी एक बड़ी यूनिट उस तरफ गई है। दे आर डिटरमिंड टू नॉट

अलाऊ द बारहपत्ती पार्टीज टू रीच अप टू द रोड। वे रास्ते में ही सबको खत्म कर देना चाहते हैं।"

"फिर?" डीएम ने पूछा।

"पर्नसल, आर्म्स एंड एम्युनिशन, वी हैव नो प्रॉब्लम। सिर्फ मुझे खुद वहाँ बहुत जल्दी पहुँचना पड़ेगा। मैं उन लोगों को रास्ते में ही रोक लूँगा, कुछ भी हो सकता है...।"

एसपी ने यहाँ आने से पहले ही अपने लोगों को इस बारे में सूचना दे देगी होगी, इसलिए उनका पसर्नल स्टाफ तुरन्त एक्शन में आ गया था। जंगल सफारी के बूट, किट और दूसरे सामान के साथ उनके कमांडो सब फटाफट तैयारी में लग गए। मैंने भी जल्दी से डिक्की में रखे अपने रनिंग शूज बाहर निकाले। अपने साथ के लाइजनिंग ऑफिसर को सूचना दी। दिल्ली में निर्वाचन आयोग को मैं शाम को ही रिपोर्ट भेज चुका था कि मतदान प्रकिया बगैर किसी बाधा के सम्पन्न हो चुकी है। मैंने जल्दी से स्वेटर पहना और आगे निकल आया, "मिस्टर शर्मा, आई एम ऑल्सो कमिंग।"

"व्हाट?"

"हाँ, बिलकुल...।"

"70 किलोमीटर का रास्ता है सर जंगल का...आने-जाने के 140 किलोमीटर हो जाएँगे। इट इज इमपॉसिबल फॉर यू सर।"

"इट इज पॉसिबल," मैंने कहा, "हम सहयाद्री के पहाड़ों में सिर्फ शिवाजी महाराज का नाम बस नहीं लेते हैं। हर साल मैं जुलाई महीने के बरसते पानी में पन्हाला से विशालगढ़ का रास्ता डेढ़ दिन में पार करता हूँ। याद रखें, एकदम मूसलाधार बरसात में! यहाँ तो बरसात भी नहीं है। डोंट गो ऑन माय बल्की फिजीक।"

मैंने बारहपत्ती जाने का पक्का मन बना लिया था। डीएम और एसपी थोड़ा अलग जाकर खड़े हो गए। आपस में फुसफुसाकर बातें करने लगे। मुझे ऐसे जंगल में जाने देना, उनके लिए बड़े जोखिम का काम था। ऐसा-वैसा कुछ हुआ तो किसी ऑब्जर्वर का लापता होना ही, नेशनल न्यूज बन सकता था। खैर, मेरे मामले में अवधेश बाबू ने अपने सिरफिरे अन्दाज

में हँसते हुए कहा, "जाइए सरजी, मैं देख लूँगा।" फिर जैसे बड़बड़ाए, "वैसे भी इस बेवकूफ जैसी प्रशासनिक सेवा में क्या रखा है।" उन्होंने मेरे साहस की दाद दी। एसपी ने जोर से आवाज लगाई, "आई नीड फाइव मोर बॉयज।" पल भर में बीस-पच्चीस साल के पाँच जवान उनके साथ हो लिए। मैं हँसा कि अगर कहीं मैं थक गया, बैठ गया या जख्मी हुआ तो प्रभा शर्मा मुझे कन्धों पर उठवाने की एडवांस तैयारी कर रहे हैं। लेकिन मैं ऐसा कुछ नहीं होने दूँगा।

नदी-नालों, पहाड़ों-घाटियों वाला रात भर का हमारा सफर शुरू हुआ। पुलिस और पैरामिलिट्री फोर्स के जवानों को मिलाकर हम सौ लोग थे। कुछ महिला कर्मचारी भी थीं। दुर्गम पहाड़ियों के चौदह पोलिंग बूथ नक्सलियों के निशाने पर होने का खतरा था। इस सम्भावित संकट को टालना बहुत जरूरी था।

हम सब चल क्या रहे थे, दौड़ रहे थे। जितना सम्भव था, हम लोग उतना अन्तर अपनी तेज चाल से पाट देना चाहते थे। चारों तरफ घुप्प अँधेरा था। लेकिन पतझड़ आ जाने की वजह से रास्तों पर हल्की रोशनी दिखाई देती थी। चलते-चलते शर्मा कह रहे थे, "पतझड़ का ये मौसम हमारे लिए फायदेमन्द है। जंगल खुला हुआ है। नहीं तो ऐसे जंगल से गुजरना सम्भव नहीं होता। नक्सली दसियों ठिकानों पर ट्रैप लगाकर हमें उड़ा देते।"

वहाँ रास्ते सचमुच बहुत दुर्गम थे। ऊँचे टीलों पर चढ़ना और फिर उतरना। उतरना भी इतने सँभलते हुए कि जैसे किसी पुराने कुएँ की सीढ़ियों पर सावधानी से पैर रखते हुए बढ़ना कि कहीं भी भुरभुरी मिट्टी से फिसल सकते हैं। कहीं जमीन ठोस थी और कहीं एकदम पोली कि अगर पैर फिसल जाए तो आदमी नीचे मौत के मुँह में पहुँच सकता है। जंगल में कच्चे रास्ते भी नहीं थे। नक्सलियों ने कभी यहाँ किसी तरह का काम होने ही नहीं दिया।

यहाँ ऊँचे टीले और पर्वत थे, और अचानक आनेवाली खाइयाँ थीं। किसी सपाट पठार के अभाव में यहाँ हेलीकॉप्टर भी नहीं उतर सकते थे। एक भी हेलीपैड इस तरफ नहीं था। बीजापुर, नारायणपुर और बस्तर जैसे

दुर्गम जिलों में प्रकृति ने ऐसी परिस्थितियाँ नहीं दी थीं कि हेलीपैड बनाए जा सकें।

यहाँ के जंगलों और कठिन हालात ने नक्सलियों को मजबूत बना दिया था। एक-एक दिन में नक्सली कॉमरेड साठ-साठ किलोमीटर चलते हैं। जिला प्रशासन के कर्मचारियों को भी यहाँ के हालात ने मजबूत कर दिया था। राजस्व विभाग यूँ ही नहीं अंग्रेजों के जमाने से देश की रीढ़ बना हुआ है।

चौदह बूथों के पूरे सामान के साथ करीब तीन-चार सौ लोग थे, जिन्हें नक्सलियों के खूँखार जबड़ों में फँसने से बचाना था। इस काम के लिए रफ्तार और बहादुरी की दरकार थी। हम बगैर किसी के कहे, अपने आप ही जंगल के हिरणों की तरह पैरों के नीचे की जमीन को फलांग रहे थे। सबसे आगे वे लोग थे, जो इन रास्तों से पहले भी गुजर चुके हैं। कई बार पैर मिट्टी में धँस जाते, तो कभी नुकीले पत्थरों पर पड़ जाते। कभी पेड़ों की जड़ों-लताओं में पैर अटक जाते, मगर कोई रुकने को तैयार नहीं था। किसी भी कारण से पीछे रह जाना भी ठीक नहीं होता। पैरों के तलवे, एड़ियाँ, टखने और घुटने से लेकर पूरे शरीर का रक्त गर्म हो चुका था। उत्साह और उत्तेजना के साथ आगे बढ़ते हुए छोटी-मोटी खरोंच या दर्द का किसी को खयाल नहीं था।

इस डरावने जंगल में एक अलिखित नियम था। हाथों में मशाल, बैटरी या छोटा-मोटा अलाव भी जलाने की मनाही थी क्योंकि ऐसा करते ही नक्सलियों को आपका पता तुरन्त मिल जाता। इसलिए रात के अँधेरे को आँखों में भरकर आगे बढ़ते जाने के अलावा कोई रास्ता नहीं था।

मुझे याद नहीं कि कैसे भागते-दौड़ते लोगों ने एक-दूसरे के हाथों में सैंडविच, कोक और खाने-पीने की अन्य चीजें पहुँचाईं। कैसे लोगों ने चलते-चलते थोड़ा-बहुत खाया। कैसे बोतलों से पानी पीया। प्रभा शर्मा और बाकी दस कमांडोज की नजरें सिर्फ क्षितिज पर थीं। वे सामने टीलों पर चढ़कर लगातार यह अन्दाजा लेते रहते थे कि कहीं दूर-दराज या पीछे से नक्सली हमले की तैयारी में तो नहीं हैं। हम सभी अँधेरे में तेजी से चले जा रहे थे। कहीं अगर रास्ते में कोई पेड़ गिरा दिखता या बीच में ढेर सारी लताएँ आ

जातीं तो रोड ओपनिंग दल के जवान दौड़कर आगे जाते और डिटेक्टर से जाँचते कि कहीं कोई लैंडमाइंस या प्रेशर बम तो नहीं लगे हैं।

बीते पन्द्रह बरसों में छत्तीसगढ़ में कहाँ-कहाँ, कैसे-कैसे एनकाउंटर हुए हैं, उनकी प्लानिंग कैसे हुई, उनमें सफलता मिली या नाकामी, किसने बहादुरी दिखाई, किसने दगा की जैसी तमाम जानकारियाँ शर्मा जी को बहुत विस्तार से पता थीं। वे चलते-चलते उनके बारे में बताते जा रहे थे।

मध्यरात्रि बीतने के बाद मुझे अचानक खयाल आया कि हमारे दल में चौदह-पन्द्रह युवतियाँ भी चल रही हैं। ज्यादातर उनमें से स्थानीय लड़कियाँ थीं, जो पुलिस में भर्ती हो गई थीं। जबकि कुछ को सिर्फ चुनाव ड्यूटी के लिए अस्थायी तौर पर सेवा में लिया गया था। इन्हीं लड़कियों में से एक अँधेरे में मेरे बगल से होती हुई निकली और बोली, "नमस्ते बाबूजीऽऽ।" मैंने भी जवाब में कहा, "नमस्ते।" मुझे लगा कि ट्रेनिंग के समय मिली कोई जूनियर ऑफिसर होगी क्योंकि जंगल के इस घने अँधेरे में कोई भी किसी का चेहरा नहीं पहचान सकता था।

चलते-चलते मैंने प्रभा शर्मा से कहा, "प्रभाऽ इन पहाड़ी जंगलों में लड़कियों को क्यों साथ ले आए?"

शर्माजी ने हँसते हुए उत्तर दिया, "सरजी ये वुमन पावर हैं। ये लड़कियाँ एडमिनिस्ट्रेशन से लड़ पड़ीं कि हम क्यों नहीं डेंजरस असाइनमेंट्स पर जा सकते हैं? अब बताइए हम बेचारे पुरुष क्या करें?"

"मतलब?"

"आगे इन इलाकों में जो पोलिंग पार्टियाँ गई हैं, उनमें दो उत्साही लेडी ऑफिसर्स बूथ हेड के रूप में गई हैं।"

"उन्हें कहीं और किसी सेफ जोन में लगाना चाहिए था," मैंने कहा।

'स्टेट पब्लिक सर्विस से भर्ती हुई उन यंग ऑफिसर्स ने हमसे इस बात पर बड़ा झगड़ा किया। उन्होंने कहा कि हम सबसे डिफिकल्ट एरिया में काम करके अपना कैलिबर साबित कर देंगी। अब आप उनको कैसे मना कर सकते हैं सर।"

"ओह!"

"इस कारण से उनके साथ, उनकी जूनियर के रूप में कुछ लड़कियों को और सिक्योरिटी सेक्शन में लेडी गाड्र्स को हमें शामिल करना पड़ा। देखते-देखते एक पूरी लेडीज यूनिट बन गई।"

सूरज की पहली किरण फूटने से पहले अँधेरा कुछ झीना पड़ने लगा था। आस-पास की पहाड़ियाँ हमें क्षितिज पर नजर आने लगी थीं। हम एक ऊँचे पहाड़ पर चढ़ रहे थे। तभी उस मद्धम पड़ते काले अँधेरे वातावरण में भीषण आवाजें आने लगीं। ये हाथियों की चिंघाड़ थी। हम थोड़ा यहाँ-वहाँ दुबक कर हैरान नजरों से इधर-उधर देखने लगे। वन में जंगली हाथियों से सामना हो जाना, मतलब सीधे-सीधे मृत्यु से साक्षात्कार है। वे अगर जरा सा भी चिढ़ गए तो फिर किसी चीज को नहीं छोड़ते। शर्माजी ने तुरन्त सिगरेट निकालकर जलाई और मुझे थमा दी। दूसरी सिगरेट जलाकर खुद कश खींचने लगे। बाकी कमांडो भी जल्दी-जल्दी सिगरेट जलाकर धुआँ उगलने लगे। हाथियों को सिगरेट की गन्ध से इतनी घृणा है कि वे उसके आस-पास भी नहीं फटकते।

हाथियों का वह संकट दूर से ही निकल गया। थोड़ी देर बाद सामने पहाड़ों के क्षितिज पर हाथियों का झुंड नजर आया। वह इतनी दूर निकल चुका था कि उनकी काली आकृतियाँ मेढकों की तरह दिख रही थीं। धीरे-धीरे चलते हुए थोड़ी देर में वे अदृश्य हो गए।

अब काफी उजाला हो गया था। सबके चेहरे साफ-साफ दिखने लगे थे। मैं यह देखकर हैरान रह गया कि महिलाओं के समूह में दुड़िया हिरणी की तरह आगे-आगे दौड़ी जा रही थी। मैं समझ गया कि अँधेरे में उसने ही मुझे आवाज लगाई थी। सामने नदी की एक छोटी-सी धारा के साथ चलते हुए उससे नजरें मिली। मेरी तरफ देखकर उसकी सुन्दर आँखों में चमक आ गई और होंठों पर हल्की मुस्कान। वह अपनी सहेलियों के साथ तेजी से आगे बढ़ गई।

मैंने प्रभा शर्मा से कहा, "शर्माजीऽ अपनी दुड़िया भी इस इलेक्शन टीम में शामिल है!"

"यस सर। सौभाग्य से चुनाव ड्यूटी के कर्मचारियों को काफी अच्छा

भत्ता मिलता है। दूसरी दैनिक ड्यूटी के मुकाबले यह चार गुना होता है। फिर ऐसी दुर्गम जगह पर ड्यूटी हो तो वह दोगुना हो जाता है। इस हिसाब से कर्मचारियों और लेबर को रोज के आठ सौ रुपये मिल जाते हैं। इट इज अ बिग थिंग फॉर देम। दुड़िया और उसकी दो-तीन सहेलियाँ आकर मुझसे झगड़ पड़ीं कि हमको भी माउंटेन यूनिट में रखो, तो मैंने उनको साथ रख लिया।"

भाग-दौड़ वाली वह कष्टदायक रात अब पीछे छूट चुकी थी। आगे जमीन भी काफी सपाट थी। सूरज की किरणें पहाड़ों के पीछे से निकलकर अब सामने पड़ने लगी थीं। उजाले में मेरा ध्यान इस बात की तरफ गया कि यहाँ पैरों के नीचे की मिट्टी खूब लाल थी। धूप थोड़ी और निकल आई थी। हम लोग एक छोटी नदी में उतर गए। हमारे पैरों के साथ वह लाल मिट्टी में पानी में आ गई। वहाँ पानी का रंग रक्त की ताजा धार जैसा दिखने लगा। सुबह के चमकते सूर्य की हल्की किरणों में वह रंग तरबूज की लाल फाँक की तरह नजर आ रहा था। वह अभूतपूर्व दृश्य था। उससे पहले मैंने वैसा कुछ नहीं देखा था।

हमारे पास कहीं रुकने के लिए जरा भी वक्त नहीं था। कई लोग नदी की धारों में आराम से बैठकर बकरियों की तरह ठंडा पानी पीने लगे। बाकी के लोग अपनी बोतलों में वह ठंडा पानी भरने लग गए। जब हम लोग पानी पी रहे थे तो हमारे कमांडो अपनी राइफलों और एके 47 के साथ चारों तरफ चौकसी रखे हुए पहरा दे रहे थे।

दोपहर बारह के आस-पास हमने एक ऊँचे टीले को पार किया और एक पठार पर पहुँच गए। हमारे सामने वहाँ कुछ जंगली खजूर के पेड़ और बाँस के वन थे। थोड़ा आगे चलकर हम सूखी झाड़ियों के पीछे छुपे गातापार नाम के एक छोटे-से गाँव में पहुँच गए। वहाँ बाँस से बने छोटे-छोटे घर और गोबर से लीपे हुए आँगन तथा दरवाजे थे। घरों के आगे लगी ऊँची घास की ओट से पेट लटके हुए काले-साँवले बच्चे और हरे गोदने से भरे माथे, गले तथा हाथों वाली आदिवासी स्त्रियाँ हम लोगों को आश्चर्य से देख रही थीं।

इस गाँव में हमारी मुलाकात हेडमास्टर जयेश दीक्षित से हुई। वे बारहपत्ती उपजोन के अधिकारी थे। रात को शुरू हुए सफर के बाद, भारी-भारी साँसें छोड़ते हुए सही मायनों में पहली बार हम कहीं ठहरे। चलते-चलते पैरों की नसें उभरकर दिखने लगी थीं। बड़े संतोष-समाधान के साथ हम सबने वहाँ अपनी-अपनी तशरीफ रखी। हमारी खुशी के कई कारण थे। एक तो हमारा सफर करीब पैंतीस किलोमीटर का यानी आधा तय हो गया था। इस जोन के आस-पास की पट्टी के आठ मतदान केन्द्रों का सारा स्टाफ पूरी चुनावी सामग्री लेकर यहाँ इकट्ठा हो गया था। गाँव के बीचोबीच ईवीएम मशीनें और बाकी सब चीजों से भरे हुए बड़े-बड़े बैग जगह पर रखे थे। थककर आए कर्मचारी आराम करने के लिए आस-पास के पेड़ो के नीचे लेट गए थे। सारे कमांडो और बाकी सुरक्षाकर्मी चारों तरफ से घेरा बनाकर, उस गाँव को घेरे हुए गश्त लगा रहे थे।

जयेश दीक्षित हमारे सामने प्रसन्न और विजयी मुद्रा में खड़े थे। नमस्कार करने के बाद उन्होंने कहना शुरू किया, “सरजी, चिन्ता की कोई बात नहीं है। आज सुबह-सुबह बारहपत्ती के आखिरी बूथ से दो मैसेंजर जवाब लेकर आ गए।”

“क्या मैसेज?”

“आगे थोड़ी-बहुत मूवमेंट है लेकिन चिन्ता जैसी बात नहीं है। सब कुछ अंडरकंट्रोल है। उधर की बची हुई सभी पोल पार्टियाँ शाम चार बजे तक इस पॉइंट पर आकर मिल जाएँगी।”

थोड़ी दूर जाकर एसपी प्रभा शर्मा ने इधर-उधर कुछ फोन लगाए। अपने खबरियों से इन बातों की पुष्टि की। इसका मतलब था कि अब हमें अगले पैंतीस किलोमीटर का सफर नहीं करना होगा। अब तय हो चुका था कि बारहपत्ती जोन के सभी पोलिंग बूथ अफसर और उनके सभी कर्मचारी, सुरक्षा के लिहाज से यहाँ इकट्ठा होंगे और उसके बाद ही वापस लौटेंगे। इसलिए यहाँ से हमारे पास सुरक्षाबल बढ़ जानेवाला था। ऐसे में अगर आज रात नक्सलियों का हमला हुआ भी, तो हम उनका जोरदार मुकाबला करने की स्थिति में थे। हमें यहाँ शाम तक पहुँचनेवालों की प्रतीक्षा करनी थी।

इतना सुनिश्चित होते ही हम बैठे तो क्या, जिस पेड़ के नीचे जगह मिली वहीं पसर गए।

जैसे ही मैंने जमीन से पीठ लगाई और पत्थर को तकिये की तरह सिर के नीचे रखा कि मेरी नजर सामने एक तीन कमरों वाले आधे-अधूरे ढांचे पर पड़ी। उस पर डाली कई कच्ची छत को भी नक्सलियों ने जला डाला था। इसलिए वहाँ के पत्थर. मिट्टी और कालिख पर पड़ी बरसात ने एक विचित्र हरा-भूरा-धूसर मलबा तैयार कर दिया था। एक अर्दली ने पास ही एक बर्तन में सूप तैयार किया था, वह बाउल में मुझे लाकर दिया। सूप पीकर मन को बहुत अच्छा लगा लेकिन कुछ भी करके मुझे नींद नहीं आ रही थी। दूसरी तरफ प्रभा शर्मा कई रातों से नहीं सोए थे और ऐसे में लगातार बने हुए झंझावात में अचानक मिला यह अवकाश उनके लिए बड़ा सुकून लेकर आया। इसलिए एक टाट के टुकड़े पर लेटते ही उन्हें नींद आ गई और कुछ ही पल में वह किसी बैल की तरह जोर-जोर से खर्राटे भरने लगे।

थोड़ी देर में मुझे सामने कुछ गड़बड़ होती दिखी। दुड़िया इधर से उधर ऐसे हड़बड़ी में घूम रही थी, जैसे कुछ खो गया है। मैं उत्सुकता से उस तरफ बढ़ा। वहाँ एक घर के अन्दर एक व्यक्ति तकलीफ से छटपटा रहा था। उसके शरीर पर पुरानी चादर पड़ी थी लेकिन वह मारे दर्द के अपने दुबले-पतले हाथ-पैर पटक रहा था। हमारी यूनिट के डॉक्टर और दुड़िया उसकी जाँच कर रहे थे। मैंने नजदीक जाकर देखा, तो वह दुड़िया का पति कचरू था। मैंने आश्चर्य से पूछा, "अरे, ये यहाँ कैसे?"

"सर ये प्राइमरी टीचर हैं न! मेरे साथ इधर के एक बूथ पर सहायक पोलिंग ऑफिसर थे," पास खड़े जयेश दीक्षित ने मुझे जानकारी दी।

कचरू दस्त और बुखार से छटपटा रहा था। 'ही इज सफरिंग विद एक्यूट डीहाइड्रेशन,' डॉक्टर ने जाँच के बाद कहा। कचरू की जीभ सूख चुकी थी। फूटे हुए बेल फल की तरह उसकी आँखें लाल दिख रही थीं। डॉक्टर की सलाह पर दुड़िया उसे नमक और नीबू का पानी पिला रही थी। उन परिस्थितियों में चिन्ता से देखभाल करने और सब्र रखने के अलावा कोई दूसरा रास्ता नहीं था।

ठीक डेढ़ घंटे की नींद के बाद प्रभा शर्मा अचानक हड़बड़ाकर जाग गए। उन्होंने अपने सिरहाने रखी पुराने मॉडल की एक-47 इस अन्दाज में उठाई मानो नींद में भी उन्हें नक्सलियों के आस-पास ही होने का आभास हो रहा था।

शाम की हवा बहने लगी। अचानक एक तरफ की झाड़ियों और पेड़ों के पीछे से हँसी की फुहारें और जोर-जोर की आवाजें आने लगीं। बारहपत्ती के बचे हुए सभी मतदान केन्द्रों के हमारे सभी अफसर और कर्मचारी सुरक्षित लौट आए थे। यहाँ से हमें एक बार फिर अँधेरे में उन्हीं पहाड़ी रास्तों से पैंतीस किलोमीटर पीछे लौटना था। इसके लिए हमें अपनी पूरी ताकत और ऊर्जा लगानी थी क्योंकि कल शाम तक हर हाल में देरा टोला गाँव वाले अपने बेसकैम्प पहुँचना आवश्यक था। नए आए हुए लोगों को भी थोड़ा विश्राम देने के लिए कम से कम आधे घंटे रुके रहना जरूरी था। समय बीतते ही सब लोग फटाफट उठे। सबको अब अपने घर-परिवार की याद सताने लगी थी और साथ ही यह भी चिन्ता थी कि जितनी जल्दी हो सके, उतनी जल्दी इस खतरे वाली जगह से निकल जाया जाए।

हम सभी ने अँधेरा उतरने से पहले ही जल्दी-जल्दी वापसी का सफर शुरू कर दिया। कचरू के लिए दो गीले बाँस तोड़कर उनसे एक चादर बाँधी गई और एक झोली मतलब मूविंग स्ट्रेचर बनाया गया। चार हट्टे-कट्टे लोगों ने मिलकर स्ट्रेचर पर कचरू को डाला और उसे कन्धे पर लेकर हिरणों की तरह चपल चाल से चलना शुरू कर दिया। जब वे थक जाते, तो उनकी जगह वैसे ही दूसरे लोग आ जाते। मैं यह सब ध्यान से देख रहा था। दुड़िया भी स्ट्रेचर के साथ लगातार दौड़ रही थी। बीच-बीच में कभी कचरू का गला बुरी तरह सूख जाता और वह जोरों से कराहते हुए घोड़े की तरह आवाज करने लगता। पानी पीने के लिए वह कन्धे पर स्ट्रेचर लेकर चल रहे लोगों को रुकवाता। दुड़िया दौड़कर उसके पास जाती और उसका गला तर करती। सब लोग फिर तेज-तेज चलने लगते।

वापसी के रास्ते में भी कोई सीधा-सपाट मैदान नहीं था। यहाँ भी खूब मुश्किलें थीं। जंगल के बीच कई पगडंडियाँ तो इतनी सँकरी थी कि दो लोग

भी अगर साथ में चलें, तो उनके कन्धे आपस में टकराते थे। ऐसे में हमारे इस विशाल दल की कतार अपने आप बहुत लम्बी हो जाती थी। सुरक्षा की दृष्टि से तब चिन्ता बढ़ जाती थी। इस हाल में शर्माजी अपनी यूनिट के साथ पहले दौड़कर आगे जाते और किसी छोटे टीले पर खड़े होकर चारों तरफ चौकसी करते। वह अँधेरे में भी गश्त करते। इन सँकरे रास्तों में स्ट्रेचर लेकर चलनेवालों के लिए बड़ी मुश्किल हो जाती थी। वे एक-दूसरे से सटकर बहुत धीरे-धीरे आगे बढ़ते। दुड़िया समझ जाती थी कि यहाँ स्ट्रेचर के साथ-साथ चलना सम्भव नहीं है, तब वह झुककर उसके नीचे आ जाती थी। रास्ते में कभी पत्थर आते थे और कभी गड्ढे पड़ते थे, लेकिन वह किसी हाल में स्ट्रेचर के आगे या पीछे नहीं जाती। जैसे-तैसे साथ बनी रहती।

आधी रात के करीब हम लोग एक बहुत बड़ी घाटी को पार कर रहे थे। पास ही एक बड़ी नदी के बहने की कल-कल सुनाई पड़ रही थी। गर्मियों के इन दिनों में भी नदी में अच्छा-खासा पानी था। अचानक प्रभा शर्मा ठहर गए और उन्होंने अँगुली से श्श्शऽऽऽ की आवाज की। हम सभी दम साधकर जहाँ थे, वहीं खड़े हो गए। दूसरी तरफ करीब सौ, दौ सौ लोगों के चलने की आवाज कानों पर पड़ रही थी। इसके साथ ही हमारे सारे राइफलधारी सावधान हो गए। सबके हथियार लोड थे। हम लोग बहुत सँभल-सँभलकर सावधानी से आगे बढ़ने लगे। मैदान को पार करते ही हमें दूर सामने के पहाड़ पर एक विचित्र दृश्य दिखा। अँधेरे में अचानक आग जलाई गई। उसके प्रकाश में नजर आया कि दो-तीन सौ नक्सली अपने-अपने हथियार सँभाले खड़े हुए थे। यह क्या और क्यों हुआ हमें कुछ समझ नहीं आया। तब गुस्से से दाँत चबाते हुए शर्मा बोले, "कावड्र्स साले! हमें डरा रहे हैं।"

इससे पहले ताडमेटला, झीरम घाटी, माणिकपुर आदि अन्य ठिकानों पर पुलिस और सशस्त्र बलों से नक्सलियों की मुठभेड़ों के कोई अच्छे नतीजे नहीं थे, इसलिए हमारे साथ के सभी चुनाव कर्मचारी घबरा गए थे। मुकाबला होने पर मौत सामने खड़ी होती। उधर से स्पष्ट संकेत भी मिल रहे थे। कल शाम को हर हाल में देरा टोला पहुँचने से पहले हमें इस मुठभेड़ से भी पार पाना होगा। अब इसमें कितने मरेंगे, इसका कोई अन्दाजा नहीं लगाया जा

सकता था। वे लोग अचानक वेग से पहाड़ी पर से नीचे उतरेंगे और आमने-सामने गोलीबारी शुरू हो जाएगी, इस बात की आशंका सभी को हो चुकी थी। सारे हथियार तैयार थे। साँसों की गति और अन्दर का डर समान रूप से बढ़ता जा रहा था।

सामने के दो विशाल पहाड़ों पर से हमला होना ही है, हम लोग इस बारे में निश्चिन्त होते जा रहे थे कि लेकिन सौभाग्य से ऐसा नहीं हुआ। अचानक जलाई गई वह आग बुझ गई। फिर दूर-दूर तक गहरा अँधेरा छा गया। सब लोग फिर से रास्ते पर आगे बढ़ने लगे। वह अँधेरी रात किसी तरह खत्म नहीं हो रही थी। खास बात यह समझ में आ गई थी कि नक्सली गए नहीं हैं, बल्कि कुछ ही किलोमीटर की दूरी पर हमारे चुनाव दल के समानान्तर तेज रफ्तार से चल रहे हैं। हो सकता है कि आगे उन्होंने आगे कोई जगह चिह्नित कर रखी हो, जहाँ से उन्हें शर्तिया सफलता मिलेगी। यह भी हो सकता है कि हमेशा की तरह उन्होंने कोई शैतानी घात लगा रखी हो और हमारे मौके पर पहुँचते ही वे गोलीबारी तथा धमाके करके सबको उड़ा दें। वे पहले कई बार सफलतापूर्वक एम्बुश लगा चुके हैं, जहाँ वे तीन तरफ से हमला करते हैं। ताडमेटला के गाँव के नजदीक उन्होंने क्रूरता का जो नंगा नाच किया था, उसके जैसी तो दूसरी नजीर नहीं मिलती।

दूसरी तरफ नक्सलियों के होने का एक बड़ा फायदा हमको यह हुआ कि हमारे पैर ऐसी गति से चलने लगे, जैसे पहिये हों। हम बिना एक पल चैन लिए लगातार जैसे रफ्तार से दौड़ रहे थे। उधर, नक्सली भी जंगल के रास्तों से मेढकों की तरह उछलते-कूदते रात भर पूरे वेग से बढ़ रहे थे। चार कन्धों पर रखी दुबले-पतले कचरू की झोली किसी हिंडोले की तरह हिल रही थी और इस झूले में उसे कब नींद आ गई, उसे भी पता नहीं चला। लेकिन उसके साथ लगातार दौड़ती-भागती दुड़िया की हालत लहराते लट्टू जैसी हो गई थी।

कुछ लोगों ने दौड़ते-भागते ही अपनी पीठ के थैलों से निकालकर थोड़ा-बहुत कुछ खाया-पीया था लेकिन ज्यादातर की भूख-प्यास इस खतरे की हालत में मर गई थी। आखिर सूरज की पहली किरण आसमान पर चमकी।

हम सबके बदन पर कपड़े रात-भर में जाने कितनी बार पसीने से भीगे और बीच-बीच में ठंडी हवा के झोंकों में सूख भी गए। हल्के उजाले में हमने उन करीब तीन सौ नक्सलियों की काली छायाएँ स्पष्ट देखी, जो हमारे समानान्तर गति से आगे बढ़े जा रहे थे। निश्चित ही हम भी अब उन्हें दिखाई पड़ रहे होंगे। हमारे साथ चल रहा सशस्त्र दल-बल भी उन्हें नजर आ गया होगा और इस बात ने उनके दिल में भी पर्याप्त भय जगाया होगा।

जब अच्छा-खासा प्रकाश चारों ओर फैल गया, तब प्रभा शर्मा जोर से हँसे और बोले, "कावड्र्स साले...उनमें हमसे टक्कर लेने का गूदा नहीं है।" इससे उत्साहित होकर पीछे-पीछे दूसरे कमांडो भी नक्सलियों को सुनाने के लिए जोर से चिल्लाने लगे, "अरे भाग क्यों रहे हो सालोऽऽऽ आओऽऽऽ।" नक्सलियों की वह यूनिट शातिर दिख रही थी। अपनी तरफ से गोलीबारी शुरू करने की कोई जल्दबाजी एसपी शर्मा ने नहीं दिखाई। उनकी तरफ से भी एक भी गोली नहीं चलाई गई। देखते-देखते सुबह के साढ़े आठ बज गए। धूप भयंकर हो चली थी। तभी अचानक जैसे जंगली सूअरों का झुंड ऊँची-ऊँची हाथी घास में गायब हो जाता है, नक्सली नजर से गायब हो गए। उनका कोई नामोनिशान नजर नहीं आ रहा था।

बारहपत्ती के सबसे दूर के पोलिंग बूथ में सहायक मतदान अधिकारी के रूप में काम करनेवाला जयेश दीक्षित का भाई उमेश भी हमारे इस दल में था। रास्ते में हम सबने एक नदी के किनारे खड़े-खड़े नाश्ता किया। तभी मूवमेंट यूनिट ने हमें खुशखबरी दी कि जितनी रफ्तार से चलने की हम उम्मीद कर रहे थे, रात भर में उससे ज्यादा तेज चलकर कहीं लम्बा सफर तय कर चुके हैं। रात को जब हम चले तो मान रहे थे कि देरा टोला के बेस कैम्प में आज शाम चार या पाँच बजे तक पहुँच जाएँगे, लेकिन जिस गति से हम आगे निकल आए हैं, उस हिसाब से दोपहर में ज्यादा से ज्यादा बारह बजे तक कैम्प में होंगे।

इतने कम समय में हम मृत्यु का घाट पार करके सुरक्षित जगह पर पहुँच गए, यह कल्पना ही कई लोगों को गुदगुदा रही थी। सबका हौसला बढ़ा हुआ था और फिर से सबके पैरों में पंख लग गए थे। हमने फिर जैसे दौड़ना

शुरू कर दिया। लेकिन तभी उत्साह से भरी तेज चाल में उमेश का पैर एक धारदार पत्थर पर पड़ा, जो उसके जूते के तल्ले को छीलता हुआ चमड़ी में घुस गया। दर्द से दोहरा होकर वह जहाँ था वहीं बैठ गया। खून की फुहार उड़ी। हमारे साथ चल रही मेडिकल यूनिट ने तुरन्त उसकी मरहम-पट्टी की। वह फिर खड़े होकर लंगड़ाते हुए चलने की कोशिश करने लगा। मगर यह सम्भव नहीं दिख रहा था। शर्मा ने मेरे लिए सावधानीवश जो पाँच-छह तगड़े जवान लिए थे, वो यहाँ काम आ गए। एक और स्ट्रेचर तैयार किया गया और उन्होंने उमेश को कन्धे पर लेकर दौड़ लगानी शुरू कर दी।

करीब ग्यारह बज चुके थे। सिर के ऊपर चढ़ रही धूप अब खूब तपा रही थी। तेज रफ्तार के बीच अब सभी को शरीर को तोड़ देनेवाले कष्ट और थकान का एहसास होने लगा था, जो वह झेल रहे थे। सबकी रफ्तार ढीली पड़ गई थी। सभी भारी कदमों से धीरे-धीरे लाल मिट्टी पर पैर बढ़ा रहे थे। सबको लग रहा था कि बस ऐसा हो कि नदी का विशाल पाट पार होते ही सामने सफर खत्म हो जाए।

अचानक मन्द पड़ी गति ने फिर एक घंटा बढ़ा दिया। दोपहर के बारह बज गए। हर किसी के पैर, पिंडलियाँ और घुटने बहुत दर्द कर रहे थे। चलते-चलते हड्डी-पसलियाँ जैसे पत्थर की बनी महसूस होने लगी थीं। हमने दोपहर के भोजन के लिए बीच में कहीं रुकने का फैसला किया। इस बीच हम सभी एक पहाड़ के शिखर पर पहुँच गए थे। सामने उतार था, उसके बाद खुला मैदान। वहाँ से होकर सँकरा रास्ता पार किया कि दूर झाड़ियों के पीछे देरा टोला गाँव नजर आ रहा था। वह नजर आते ही पेट की भूख गायब हो गई। इसके बाद यही खयाल आया और सबने तय भी किया कि पहले जैसी रफ्तार पकड़कर सीधे बेस कैम्प में ही पहुँचा जाए और फिर खाना-पीना-जश्न किया जाए।

हम तेज गति से नीचे उतरे और सामने का मैदान भी पार कर लिया। सामने अब सँकरा रास्ता था और सबका शरीर बुरी तरह टूट रहा था। सब दर्द से कराह रह थे। बदन पर कपड़े पसीने से तर थे। पैरों की गति फिर मन्द पड़ गई। लेकिन सामने छोटे टीले को पार करके जानेवाला रास्ता हमें स्पष्ट

दिखने लगा था। बहुत सारे कर्मचारी पीछे रह गए थे। कुछ तो बिलकुल जैसे रेंगते हुए चल रहे थे। लेकिन इन स्थितियों में भी सुरक्षा बल आगे-पीछे गश्त देते हुए पूरी सावधानी से मुस्तैद थे।

अचानक हमारे कानों में नारे गूँजने लगे, 'भारत माता की जय!', 'लोकतंत्र जिन्दाबाद!' हमें एकाएक जैसे होश आया और फिर आश्चर्य हुआ कि हम देरा टोला के सामने से जंगल को जानेवाले लाल मिट्टी के रास्ते तक आ पहुँचे हैं। यह जानते ही पीछे आ रहा कर्मचारियों का दल भी खुश हो गया। बहुत सारे लोग इतने निश्चिन्त हो गए कि वहीं घास पर पसर गए। कुछ ने अपनी पानी की बोतलें निकाल ली और गटगट पीने लगे। इस रास्ते तक अभी हम कुछ तीस-बत्तीस लोग ही पहुँचे थे।

एक सब-इंस्पेक्टर तेजी से एसपी के सामने आया। हमारे अनुमान से जल्दी पहुँच जाने पर वह भी चकित था। शर्मा की एंटी लैंडमाइन अल्ट्रा मॉडर्न जीप देरा टोला में भी खड़ी थी। उसके इंजन में थोड़ी खराबी आ गई थी और इसलिए बेस कैम्प पर उसे दुरुस्त किया जा रहा था। हमारी सारी गाड़ियाँ, जो हमें हेडक्वार्टर वापस ले जानेवाली थीं, बेस कैम्प में सुरक्षित खड़ीं हमारी राह देख रही थीं। अब चिन्ता की कोई बात नहीं थी। देरा टोला का बेस कैम्प यहाँ से करीब पाँच किलोमीटर की दूरी पर था। सामने दिख रहा नाला पार करके हम वहाँ फटाफट पहुँच सकते थे।

इतने में पीछे से 'साहबजी नमस्ते' की आवाज आई। मैंने पलटकर देखा। हँसता हुआ चेहरा लिये दुड़िया खड़ी थी। उसके साथ कचरू का स्ट्रेचर भी आ गया था। आश्चर्य की बात थी कि अब कचरू काफी स्वस्थ दिख रहा था। वह उस देसी स्ट्रेचर से उतरकर सामने आ गया। इतने में जयेश दीक्षित भी आ गए। पीछे-पीछे उमेश का स्ट्रेचर भी सामने के उतार से आता नजर आ रहा था।

हम वहाँ से आगे बढ़ने ही वाले थे कि सामने धूल भरे रास्ते से एक गाड़ी खूब आवाज करती हुई झट से आ खड़ी हुई। अपने साथ वह धूल का गुबार भी लाई थी। यह वहाँ के ग्रामीण स्वास्थ्य केन्द्र की एम्बुलेंस थी। जैसी पुरानी गाड़ियाँ हुआ करती थीं, वैसी। सफेद एप्रन पहने एक डॉक्टर

फ्रंट सीट से उतरे। उन्होंने एक झटके में एम्बुलेंस के पीछे के दोनों दरवाजे खोल दिए। फिर हँसते हुए चेहरे से लोगों की तरफ देखकर बोले, "आप सामने के पहाड़ से उतरकर आए हैं ना सर? चलिएऽ एम्बुलेंस खाली है।" उस पुरानी गाड़ी में दोनों तरफ बेंच लगी थीं और बीच में खाली जगह थी। उसमें कम से कम दस-बारह लोग सहज समा सकते थे। मैं और प्रभा शर्मा अन्दर चढ़ गए। तभी गाड़ी के बाहर जबरदस्त शोर सुनाई दिया। हमने देखा कि गाड़ी देखते ही बहुत सारे लोग, जिनमें से कुछ तो मैदान में घास पर लेट गए थे, तेजी से दौड़ते हुए इस उम्मीद में चले आए थे कि उन्हें भी सवारी का मौका मिल जाएगा। हर कोई अन्दर घुसकर जल्दी से बेंच पर कब्जा कर लेना चाहता था।

मैंने और शर्मा ने एक-दूसरे की आँखों में देखा। हम नीचे उतर आए। सामने अब बमुश्किल तीन किलोमीटर की दूरी बची थी। जो लोग अति दुर्गम पहाड़ों और नदियों को पार करके यहाँ तक पहुँचे थे, उन्हें गाड़ी में बैठने का हक था। हमने पैदल जाने का निर्णय लिया। बेंचें भरने के बाद इस बात की होड़ मची थी कि किसी तरह गाड़ी में घुसने मिल जाए। गाड़ी के दरवाजे के पास जयेश दीक्षित एक जगह घेरे बैठे हुए थे। जैसे ही उमेश का स्ट्रेचर वहाँ आया, तो उसे वह जगह सौंपकर नीचे उतर गए। उमेश बैठ गया। एक बेंच पर दुड़िया और उसके बगल में कचरू सिमटे-सिमटे बैठे थे।

इतने में कुछ और कर्मचारी पहुँच गए। पचास पार के एक सज्जन बिलकुल लस्त-पस्त हालत में थे। सर्दी-बुखार के मारे वह थरथरा रहे थे। कुछ कहे बगैर उनकी हालत बता रही थी कि वह बीमार हैं। अन्दर बैठे कचरू की नजर उन पर पड़ी। उससे रहा नहीं गया और उसने हल्के-से दुड़िया का हाथ दबाकर इशारा किया। दुड़िया ने बाहर उस बीमार व्यक्ति पर नजर डाली तो उसके भीतर अपराधबोध जैसा पैदा हो गया। वह तुरन्त नीचे उतर आई। सर्दी-बुखार से बेजार वह कर्मचारी अन्दर बैठ गया। उस खटारा जैसी दिखती एम्बुलेंस में नहीं-नहीं करके बीस-इक्कीस लोग भर गए। सारा इलेक्शन मटीरियल लोगों ने बाहर ही हाथों में थामे रखा क्योंकि अन्दर पाँव रखने की भी जगह बची नहीं थी।

एम्बुलेंस का इंजन शुरू हुआ और साइलेंसर की घुर-घुर आवाज हुई। गाड़ी ने पेट्रोल की गन्ध के साथ बहुत सारा धुआँ उगला और धूल का गुबार उठाती हुई रफ्तार से आग बढ़ गई। थोड़ी देर के लिए हम लोगों को कुछ दिखाई देना बन्द हो गया। हम इधर-उधर गर्दन उचकाते हुए धीरे-धीरे कदम बढ़ाने लगे। आगे बढ़ते हुए हमने दो-चार बार पहाड़ों की तरफ देखा कि तभी इतने जोर के धमाके सुनाई पड़े कि लगा कान के पर्दे फट गए हैं। जमीन ऐसी काँपी कि लगा पैर के नीचे दरारें पड़े गई हैं। पल भर में सँभलने के बाद हमने सामने देखा तो नाले के ऊपर का पुराना पुल उड़ गया था। उसी वक्त पुल पर से गुजर रही एम्बुलेंस जबरदस्त विस्फोट से गेंद की तरह हवा में उड़ गई थी। नीचे आते-आते उसके टुकड़े-टुकड़े हो गए। कुछ भी साफ दिखाई नहीं दे रहा था। सामने सिर्फ धुएँ के बड़े-बड़े गोले उठ रहे थे और पुल के ऊपर प्रचंड आग लगी हुई थी।

हम पूरी जान लगाकर आगे की तरफ दौड़े। एकदम नजदीक पहुँचकर एसपी शर्मा और उनके साथियों ने जोर-जोर से सीटियाँ बजाते हुए एक घेरा तैयार किया। डर था कि नक्सलियों ने आस-पास भी कहीं और लैंडमाइंस न बिछा रखी हों। मात्र छह-सात प्रचंड धमाकों से आस-पास सब कुछ खत्म हो गया था। एम्बुलेंस में मौजूद एक भी प्राणी जिन्दा नहीं बचा। अधजले या फिर अब भी जल रहे शव चारों तरफ बिखरे हुए थे।

पास के बेस कैम्प में खड़ी गाड़ियाँ तुरन्त हमारी मदद के लिए दौड़ीं। थोड़ी देर बाद आग बुझाई गई। कमोबेश सारे शव एक जैसे दिख रहे थे। जयेश दीक्षित शवों के उस ढेर में अपने भाई को ढूँढ़ने की कोशिश कर रहे थे। पुल के दूसरी तरफ एक शव दो हिस्सों में पड़ा था। आग से जला हुआ धड़ एक तरफ था और दूसरी तरफ जलकर काली पड़ चुका मुंडी थी। इस शव के पास बैठी दुड़िया छाती पीट-पीट कर रो रही थी। कचरू ने अपने एक पैर में चाँदी का तोड़ा पहना हुआ था और उससे ही दुड़िया ने अपने पति की पहचान की थी।

मौके पर मौजूद विशेषज्ञ और सीनियर पुलिस अधिकारी एकमत से इस निर्णय पर पहुँचे कि नक्सलियों ने बहुत चालाकी से चुनाव प्रक्रिया शुरू होने

से पहले, महीनों पूर्व ही नाले के इस पुल के नीचे विस्फोटक और बम लगा दिए थे। उसी से यह भयंकर विस्फोट हुए।

उस दिन बहुत सवेरे मैं तेजी से अपने बैग पैक कर रहा था। रायपुर के लिए जल्दी निकलना था क्योंकि वहीं से फ्लाइट पकड़नी थी। चुनाव प्रक्रिया नियम-कायदों से सफलतापूर्वक सम्पन्न होने का प्रमाणपत्र चुनाव आयोग की तरफ से मेरे पास आ चुका था। पुल पर भयंकर विस्फोट और उस वजह से कई जानों की हानि ही एकमात्र असाधारण और दुखद घटना थी। सौभाग्य से हमने ईवीएम मशीनें, लिफाफे, कंट्रोल यूनिट समेत कोई भी चुनाव सामग्री एम्बुलेंस में नहीं चढ़ाई थी। चुनाव कर्मचारियों के दिमाग में एक बात बहुत अच्छे से बैठा दी जाती है, 'प्राण चले जाएँ मगर आप चुनाव मटीरियल को अपनी छाती से लगाकर सँभाले रखें।' यह सीख यहाँ बहुत काम की साबित हुई थी और सबने इस बात से बड़ी राहत की साँस ली थी।

सुबह जैसे-जैसे बैग भर रहा था, घर की याद तेजी से सताने लगी थी। उन धमाकों की खबर हर कहीं पहुँच गई थी और अगली ही सुबह घबराई आवाज में पत्नी का फोन आ गया था, "अहो, यहाँ सारे अखबारों में खबर छपी है। नक्सलियों ने एम्बुलेंस उड़ा दी है। डेड बॉडीज के फोटो भी छपे हैं।" बीच में ही छोटी वाली चिंगी की साँसें भरती हुई आवाज आई, "एक फोटो में एक आदमी की पीठ दिख रही है बाबा...डिट्टो तुम्हारे जैसा लग रहा है...मैं तो गारंटी से कह सकती हूँ बाबा वो आप ही हो... सच बोलो बाबा, आप वहीं थे ना?" मैंने उसे डाँटा, "हट पगली, कुछ भी मत बोल...मैं ठीक हूँ...अच्छा आकर बात करूँगा। अभी काम है।" कहकर मैंने फोन काट दिया था। मैंने गहरी साँस ली। बचपन में चिंगी ने मुझे घोड़ा बनाकर जाने कितनी बार मेरी पीठ पर खूब सवारी की, वह कैसे नहीं पहचानेगी!

जिला हेडक्वार्टर से जाते हुए रास्ते में जयेश दीक्षित का घर पड़ता था। मैं वहाँ ठहरा। वहाँ मातम पसरा हुआ था। उनकी माँ एक कोने में घुटने

मोड़कर छाती से लगाए बैठी थीं। उमेश दीक्षित की तस्वीर के सामने एक दीया फड़फड़ा रहा था। जयेश के दुखी मुँह से एक भी शब्द नहीं निकल पाया। उनके दिल में यह बात बैठ गई थी कि अपने छोटे भाई की मौत के लिए वही जिम्मेदार हैं। वह लगातार उमेश की तस्वीर को निहारे जा रहे थे और उनके चहरे पर यही दर्द था कि क्यों मैंने भाई को एम्बुलेंस में बैठने को कहा। घर में सभी की दशा निर्जीव पुतलों की तरह थी। मैंने सबको प्रणाम किया और वहाँ से बाहर निकल आया। उनकी माताजी के शब्द मेरे कानों में गूँज रहे थे, "यहाँ नक्सलियों के पास तोपों जैसी बड़ी-बड़ी बन्दूकें हैं। पुलिस और नेताओं को सुरक्षा मिल जाती है। बस, जनता पिस जाती है। वही नंगी और बेबस है। वह क्या करे?"

छत्तीसगढ़ से जाते हुए मेरे दिमाग में सारी बातें घूम रही थीं। वहाँ का इतिहास, जो मैंने जाना। आदिवासियों के जख्म, जो सरकार की कोशिशों के बावजूद लगातार रिस रहे हैं। ऐसा लग रहा था, जैसे ये सब हमेशा के लिए मेरे अन्दर समा गया है। बस्तर, अबूझमाड़ और गढ़चिरौली-दंडकारण्य में हुए धमाकों से उठी धूल और उसके गुबार रास्ते भर मेरे मन से दूर होने को तैयार नहीं थे।

एक पत्रकार दोस्त की मदद से मैंने बीजापुर जिले में पंचशील आश्रम चला रहे के. मधुकर राव को फोन लगाया था। मैं जानता था कि वहाँ मधुकर राव करीब सवा सौ छात्रों और सत्तर छात्राओं वाला एक आवासीय विद्यालय चला रहे थे। सलवा जुडुम में जिन बच्चों ने अपने माँ-बाप-घर समेत सब कुछ खो दिया था, वह यहाँ उन बच्चों की देखभाल करते हुए, उनका भविष्य सँवारने की कोशिश में लगे थे। जब इस बारे में मैंने उनसे पूछा तो वह बोले, "क्या करूँ साहब, यह हमारा फर्ज है। जो साथी शहीद हो गए, उनके बाल-बच्चों का खयाल रखना हमारा कर्तव्य है।"

अपने इस त्याग की मधुकर राव को अच्छी-खासी कीमत चुकानी पड़ी थी। महेन्द्र कर्मा के साथ वह भी नक्सलियों के टारगेट पर अव्वल थे।

नक्सलियों ने उन पर भी करीब दर्जन भर प्राणघातक हमले किए थे। मगर वह जैसे-तैसे उनसे बच पाए थे। अब उन्हें जेड सिक्योरिटी मिली हुई थी। यह अच्छी बात थी मगर इसने उनकी आजादी छीन ली थी। मैंने उनसे पूछा, "गुरुजी, आखिर आपकी यह लड़ाई कब तक चलेगी?"

"मेरी आखिरी साँस तकऽऽ," तीर के जैसा तेज उनका उत्तर आया।

मेरे साथ चलनेवाले प्रोटोकॉल अधिकारी मुझे याद दिला रहे थे कि कैसे एक सामान्य शिक्षक ने इतना प्रचंड जन आन्दोलन खड़ा किया था। बाद में मामला सुप्रीम कोर्ट पहुँचा और वहाँ उसने अलग ही मोड़ ले लिया। राज्य सरकार आज मधुकर राव की सुरक्षा के लिए हर महीने हजारों रुपये खर्च करती है। लेकिन अपना और बंधु-बाँधवों का पेट भरने के लिए उनके पास टीचर की जो सरकारी नौकरी थी, वह उनसे ले ली गई। आन्दोलन खत्म होने के बाद सरकारी नियम-कायदों की विचित्र व्याख्याओं के बीच इस समाज सेवी को न्याय नहीं मिला। उनकी नौकरी वापस मिल सके, ऐसा कोई विधान बाबुओं को नहीं मिला। इन बाबुओं के एक हस्ताक्षर से बड़े-बड़े बाँध, एयरपोर्ट, बन्दरगाह बन जाते हैं, लेकिन समाज के हित में काम करनेवाले एक गरीब को उसकी रोजी-रोटी की व्यवस्था वापस नहीं मिल पाती। यहाँ नौकरशाही का शेषनाग कुंडली मारकर बैठा हुआ, सिर्फ नियमों के फुफकारें छोड़ता रहता है।

मैंने अपना हैंड-लगेज चैक किया। इसमें जंगली-शहद की एक पुरानी बोतल थी, जिसे दुड़िया ने मिसेज शर्मा के हाथों मेरे लिए पहुँचाया था। दुड़िया काफी बीमार पड़ गई थी और प्रभा शर्मा ने उसे इलाज के लिए एक सुरक्षित अस्पताल में भर्ती कराया था।

मैं उससे मिलने अस्पताल में गया था। मुझे उसके वे शब्द याद आए, जो उसने मुझसे अस्पताल में कहे थे, "साहब पन्द्रह दिन पहले ही मैंने आपसे

कहा था कि आप मेरे लिए लकी हो, जब मुझे मेरा ठाकेराम दादा जिन्दा मिल गया था। जबकि मैं उसे मरा समझ चुकी थी। लेकिन मेरी खुशी पन्द्रह दिन भी नहीं टिक पाई। इधर भाई मिला और उधर विस्फोट में मैंने पति को गँवा दिया। विधाता के तराजू ने मेरी जिन्दगी के हिसाब-किताब बन्द नहीं किए हैं। उसने वो हमेशा बराबर रखे हैं।"

दुड़िया की वह भावुक और भीतर तक उतर जानेवाली जामुनी आँखें और हँसने पर झलकते झक्क सफेद दाँत अब भी मेरी आँखों के सामने तैर रहे हैं।

इस आँधी से गुजरते हुए मैंने विचित्र नजारे देखे थे। राजनीतिक परिवर्तन और उतार-चढ़ावों की पृष्ठभूमि में आज देश के कई राज्यों के लिए नक्सलवाद मानो एक जरूरत बन गया है। नक्सलियों को अपने स्वार्थों के लिए जंगल चाहिए, जबकि राज्य सरकारों को नक्सलियों के विरुद्ध लड़ाई की मद में केन्द्र सरकार से मदद या ग्रांट के रूप में करोड़ों रुपया हर साल चाहिए। नक्सली अगर अचानक खत्म हो गए तो राज्य सरकारें अपने खाली कटोरे लेकर कहाँ खड़ी रहेंगी और किस मुँह से माँगेंगीं? दुर्भाग्य से यह एक अजीब चक्रव्यूह बन गया है।

राजनीतिक दलों के लिए आदिवासियों को 'मुख्य धारा' में लाने का एक ही मतलब है कि उनको ज्यादा से ज्यादा इलेक्शन बूथ तक लाना और उनके वोट हासिल करना। किसी भी राजनीतिक पार्टी की यह अदृश्य मंशा नहीं है। इन पार्टियों के लुभावने वादों में वोट बैंक बनाने की ही चाहत होती है। उनके दिल में आदिवासियों के लिए कोई सच्ची सहानुभूति या चिन्ता नहीं है। दूसरी तरफ माओवादी हैं, जो अदिवासियों के साथ वैसे ही रहते हैं, जैसे जंगल में पेड़। उनके हवा-पानी एक ही हैं। इसलिए जंगलों-पहाड़ों में रहनेवालों को वे अपने अधिक नजदीक मालूम पड़ते हैं।

सबसे बड़ी बात तो यह कि राजनीतिक उपद्रवों के प्रेशर बम जगह-जगह जब-तब फूटते रहते हैं और इनमें बलि चढ़ता है सिर्फ आम आदमी!

दूसरी तरफ नक्सली अपने इस दुष्प्रचार में कामयाब हो चुके हैं कि पूँजीपतियों की तमाम बड़ी, ताकतवर और प्रभावशाली बहुराष्ट्रीय कम्पनियों

को इन जंगलों में प्रवेश नहीं मिलना चाहिए क्योंकि वे सिर्फ आदिवासियों के 'जल, जमीन और जंगल' को लूटकर उनका शोषण करना चाहती हैं। वे राज्य सत्ता और राजनीतिक दलों की गलबहियाँ करके गरीब आदिवासियों का खून चूसती हैं। वहीं हमारे भारतीय उद्योगपति और उनकी कम्पनियाँ सीधे-सरल आदिवासियों को यह समझा पाने में नाकाम रही हैं कि उनके दिल साफ हैं। उन्होंने इन वनवासियों के विरुद्ध भ्रष्ट राजनेताओं, क्रूर सत्ता और नौकरशाही से हाथ नहीं मिलाया है। इसका दुष्परिणाम यह कि आदिवासी इन सवालों को लेकर बुरी तरह असमंजस में हैं कि उनके इलाकों में विकास के पहुँचने का स्वागत करना चाहिए या नहीं। नतीजे में वे आज भी दुर्भाग्यपूर्ण ढंग से कष्टों से भरा जीवन जी रहे हैं।

सवालों के इसी जंजाल में एक गरीब घर के गणेशन जैसे इंजीनियर की बलि चढ़ जाती है। जंगल के फूल-पत्तों की तरह अपना जीवन खिलने की कल्पना की आपाधापी और छोटे-छोटे सपनों के लिए बड़े कष्ट उठानेवाले दुड़िया जैसे युवाओं का जीवन वीरान रेगिस्तान में बदल जाता है।

अपने स्कूल के दिनों में मैंने अलीबाबा और चालीस चोर तथा सात समुंदरों का सफर करते सिंदबाद के कई साहसिक कारनामे और रोमांचक कहानियाँ पढ़ी थीं। इन चुनावों की यह यात्रा भी मेरे लिए कुछ इसी तरह की साबित हुई, जिसमें तमाम अद्‌भुत अनुभवों और विस्फोटक स्थितियों से होते हुए मैं जीवित लौट रहा था। इसका मुझे संतोष था। लेकिन इसके बावजूद अपना कुछ बेशकीमती खो जाने का एहसास मेरे मन में घर किए हुए था।

मेरी कार रायपुर एयरपोर्ट पर पहुँची। रायपुर निर्वाचन क्षेत्र के नतीजे निकल चुके थे और सड़कें विजेता तथा उसके समर्थकों द्वारा उड़ाए गुलाल से रंगी हुई थीं। उसी समय देरा टोला के पास उस पुल पर पड़ी लाशों का वह अम्बार मेरी आँखों के आगे घूमने लगा।

रायपुर एयरपोर्ट पर मैं नीचे उतरा। ट्रॉली पर मैंने सामान लादा। वहीं सामने तीन कमांडो के बीच में दुड़िया का भाई ठाकेराम खड़ा था। मुझे देखते ही वह सावधान की मुद्रा में आया, उसने अपना सीधा पैर ऊँचे उठाया और

तेजी से नीचे पटकते हुए मुझे जोरदार सैल्यूट किया। मेरी नजर से यह छुपा नहीं रह सका कि उसकी दोनों आँखें आंसुओं से नम हो गई है। गहरे कुएँ में झाँकते हुए जैसे हम ठहरे नील-सुनील जल में किसी लहर की तलाश करते हैं, वैसे ही मेरा मन उन आँखों में कहीं दुड़िया को खोज रहा था। मेरा मन भावुक हो रहा था।

○○○